国家社科基金
后期资助项目

齐努阿·阿契贝
非洲小民族作家的解域实践

姚 峰◎著

华东师范大学出版社
·上海·

华东师范大学出版社六点分社　策划

国家社科基金后期资助项目"齐努阿·阿契贝：非洲小民族作家的解域实践"
（19FWWB012）

国家社科基金后期资助项目
出版说明

后期资助项目是国家社科基金设立的一类重要项目，旨在鼓励广大社科研究者潜心治学，支持基础研究多出优秀成果。它是经过严格评审，从接近完成的科研成果中遴选立项的。为扩大后期资助项目的影响，更好地推动学术发展，促进成果转化，全国哲学社会科学工作办公室按照"统一设计、统一标识、统一版式、形成系列"的总体要求，组织出版国家社科基金后期资助项目成果。

全国哲学社会科学工作办公室

目　录

导论 …………………………………………………………………… 1

第一章　阿契贝的后殖民思想与非洲文学身份的重构 ………… 22
第二章　德勒兹哲学对阿契贝研究的解域 ……………………… 34
第三章　阿契贝与非洲文学中的语言论争 ……………………… 40
第四章　阿契贝与小民族语言的解域实践 ……………………… 58
第五章　小民族文学的理论意义：作为个案的阿契贝的出版活动 …… 71
第六章　阿契贝的《瓦解》与小民族文学的"游牧"政治 ………… 106
第七章　艺术与政治之辩：阿契贝的非洲文学批评思想刍议 …… 121
第八章　阿契贝：从小民族文学走向世界文学 ………………… 137
第九章　非洲文学研究中的问题殖民 …………………………… 154

结语 …………………………………………………………………… 171
参考文献 ……………………………………………………………… 174

导　　论

如果说爱德华·萨义德的《东方主义》(*Orientalism*)标志着后殖民主义作为一种新的文学和文化批评范式的诞生，那么早在20世纪初期，类似的文学、文化和政治批评活动就已在殖民地蓬勃兴起。弗朗兹·法农(Franz Fanon)、齐努阿·阿契贝(Chinua Achebe)和艾梅·塞泽尔(Aime Cesaire)便是三位具有非洲文化背景的早期后殖民思想家和批评家。可以说，萨义德虽贵为后殖民理论的集大成者，却非开创者，他本人的理论建树无疑受到了上述早期后殖民思想家的影响。

以萨义德为代表的后殖民理论家们重新评价现代西方知识体系和话语建构背后隐匿的权力关系，从殖民历史的视角对西方现代性进行了整体反思。尽管如此，这批出身于前殖民地、后进入西方学术/教育机构的理论家们，究竟能否挣脱西方学术的价值网络，真正从第三世界或前殖民地角度展开各自的学术活动？这一点广受质疑和诟病。萨义德本人也坦言，其"研究东方学的目的，主要不是考察东方学与东方的对应关系，而是考察东方学的内在一致性及其对东方的看法……不管其与'真正'的东方之间有无对应关系"[①]。可见，萨义德否认自己的研究能够代替对于东方本身的研究，而其后殖民理论与批评的出发点和落脚点实际上都是西方思想和学术本身，理论本身也深受西方哲学思潮的规定和限制。于是，每当某些第三世界民族和地区将萨义德视作其独立与解放代言人时，他总是不以为然，甚至为自己遭到了误读而颇为反感。

《东方主义》所涉作家众多，包括乔叟、但丁、莎士比亚、德莱顿、蒲柏、拜伦、雨果、歌德、福楼拜、菲茨杰拉德、康拉德等等，从中却难觅（前）殖民地作家的身影。萨义德所考察的当然也是西方文本中的东方，例如古希腊戏剧家埃斯库罗斯的《波斯人》中失败、绝望和苦难的波斯，雨果的《拿破仑颂》中对征服者俯首帖耳的埃及，以及福楼拜的残篇《布瓦尔和白居谢》中主人公

---

① Said, Edward W. *Orientalism*. New York: Vintage Books, 1979, p.5.

对于东方的"家园"式想象。萨义德如此,其他重要的后殖民理论家亦囿于西方的知识文化图谱,难以"逃逸"。以后结构主义和女性主义批评见长的佳亚特里·斯皮瓦克(Gayatri C. Spivak)所关注的,同为西方经典文学名著《简·爱》。而霍米·巴巴(Homi Bhabha)关注的托妮·莫里森(Toni Morrison),终究是一位出生并成长于美国的黑人女作家。

曾担任《批评探索》(Critical Inquiry)主编的芝加哥大学教授米切尔(W. J. T. Mitchell)坦陈,尽管最具挑战性的文学批评出自帝国中心,但最重要的新文学却正涌现自殖民地,即过去曾在经济、军事上遭到压制的地区和民族。①诺贝尔文学奖、布克奖等最重要的国际文学奖频频被英美地区外的作家获得,米切尔因此断言:"人们所熟悉的文化地图正被重新绘制。"②换言之,文学生产的天平正从第一世界倒向第二世界和第三世界。那么,被米切尔称为"后帝国批评"的后殖民理论,由于建构于欧美经典文学,而非米切尔所谓的"后殖民文化",因而未必会受到第三世界前殖民地的欢迎,反而会遭到质疑和抵制。然而,第三世界后殖民文学写作的异军突起,未能动摇西方后殖民理论的中心位置和话语霸权。对此,赵毅衡先生在著名文学刊物《新文学史》(New Literary History)撰文指出:"后殖民主义并非纯粹的理论构想,而试图对非西方国家施加影响……他们并不关心这种文化对于非西方世界的人民是否有益。"③赵氏认为,后殖民理论家在西方学术机构中声名鹊起,这往往迫使非西方世界的知识分子按照西方的理论路径和分析话语"言说"。因此,后殖民理论家的学说与"西方的权力"紧密相连,属于西方而非第三世界本土。

如果说萨义德对于包括文学作品在内的西方经典的重新解读突破性地开启了研究传统英美文学的东方主义视角,那么,比尔·阿什克罗夫特(Bill Ashcroft)等于1989年出版的《逆写帝国》(The Empire Writes Back)则是根据前殖民地文学研究后殖民理论的开山之作,一定程度上拓展了萨义德等后殖民理论家的研究领域。国内有学者指出:"萨义德的《东方主义》一书仅仅梳理了西方殖民宗主国的东方主义话语,并没有

---

① Mitchell, W. J. T. "Postcolonial Culture, Postimperial Criticism", in Bill Ashcroft, Gareth Griffiths and Helen Tiffen, eds., The Postcolonial Studies Reader. London and New York: Routledge, 1995, p. 475.

② Mitchell, W. J. T. "Postcolonial Culture, Postimperial Criticism", in Bill Ashcroft, Gareth Griffiths and Helen Tiffen, eds., The Postcolonial Studies Reader. London and New York: Routledge, 1995, p. 476.

③ Zhao, Henry Y. H. "Post-Isms and Chinese New Conservatism", New Literary History, 28.1 (1997), p. 41.

涉及东方自身,《逆写帝国》一书则恰恰论述了殖民主义阴影下的殖民地文学。"①阿什克罗夫特等指出,对于后殖民写作的复杂性和不同的文化起源,欧洲的理论似乎无力应对,这就是其"后殖民文学理论"(post-colonial literary theory)思想产生的原因。②在此,"后殖民文学理论"试图对前殖民地不同于欧美传统的文学实践作出理论回应。《逆写帝国》不仅关注非西方世界的后殖民文学文本,同时关注产生于非洲本土的理论和批评。在"处于十字路口的理论:本土理论和后殖民阅读"一章中,非洲文学理论颇引人注目。在论及非洲本土英语文学时,阿什克罗夫特等指出了非洲作家和评论家独特的文学艺术观念,即注重文学的功能、作家的角色和传统的文学形式。坚持作家的社会角色,反对欧洲文学关注作家个人经验的传统,这似乎是非洲文学创作的独特美学。在此,阿什克罗夫特等专门引用了阿契贝《作为教师的小说家》(The Novelist as Teacher)一文中所谓"最权威的章句":

> 作家不能指望逃避必须履行的再教育和再生的任务。事实上,他应该行进于最前方……我本人无意逃避责任。如果我的小说(尤其那些以过去为场景的小说)能够告诉我的读者,他们的过去——虽不能尽如人意——并非野蛮的漫漫长夜,他们并非被第一批代表上帝到此的欧洲人从中拯救出来。也许我的写作是实用艺术,而非纯粹艺术。但又如何呢?艺术是重要的,而我关心的这类教育,同样重要。③

阿什克罗夫特等指出,阿契贝对于非洲文学的社会政治属性的强调,是其作品和评论一以贯之的风格。在 20 世纪 60—70 年代,这种风格又超越了意识形态的差别,不同程度地影响了同时代及之后的非洲作家和评论家的文学活动。实际上,评论界对于阿契贝这位非洲文学史上的传奇人物的关注和研究,大大早于《逆写帝国》出版的年代,下文试图梳理阿契贝的研究历史和现状。

---

① 赵稀方:《后殖民理论》,北京:北京大学出版社,2009 年,第 180 页。
② Ashcroft, Bill., Griffiths, Gareth and Tiffin, Helen. *The Empire Writes Back: Theory and Practice in Post-colonial Literatures*. London and New York: Routledge, 1989, p. 11.
③ 引自 Ashcroft, Bill., Griffiths, Gareth and Tiffin, Helen. *The Empire Writes Back: Theory and Practice in Post-colonial Literatures*. London and New York: Routledge, 1989, pp. 125—126。

阿契贝研究的理论流派概述

小说是否表现了非洲文化的真实性，这是早期阿契贝研究的一个重要论题。从目前能够查阅的资料看，最早有关阿契贝的评论始于其成名作《瓦解》（Things Fall Apart）出版后获得的书评。1958年，在一份由英国皇家非洲协会（The Royal African Society）主办的刊物《非洲事务》（African Affairs）中，默西迪丝·麦凯（Mercedes Mackay）盛赞阿契贝为尼日利亚小说"开辟了新领域"。① 一般而言，有关西非的欧洲小说要么表现出"肤浅的幽默"，要么表现出"刻板的严肃"，非洲作家则沉溺于"政治争鸣"，但阿契贝却脱颖而出，给我们呈现了"最早的传教士到达前，一幅轮廓清晰、入木三分、绝对真实的非洲乡村生活画面"。②当然，也有非洲本土批评家对此不以为然。本·奥布姆赛鲁（Ben Obumselu）称赞阿契贝小说表现了真实的非洲文化，却又指责他未能抓住非洲村庄的精神风貌："我很失望，《瓦解》中很少有我们村庄生活中的浪漫诗意。"③尽管如此，多数批评家的共识是：阿契贝颠覆了以往文学作品中非洲及非洲人的形象，即使本·奥布姆赛鲁也承认："《瓦解》将被视作第一部小说，不仅在个人意义上，而且更重要的意义上，这是从内部呈现西非民族的生活和社会制度的第一部英文小说。"④杰拉尔德·摩尔（Gerald Moore）更是通过与"黑人性"文学（Negritude writing）的比较，凸显了阿契贝作品的现实主义风格。在他看来，几内亚法语作家卡马拉·莱伊（Camara Laye）"以有些理想化的眼光"回望童年时代逝去的生活，而阿契贝则在回顾白人闯入前的部族生活时丝毫没有"盲目的理想主义"，也没有"神经质的排斥"，反而本着"理解、公正和务实"的态度重现了近乎消逝了的生活方式。⑤这里，摩尔实际上将阿契贝的怀旧现实主义风格与卡马拉·莱

---

① Mackay, Mercedes. "Things Fall Apart by Chinua Achebe", *African Affairs*, 57. 228 (1958), p. 242.
② Mackay, Mercedes. "Things Fall Apart by Chinua Achebe", *African Affairs*, 57. 228 (1958), p. 243.
③ Obumselu, Ben. *African Literature, African Critics: The Forming of Critical Standards 1947—1966*. reprinted in Rand Bishop, Westport, CN: Greenwood Press, 1988, p. 88.
④ Obumselu, Ben. *African Literature, African Critics: The Forming of Critical Standards 1947—1966*. reprinted in Rand Bishop, Westport, CN: Greenwood Press, 1988, p. 43.
⑤ Moore, Gerald. *Seven African Writers*. Ibadan: Oxford University Press, 1962, p. 58.

的《非洲儿童》(African Child)所表现的怀旧理想主义区别开来。因此,摩尔认为阿契贝的作品在人类学意义上表现了非洲的现实。不难看出,早期的阿契贝评论似乎更关注其小说的宗教学、人类学和档案学价值。

欧洲学者打着人类学招牌从事阿契贝研究,似乎披上了科学和真理的外衣,殊不知欧洲的人类学深受种族主义和殖民主义影响,所谓阿契贝研究的人类学途径同样充斥着偏见和歧视,也为日后的后殖民文学批评家西蒙·吉坎迪(Simon Gikandi)等树立了攻击的靶子。奥斯汀·谢尔顿(Austin J. Shelton)以通晓非洲文化的人类学家自居,自恃比阿契贝更谙熟伊博族(Igbo)文化,对于阿契贝通过作品将非洲社会的瓦解归咎于白人的入侵不以为然。谢尔顿认为一切都源于"奥孔库沃(Okonkwo)的罪恶行径"激怒了众神,并"祸及子孙"。[1]对此,加拿大作家和评论家玛格丽特·劳伦斯(Margaret Laurence)并不认同,她解读出阿契贝真实的意图,即伊博社会的解体既有"内部问题",也是"外部入侵"所致。[2]所谓人类学的文学批评,就是将人类学的概念方法运用于文学批评。在评论尼日利亚文学的《长鼓与大炮》(Long Drums and Cannons)一书中,劳伦斯指出,阿契贝在《瓦解》中讨论了"伊博人的传统社会、这个社会瓦解的原因以及社会变迁影响个人生活的方式"[3]。由此可见,劳伦斯更多将阿契贝小说当作研究伊博族社会历史的对象,而非文学文本。这与杰拉尔德·摩尔的研究路向有相似之处。差别在于,阿契贝小说是摩尔唯一的资料来源,而劳伦斯的人类学研究往往将小说中有关伊博族的描述与人类学家的研究资料互相比对。例如,劳伦斯就伊博族的政治结构、民族性格、地理环境、贸易活动及婚姻制度等作了一番人类学分析后指出,阿契贝的《瓦解》重现了欧洲的入侵对于旧的伊博社会的第一次冲击。[4]

阿契贝研究的另一派批评路径是所谓的普世主义批评(universalist criticism)。对于这类评论,阿契贝本人极为反感,曾在《殖民主义批评》一文中大加挞伐。很可能出于对阿契贝的回应,美国学者约翰·波维(John

---

[1] Shelton, Austin J. "The Offended Chi in Achebe's Novels", *Transition*, 13 (1964), p. 37.

[2] Laurence, Margaret. *Long Drums and Cannons: Nigerian Dramatists and Novelists 1952—1966*. London: Macmillan, 1968, p. 106.

[3] Laurence, Margaret. *Long Drums and Cannons: Nigerian Dramatists and Novelists 1952—1966*. London: Macmillan, 1968, pp. 105—106.

[4] Laurence, Margaret. *Long Drums and Cannons: Nigerian Dramatists and Novelists 1952—1966*. London: Macmillan, 1968, pp. 98—99.

Povey)主张:"基本的立论是——这不应大惊小怪——我们研究非洲文学的原因与阅读法国、德国或孟加拉文学的原因是一样的。我们认为非洲文学探讨的,归根结底是人类普遍关心的命题。我们阅读非洲文学,并非因为它是非洲的,而是因为它优秀。"①约翰·波维的观点显然受到英国文学批评家利维斯(F. R. Leavis)的人文主义思想的影响。在《伟大的传统》(*The Great Tradition*)中,利维斯主张文学应该表现一般意义上人性的本质真理。后来约翰·波维更直言不讳地指出,他之所以偏爱阿契贝的作品,正因其体现了《伟大的传统》中阐述的一些关键的形式特征。约翰·波维认为,阿契贝对小说较为正统的处理方法,使他的作品成为受欢迎的教材,文学教师们发现,他们能得心应手地运用欧洲批评理论的现成工具分析阿契贝小说的结构,因而阿契贝这位非洲作家完全可以与托马斯·哈代、约瑟夫·康拉德等比肩,跻身利维斯倡导的英语文学的"伟大传统"。②因此,尽管阿契贝的小说在诸多方面有别于欧美小说,但在约翰·波维看来,这些只是欧洲形式的延伸而已。然而,同样持普世主义批评视角的查尔斯·拉森(Charles Larson)却极力否定阿契贝小说的价值。与乔伊斯·卡里(Joyce Cary)典型地运用对话呈现小说主人公约翰逊先生的手法大相径庭,在阿契贝的小说《瓦解》中,主人公奥孔库沃似乎少言寡语。查尔斯·拉森于是将其归咎于阿契贝对非洲口头传统的倚重,反而忽视了对话这个典型的小说手法。运用西方小说的标尺,查尔斯·拉森认为阿契贝的《瓦解》强调群体而非个性,故有别于20世纪西方小说重视人物心理刻画的传统,属于"情景小说"(novel of situation)。③当然,阿契贝本人对于拉森名为普世主义、实为欧洲中心主义的批评不以为然,并揭穿了所谓普世主义的真相,即西方作家的作品必然自动具有普世性,而别人必竭力而为才能达至。因此,所谓普世主义不过是"欧洲狭隘的、自私自利的地方主义的同义词"④。这里谈论的普世主义批评日后得到了阿契贝本人的回应,也受到其他非洲作家和评论家的关注。本·奥布姆赛鲁批评阿契贝照搬欧洲的文学形式,未能通过创造性转化使其富有非洲风格。他认为:"小说这个形式应表现该文化的

---

① Povey, John. "How Do You Make a Course in African Literature?", *Transition*, 18 (1965), p. 40.

② Povey, John. "The Novels of Chinua Achebe", in Bruce King, ed., *Introduction to Nigerian Literature*. Lagos: University of Lagos, 1971, pp. 97—98.

③ Larson, Charles. *The Emergence of the African Novel*. Bloomington: Indiana University Press, 1971, p. 32.

④ Achebe, Chinua. "Colonialist Criticism", in *Chinua Achebe*, ed., *Morning Yet on Creation Day*. London: Heinemann, 1975, p. 8.

艺术感悟。我们当然没有小说的形式，但我们的音乐、雕塑和民间故事中有西非小说家们无法忽视的意涵，如果他们不只是希望模仿欧洲的风格。"① 因此，非洲文学的普世主义论调反而激发了非洲本土文学创作和文学评论的去殖民特征。

1962 年，马丁·班纳姆(Martin Banham)在《西部非洲写作》(West African Writing)一文中首先指出，20 世纪 50—60 年代西非政治与社会复兴的一个特征，便是大量的文学活动。在尼日利亚，最重要的四位小说家是：阿摩司·图图奥拉(Amos Tutuola)、西普里安·埃克文西(Cyprian Ekwensi)、奥诺拉·恩泽库(Onuora Nzekwu)和阿契贝。而班纳姆指认阿契贝是其中的佼佼者，因其小说"跳出了自我意识"(unselfconscious)，朝着非洲文学的成熟迈出了"关键一步"。② 从早期几篇评论看，对阿契贝作品的评判经历了从文本外部到文本内部，再到对非洲文学影响的视角变换。换言之，阿契贝写作的非洲文学价值在此过程中不断被赋予新的、更重要的意义。

以专著形式出现的专题系统研究中，阿契贝在英国学者杰拉尔德·摩尔的《七位非洲作家》(Seven African Writers，1962)中，以怀旧现实主义作家身份受到关注。在摩尔看来，阿契贝凭借创作才华给《瓦解》中业已消逝的世界"注入了生命"，为《动荡》(No Longer at Ease)中喧嚣浮华的拉各斯城带来了几分"道德秩序"。③ 摩尔最后在提及阿契贝的一段传媒职业经历时，没有认识到大众传媒的履历与阿契贝等非洲作家创作之间的特殊关联，而认为这是纯粹的行政事务，对文学写作有害无益，这恐怕失之偏颇。

较早研究阿契贝的专著是戈登·道格拉斯·基拉姆(G. D. Killam)的《齐努阿·阿契贝的小说》(The Novels of Chinua Achebe，1969)。基拉姆认为，阿契贝可谓"尼日利亚最负盛名的小说家，也可能是整个黑非洲最知名的小说家"④。基拉姆代表了阿契贝研究的一个重要转向，即从作品的人类学和社会学价值回归文学价值本身。他敏锐地捕捉和归纳了阿契贝及同时代作家普遍关注的三大命题：一、个人和社会层面的殖

---

① Obumselu, Ben. *African Literature, African Critics: The Forming of Critical Standards 1947—1966.* reprinted in Rand Bishop, Westport, CN: Greenwood Press, 1988, p. 88.
② Banham, Martin and Ramsaran, John. "West African Writing", *Books Abroad*, 36. 4 (1962), p. 371.
③ Moore, Gerald. *Seven African Writers.* Ibadan: Oxford University Press, 1962, p. 71.
④ Killam, G. D. *The Novels of Chinua Achebe.* London: Heinemann Educational, 1969, p. 1.

民主义遗产；二、英文作为国家和国际交流语言的现实；三、作家对社会和文学的义务和责任。以今天的后见之明回顾往昔，非洲后殖民文学写作和评论基本沿着以上三个命题的路径发展而来。基拉姆对于阿契贝当时已出版的三部小说的分析，也贯穿了这三根红线。应该说，基拉姆的这本专著在阿契贝研究史上具有开创性意义，为后来的阿契贝研究提供了一种范式。同样，大卫·卡罗尔(David Carroll)的《齐努阿·阿契贝》(*Chinua Achebe*, 1980) 分别讨论了阿契贝的几部小说及诗集，分析了其中的典型人物、叙事结构、文化信息等。卡罗尔强调阿契贝作品对非洲各历史阶段的不同特征的精确解读：《瓦解》与《神剑》(*Arrow of God*) 中的"关键二元主义"，《动荡》中的"灾难性妥协"，《人民公仆》(*A Man of the People*) 中的"价值分裂"，诗作中的"善恶不分、几近难辨"。[①]最后，卡罗尔提醒读者，以上一切都建立于阿契贝"调动英语资源来表述非洲经验"的能力，即阿契贝"最重要的天赋所在"。[②]类似研究还有亚瑟·雷文斯克罗夫特(Arthur Ravenscroft)的《齐努阿·阿契贝》(*Chinua Achebe*, 1969)。

如上所述，最早的阿契贝研究专注于从其小说中解读遥远非洲的宗教学、民俗学和人类学信息。之后，基拉姆等学者的研究转向阿契贝作品的文学价值，开辟了阿契贝研究的文学本体之途。随着阿契贝作品逐渐在世界范围内赢得众多读者，罗伯特·雷恩(Robert M. Wren)日渐感到有必要再次走出文本，"在真实世界里界定小说的语境"[③]。雷恩通过查阅大量档案文献和记录当事人的口述，写成了《阿契贝的世界》(*Achebe's World*, 1980)，该书从文学、历史学、政治学、社会学、宗教学和人类学等多学科角度为阿契贝的作品提供了背景知识和注解，旨在帮助读者及研究者解读阿契贝作品中隐含的丰富信息，力图在文本与文本发生的历史文化语境之间建立密切的联系，有助于读者以"局内人"的视角解读文本。对希望深入解读阿契贝作品的高级读者以及专业研究者而言，《阿契贝的世界》不啻为一部学术价值较高的参考文献。

以上有关阿契贝研究的文献虽未凸显明确的"后殖民"性，但实则隐含了后来所谓阿契贝后殖民研究的主要议题，如对欧-非文学的逆写、非洲文学的语言问题、非洲作家的社会政治属性等。

---

① Carroll, David. *Chinua Achebe*. New York: St. Martin's Press, c1980, p. 181.
② Carroll, David. *Chinua Achebe*. New York: St. Martin's Press, c1980, pp. 181—183.
③ Wren, Robert M. *Achebe's World: The Historical and Cultural Context of the Novels of Chinua Achebe*. Washington, D.C.: Three Continents Press, c1980, p. 7.

后殖民理论观照下的阿契贝研究

俄比·瓦里(Obianjunwa Wali)较早从民族身份认同的角度,对非洲英语文学(包括阿契贝及其作品)作出了否定性评价,因此也较早从后殖民视角评论了阿契贝的文学。瓦里谴责非洲文学和批评成为欧洲标准的附庸,认为阿契贝的《瓦解》并非严格意义上的非洲文学,因它以英文写成,且借鉴了欧洲现代主义文学的主题和叙事策略。他甚至认为非洲语言写成的文学与非洲意识(African sensibility)的形成之间有着必然联系,故消解和颠覆了杰拉尔德·摩尔等见于阿契贝作品中的本真性或现实主义。与瓦里持类似观点的另一人物,是著名肯尼亚作家、评论家恩古吉·瓦·提昂戈(Ngugi wa Thiong'o),他同样激烈反对将阿契贝等非洲作家以欧洲语言创作的文学作品归入正统的非洲文学。如果以上阿契贝研究属于非洲文学语言的元批评,那么,另一类语言批评则展开于具体的微观的层面。上世纪60—70年代,批评界开始关注阿契贝小说中的口头特征。例如,著名阿契贝研究专家伯恩斯·林德福什(Bernth Lindfors)提出,阿契贝发展了非洲本土语言风格(African vernacular style),这种风格体现在《瓦解》《神剑》等小说中无处不在的谚语和明喻上,有助于营造本土的文化环境。①在林德福什看来,谚语的大量使用,不仅有助于实现小说的历史和文化本真性,而且成为推进叙事、深化主题的文体手段。这些谚语"表达和重申了主题,深化了人物塑造,突出了矛盾冲突,聚焦他所描写的社会价值观"②。前述研究者中,查尔斯·拉森认为口头传统的影响只能折损阿契贝作品的价值,但林德福什却恰恰视之为阿契贝小说的璀璨之处。

阿卜杜尔·简穆罕默德(Abdul JanMohamed)也是较早从后殖民角度分析阿契贝作品的研究者。简穆罕默德对阿契贝小说现实主义的理解,超越了之前所谓文化本真性的论述,而转向了小说的叙事模式。小说成功捕捉了非洲口头文化的鲜活经验,避免了西方书面传统的惯性思维。

---

① Lindfors, Bernth. "The Palm-Oil with Which Achebe's Words Are Eaten", 1968, reprinted in C. L. Innes and Bernth Linfors, eds., *Critical Perspectives on Chinua Achebe*. Washington, D. C.: Three Continents Press, 1978, p. 49.

② Lindfors, Bernth. "The Palm-Oil with Which Achebe's Words Are Eaten", 1968, reprinted in C. L. Innes and Bernth Linfors, eds., *Critical Perspectives on Chinua Achebe*. Washington, D. C.: Three Continents Press, 1978, p. 50.

在他看来,阿契贝在《瓦解》中的风格,与他力求再现的口头文化产生了共鸣。正因他抓住了非洲社会的口头文化风味,才能成功展现多数西方读者感到陌生的文化特殊性。①因此,简穆罕默德认为,阿契贝通过富有口头性的语言和叙事模式,彰显了非洲前殖民社会的文化价值体系,试图颠覆作为西方文化基础的书面或书写(chirographic)表征结构的霸权。默罕默德将阿契贝受欧洲小说启发而达成的文本效果,与毕加索油画从西非艺术获得灵感而产生的奇特品质作了类比,由此提出了后殖民批评的一个重要命题,即后殖民文化的混杂性或者口头文化与书面文化的混杂特征。霍米·巴巴后来在《文化的定位》(The Location of Culture)中,提出了"混杂性"(hybridity)这个术语。正如简穆罕默德所作的精辟分析,《瓦解》最引人入胜之处在于,其作为书面口头叙事(written oral narrative)将口头文化与书写文化巧妙融合,从而超越了简单的二元关系。②对于阿契贝研究中极具后殖民性的"混杂性"概念,比奥东·杰义弗(Biodun Jeyifo)的理解或能更进一步。他认为,混杂性表现为"文化肯定"(cultural affirmation)与"文化批判"(cultural critique)两端的辩证关系,即阿契贝的小说既有对伊博族文化的赞美一端,又有"文化去神秘化"或嘲讽与反思的一端。③故而,阿契贝小说中的批判锋芒,既指向殖民主义和帝国主义,也针对传统非洲社会的诸多积弊。杰义弗的批评焦点,耐人寻味地落在《瓦解》的"小人物"身上,如主人公奥孔库沃的儿子奥比瑞卡(Obierika)。他与父亲这个传统意义上的强者与勇士相比显得懦弱无能,对本族文化中暴虐冷血的一面既怀疑又反感。这恰恰体现了后殖民理论关注碎片、边缘的思想路径,以及对霸权话语的批判和解构。杰义弗甚至认为,《瓦解》不仅是文学杰作,也可看作一种批评实践。西蒙·吉坎迪则从作为抵抗策略的后殖民文化政治层面,解读阿契贝小说的混杂性或矛盾性:白人地方官通过书写将乌默邦(Umuofia)的历史压缩成殖民史文本;阿契贝也通过书写把他的人民从此类文本的叙事霸权中解放出来,将伊博文化的价值观和意识形态镌刻在试图压制它们的语言与形式之上;虽然地方官的话语终结了小说文本,但书写地方官话语的,却是阿契贝这个挪用了西方

---

① JanMohamed, Abdul. "Sophisticated Primitivism: The Syncretism of Oral and Literate Modes in Achebe's *Things Fall Apart*", *Ariel*, 15.4 (1984), p. 28.

② JanMohamed, Abdul. "Sophisticated Primitivism: The Syncretism of Oral and Literate Modes in Achebe's *Things Fall Apart*", *Ariel*, 15.4 (1984), p. 36.

③ Jeyifo, Biodun. "For Chinua Achebe: The Resilience and the Predicament of Obierika", in Kirsten Holst Petersen and Anna Rutherford, eds., *Chinua Achebe: A Celebration*. Oxford: Heinemann Educational Books, 1991, p. 61.

叙事传统的非洲作家。①

阿契贝后殖民研究的另一重要命题,是对西方叙事和话语的"逆写"和抵抗。尽管西蒙·吉坎迪质疑阿契贝小说中非洲社会文化的真实性,但这并不妨碍他承认,阿契贝的主要目的是"与殖民主义话语的沉默影子和形式展开竞争与缠斗","颠覆西方对非洲的幻想",并"开创抵抗的话语"。②吉坎迪特别提醒人们,对阿契贝小说的解读如果脱离了殖民主义叙事的关联,那就意味着读者错失了阿契贝文本的"革命性"。这个"逆写"的批评路径后来在比尔·阿什克罗夫特等所著《逆写帝国》中得到了理论阐述。据此解释,西蒙·吉坎迪的批评观念为:后殖民文本是对前殖民中心的"逆写",是对于殖民者针对被殖民者所作叙事的抵抗,这个观念显然已成为后殖民研究的中心话题。英尼斯(C. L. Innes)追溯了阿契贝写作的动机,指出他"原本打算把第一部小说写成《约翰逊先生》的另一版本"。她还指出,《动荡》是对乔伊斯·卡里的直接回应或回击,而《瓦解》较之《约翰逊先生》,呈现了伊博社会"不那么肤浅"的画面。③ 大卫·卡罗尔则指出,阿契贝的小说与白人叙述中所谓"黑暗的大陆"构成了鲜明反差。在卡罗尔看来,作为"黑暗大陆"的非洲,对欧洲人的想象具有"持久的吸引力",欧洲人眼中的非洲"既令人着迷,又令人厌恶"。④

就阿契贝研究的专门著述而言,英尼斯的《齐努阿·阿契贝》(*Chinua Achebe*,1990)在相关综述性研究中成书较晚,此时阿契贝的第五部小说《荒原蚁丘》(*Anthills of the Savannah*,1987)以及一些短篇故事、诗集、评论等已陆续问世。英尼斯虽延续了前人著述的基本论述格局,但力求超越既往研究长期处于主题、矛盾与人物分析的"导读"层次,试图在小说文本、与小说创作同步的历史文化信息以及作家的人生际遇之间建立有机的关联。英尼斯开篇即坦陈:"我将以乔伊斯·卡里的非洲小说为出发点,尤其是那本倍受推崇的《约翰逊先生》,此书促使阿契贝成为一名作家,使他能够从内部讲述尼日利亚的故事。"⑤只要读者细读英尼斯的论述,就不难发现,他强调阿契贝作品及评论对于乔伊斯·卡里代表的欧洲作家和评论家的非

---

① Gikandi, Simon. *Reading Chinua Achebe: Language & Ideology in Fiction*. London: James Currey,1991,p. 50.

② Gikandi, Simon. *Reading Chinua Achebe: Language & Ideology in Fiction*. London: James Currey,1991,p. 26.

③ Innes, C. L. *Chinua Achebe*. Cambridge: Cambridge University Press,1990,p. 21.

④ Carroll, David. *Chinua Achebe: Novelist, Poet, Critic*. Basingstoke: Macmillan,1990, p. 1.

⑤ Innes, C. L. *Chinua Achebe*. Cambridge: Cambridge University Press,1990,p. 2.

洲叙事以及欧洲中心主义思维的逆写。如英尼斯所言,阿契贝创作生涯的起点正是乔伊斯·卡里的小说,阿契贝也清楚意识到"他面对的文化、价值体系和复杂的权力关系产生了殖民主义,同时被殖民主义所生产",他因此倚靠伊博族的"政治文化体系和口头传统",重建了非洲和非洲人的"画面与叙述"。①因此,诚如英尼斯所言,她的《齐努阿·阿契贝》的确对前人有所超越,堪称第一部从殖民批评视角研究阿契贝作品与评论的力作。

非洲文学长期处于我国外国文学研究者的眼界之外,自 20 世纪 90 年代始,非洲文学才渐入少数研究者的视野。学术界对于阿契贝的研究仍处于初兴阶段,期待较深入的专门著述,现有研究多为向国内引介国外相关研究成果。《尼日利亚的"后殖民"小说》(瞿世镜,1997)和《阿契贝及其小说〈瓦解〉》(张湘东,1999)两篇文章较早地向国内学界介绍了阿契贝的生平和作品,但止步于对作家作品的通识性简介,尚未就文本本身的发生和运作机制以及催生该文本的社会历史动因作较详尽深入的剖析。受文化研究(尤其后殖民研究)在西方跻身显学的潮流影响,国内阿契贝研究大多通过文本解读非洲本土文化与西方文化之间的冲突,探索非洲文化认同、非洲作家的身份政治和历史书写等话题。秦鹏举在专著《钦努阿·阿契贝的政治批评与非洲传统》(2017)中主要从文学政治批评的角度,分析了阿契贝的创作实践,认为阿契贝还原了一个真实的非洲,而文本的背后则是以反击西方殖民话语、重建非洲的主体性为目的。俞灏东、杨秀琴、刘清河合著的《现代非洲文学之父:钦努阿·阿契贝》(2012),则突出阿契贝在现代非洲文学史上无可撼动的地位,从生平、文艺思想到长篇小说、短篇小说和诗歌,此作对阿契贝作了通览式的介绍与考察,对促成其文学活动背后的深层社会因素和个人动机的探讨却有待深入。以上两者为国内阿契贝研究仅有的两部专著,除此之外,阿契贝在后殖民文学和理论的著述及其他相关著作中也时有出现。

2000 年,赵稀方在《后殖民理论》一书中,将阿契贝定位于"后殖民先驱"。作者主要依据阿契贝的文学评论,指出他既反对西方中心主义,又反对所谓"非洲中心论",而这恰恰也是日后萨义德等后殖民理论家们论说的基本立场。此外,作者认为阿契贝的另一过人之处在于,他在后殖民理论诞生前便从此视角批判了康拉德的代表作《黑暗的心》,开启了《黑暗的心》批评史上的后殖民蹊径。可见,赵稀方在其梳理的后殖民理论发展史脉络中,把阿契贝归入帝国主义最后阶段——即"新殖民主义"时

---

① Innes, C. L. *Chinua Achebe*. Cambridge: Cambridge University Press, 1990, p. 165.

代——的批评家。无独有偶,2003年,任一鸣和瞿世镜也将阿契贝置于后殖民文学批评的视域中,探讨其小说文本对尼日利亚社会情状的"现实主义"刻画。他们在《英语后殖民文学研究》中将阿契贝的文本置于一个比较的视野,将其与图图奥拉、纳丁·戈迪默(Nadine Gordimer)和恩古吉等人的作品作兼容性探讨,指出了这些作家的共通之处,即皆注重对前殖民时代非洲民族文化的缅怀,在作品中掺入了不少民间故事和乡谚俗语,试图用文学作品重写非洲的古文明史。[①] 需要指出的是,无论对图图奥拉等人的论述,抑或有关阿契贝的篇幅,《英语后殖民文学研究》皆"浅尝辄止",只简要概述作家的生平及代表作,或稍稍涉及小说的故事梗概,而不作进一步阐释。换言之,此时国内的阿契贝研究还停留在译介阶段,称不上严格意义的深入研究。此局面一直延续至本世纪的最初十年。2008年,任一鸣在论著《后殖民:批评理论与文学》中,以较短篇幅介绍了阿契贝的几部小说,尤其强调阿契贝对英文的非洲化改造。英语的非洲化以及非洲文学的书写语言问题,也成为内嵌于阿契贝研究的重要话题。2019年,朱振武在其非洲英语文学力作中表示,创造性地使用英语是非洲英语作家主动采用的书写策略。在他看来,"英语毕竟是从欧洲借来的一种语言样式,在不少[非洲]英语作家看来,正统的英语(English)多少与帝国主义意识形态纠缠不清,所以,为了摆脱殖民化的过去,这些作家会对英语进行脱胎换骨的改造"[②]。朱振武继而指出,阿契贝就曾说道,"我觉得英语(English)可以携带我的非洲经验,但必须有一种新的小写的英语(english),与其古老家园完全和谐,经改造可以适应新的非洲语境"[③]。阿契贝也曾通过使用小写的英语从事其"逆写帝国"政治实践,从而否定或解构西方文本对非洲或非洲人形象的肆意歪曲。譬如,在其发起的"写回帝国的文学战役"中,阿契贝便对入主非洲的白人进行了全面细腻的重新刻画,他笔下的白人一扫人们习以为常的形象,兼有常人的优点与缺憾,但绝非笑料,更不是天生的白痴和坏蛋。[④] 阿契贝由此颠覆了帝国作者笔下非洲人的刻板印象,创造性地挪用这门帝国语言"逆写帝国"。就此,作者得出结论:在文学作品中对英语的创新使用就与非洲英语作家的抵抗或颠覆目的联系在一起。与此相似,宋志明也在著作中讨

[①] 任一鸣、瞿世镜:《英语后殖民文学研究》,上海:上海译文出版社,2003年,第6页。
[②] 朱振武:《非洲英语文学的源与流》,上海:学林出版社,2019年,第7页。
[③] Aschroft, Bill., Griffiths, Gareth and Tiffin, Helen. *The Post-Colonial Studies Reader*. London and New York: Routledge, 2001, p.286.
[④] 朱振武:《非洲英语文学的源与流》,上海:学林出版社,2019年,第7页。

论了阿契贝"逆写帝国"的语言实践,但对作家的颠覆目的和抵抗策略认识不足。①

就论文而言,有学者对"中国期刊全文数据库"进行了检索与查阅。据不完全统计,1986年1月至2016年6月,国内学者在各级各类学术期刊上发表的阿契贝研究方面的论文(包括学位论文)约有70篇,②但时至2023年10月,这个数字已经翻了不止一倍。对这些论文稍作文献学分析,即可管窥国内阿契贝研究的发展概况,也能看到在这一研究领域已取得的成绩,还可发掘一些值得我们深思的问题。

21世纪以来,国内的阿契贝研究开始有所突破,不再止步于简单的译介,而是渐趋深入。黄永林和桑俊从民俗学角度解读了阿契贝小说三部曲之一的《瓦解》,肯定了阿契贝现实主义书写在描写非洲传统风俗时的独特贡献。值得注意的是,黄、桑二人将小说主人公奥孔库沃解读为类似于古希腊悲剧中的失败英雄,认为"这一悲剧形象的典型意义在于揭示了落后、野蛮、非人性的民俗文化在文明的现代文化面前崩溃的必然性,文明取代野蛮、进步战胜落后的不可抗拒性,一切个人逆潮流的努力都必将是悲剧的"。文章继而得出结论:"奥孔库沃个人的命运是与时代、社会和民族紧密相连的,在一定意义上说,他的悲剧也是时代、社会和民族的悲剧。"③可见,文章的作者尽管声称从民俗学解读小说,但均预设了传统与现代、野蛮与文明等二元论立场并以此来观察文本中的非洲传统,对这些民俗背后的历史文化信息提取不够,对作家作此刻画的思想动机鲜有洞察。换言之,黄、桑二人虽有意从民俗学角度进行创新,但论述过程及所得结论都不自觉地落入西方文明冲突论的窠臼,将具有丰富文化与思想内涵的非洲传统民俗简化为西方现代话语中二元对立论,这或为本应以思想自由、精神独立为根本的研究者在无意识中服膺西方学术霸权而"自我殖民"的表现之一。另外,文章作者将阿契贝定位为"尼日利亚裔美国作家",可见国内学界对非洲作家身份政治的关注与其族裔身份的误读,而这亦是西方的非洲文学研究所提供的问题意识。类似的研究还有颜志强对阿契贝笔下白人形象的解读,他通过考察阿契贝主要作品中的白人角色——多为掌握了话语权的白人,大致可分作三

---

① 详见宋志明:《沃勒·索因卡:后殖民主义文化与写作》,北京:中国社会科学出版社,2019年,第12—14页。
② 黄晖:《非洲文学研究在中国》,《外国文学研究》2016年第5期,第146—152页。
③ 黄永林、桑俊:《文化的冲突与传统民俗文化的挽歌——从民俗学视角解读齐诺瓦·阿切比的小说〈崩溃〉》,《外国文学研究》2006年第5期,第33页。

类:传教士、官吏和文职人员——认为作家有意识地塑造白人形象以作为黑人角色的陪衬,[1]但未落入"反种族主义的种族主义"的圈囿,而是对入主非洲的白人作了全面细致的重新刻画,将之描绘为有优点、缺憾甚至污点的人。换言之,在阿契贝笔下,黑人与白人不再有种族上的优劣之分,都是生活在非洲这片土地上的人。

阿契贝对西方话语中非洲刻板印象的逆写,是国内学者关注的焦点。除了上述学者对其小说中的反帝国书写的探讨,陈榕从文化相对主义视角,考察了阿契贝的小说《瓦解》,认为作家通过对主人公奥孔库沃充满人性化的刻画以及对伊博文化的详尽描写,挑战了欧洲中心主义的社会文明进化话语,解构了殖民话语建构的欧洲文明与非洲文明间的等级关系,同时体现了其重构非洲文化传统的努力。需要指出的是,如果说前述黄、桑二人的解读最终沦为西方文明冲突论的共谋,陈榕则看到了阿契贝在建构传统文化过程中对非洲文明和基督教文明采取的文化相对主义立场,从中读者能够体悟到阿契贝对待伊博文化、对待欧洲文化、对待文化互动所持的开放态度。[2] 此外,类似的研究还有《跨文化冲突的后殖民书写——也论〈瓦解〉的主题兼与黄永林、桑俊先生商榷》(杜志卿,2010),该研究多集中在对阿契贝代表作《瓦解》的考察,且多涉及文化冲突这一主题。

应该承认,在本世纪最初十年,与西方同行的既有成果相比,国内学者无论在研究的系统性还是深刻性方面都有不小的差距,又缺乏阿契贝研究的专题著述,且研究对象集中于《瓦解》,对阿契贝其他小说关注较少。这一研究现状到本世纪的第二个十年始有改观,已有两部阿契贝研究专著出版。但就论文而言,《瓦解》一直是国内批评家重点关注的对象,除此之外,其他的小说或其他文类的文本也逐渐进入批评家的研究视野,其中的非洲口头艺术以及阿契贝的诗学表述也成为国内学者关注的又一研究领域。

高文惠曾撰文探讨阿契贝对非洲传统艺术尤其是口传文化艺术形式的有意识继承,认为阿契贝在小说人物间的对话和独白中引入了大量谚语,在其英语小说文本中融入大量伊博口语的语言节奏、语法结构和语言习惯等,作者将此归纳为"具有'伊博主义'特质的语言表达"[3],但内嵌于阿契贝英语文本中的伊博族表达形式——即所谓"英语的非洲化"——已是国内外学

---

[1] 颜志强:《帝国反写的典范——阿契贝笔下的白人》,《外语研究》2007年第5期,第85页。
[2] 详见陈榕:《欧洲中心主义社会文化进步观的反话语——评阿切比〈崩溃〉中的文化相对主义》,《外国文学研究》2008年第3期,第158—169页。
[3] 高文惠:《论黑非洲英语文学中的传统主义创作》,《山东社会科学》2016年第4期,第95—96页。

界的共识。秦鹏举将阿契贝的文学创作与鲁迅的文学创作进行比较,考察阿契贝的诗学特质。作者意在呈现二人在各自所处文学由传统向现代的转型中所表现的、与异质文化的深刻关联,继而凸显他们在传统与现代之间的诗学张力,表现出较为新颖的问题意识,但在论述过程和所得结论似又趋于"复旧",即将奥孔库沃解读为古希腊悲剧式英雄、殖民时期文化主体与文化他者的碰撞与冲击等旧说,而阿契贝的"中性哲学"思维方式也是阿契贝研究绕不开的话题之一。① 相比之下,蒋晖以阿契贝为个案展开的非洲现代知识分子的"回心与抵抗"史,则要深刻得多。他认为,与鲁迅——他只展示了彼时中国文化和社会的败象——相比,阿契贝可以说是非常详尽准确地描述出了民族经历毁灭的过程,深刻展示了非洲的历史经验,其作品的内容和形式本身就是各种矛盾冲突的混合体,是非洲社会现实的间接反映。② 不同于秦氏一文将阿契贝的诗学表征简单归结于传统与现代、本土文化与异质文化之间的二元对立,蒋文详细论述了《神箭》主人公祖伊鲁的思想发展史,将伊博人的神灵崇拜、祭祀习俗等融入其中,继而展现阿契贝在深度融合伊博族神学和尼日利亚现代政治时的诗学表达。

此外,庞好龙曾两度撰文,探讨《瓦解》蕴含的文化隐喻与作家就社会危机展开的反思性书写。庞氏于 2020 年探析了该小说中的伊博式幽默叙事,指出:小说从反讽幽默、热幽默和冷幽默等角度展现了伊博人在英国殖民者统治尼日利亚时期的艰难岁月,揭露了英国殖民者无视伊博人尊严、践踏伊博人人权的暴行,并且创造性地使用了言辞反讽幽默、命运反讽幽默和戏剧反讽幽默,凸显了伊博人的思维特色和性格特征。③ 可以说,这篇文章是国内少数从文体学和叙事学角度探讨阿契贝小说美学的研究成果之一,与此同时,又不忘结合社会政治、文化冲突、文学象征等视角,展现其中伊博人的社会习俗和白人殖民者对伊博文明的侵蚀和破坏。这篇文章一定程度上代表了国内阿契贝研究的新突破。相比之下,庞氏 2022 年新文的问题意识,则又有所"倒退",重回西方阿契贝研究的既有问题框架,从文化或文明冲突论角度审视小说中的伊博族危机书写与文化反思,所得结论不外乎揭示传统文化与移入文化的交融、博弈以及作家的文化反思。但相比其他相关研

---

① 详见秦鹏举:《阿契贝与鲁迅诗学比较》,《西南民族大学学报(人文社会科学版)》2018年第8期,第169—173页。

② 详见蒋晖:《现代非洲知识分子"回心与抵抗"的心灵史》,《清华大学学报(哲学社会科学版)》2015年第6期,第60—72页。

③ 详见庞好农:《从〈神箭〉探析阿契贝笔下的伊博式幽默叙事》,《外语研究》2020年第4期,第100—105页。

究成果,庞文的突出贡献在于,系统探究了殖民语境下伊博社会危机的致因问题,深入剖析了其中牵涉的非洲土地所有权问题和伊博部落内在社会结构中的权益问题。① 该研究呈现了伊博社会的详实资料,为国内学界提供了该族群研究的一手文献。毋庸讳言,国内对阿契贝小说的研究,虽取得了不小的进展和一定的突破,但总体上"认同"西方非洲文学研究所"输入"的问题意识,只围绕文本中的文化冲突作重复性解读、徘徊性讨论。

除了长篇小说,阿契贝的其他文本也进入了国内学者的研究视野。2014年,杜志卿发文讨论阿契贝的绝笔之作《曾经有一个国家》(*There Was a Country*),这篇文章也是国内鲜见的、讨论阿契贝内战回忆录的研究成果。文章立足此作,全面展示了尼日利亚内战的成因以及给民众生活带来的深刻影响,在论述过程中贯串着详实的史料信息,结合作品文本阐述了阿契贝笔下这场战争的政治内涵。② 另外,阿契贝作为享誉国际的短篇小说家,其短篇小说也在进入国内学者研究视域后成为倍受关注的文本。譬如,杜志卿曾发文探讨阿契贝的短篇故事《天下太平》(*Civil Peace*)。他将此作定位为哲理小说,其中西西弗式的荒诞构成了小说的重要内容。③ 文章花费大量篇幅讨论了小说主人公乔纳森·艾卫格布所经历的荒诞和比夫卡战争在小说中的再现,但未能将文本表层荒诞感的艺术化表征与彼时尼日利亚的社会文化、思想氛围以及阿契贝本人的创作意图作较为融通的勾连,对文本背后的历史潮流与作家的写作动机认识不足。与此相比,蒋晖后来就阿契贝的短篇小说理想展开了论述,认为阿契贝的短篇小说创作,目的在于让读者了解非洲和非洲的艺术。文章作者继而指出:"了解非洲,即了解非洲的现状;了解非洲的艺术,即向西方文化霸权宣战:非洲也是一个人类文化和艺术的家园。"④可以说,蒋氏深刻认识到了阿契贝对身为一名"教师"的作家的身份认同,这与阿契贝的创作目的相契合,即教化民众,动员他们参与到社会变革之中。

作为所谓非洲文学史上"批评的时代"的经典作家和"理论的时代"的过渡作家,⑤阿契贝的文艺思想和文学批评也成为国内学者关注的另一焦点,

---

① 详见庞好农:《阿契贝〈神箭〉中的伊博危机书写与文化反思》,《外国文学》2022 年第 6 期,第 139—148 页。
② 详见杜志卿:《重审尼日利亚内战:阿契贝的绝笔〈曾经有一个国家〉》,《外国文学》2014 年第 1 期,第 147—160 页。
③ 详见杜志卿:《荒诞与反抗:阿契贝小说〈天下太平〉的另一种解读》,《外国文学》2010 年第 3 期,第 3—9 页。
④ 蒋晖:《阿契贝的短篇小说理想》,《读书》2014 年第 10 期,第 76 页。
⑤ 详见蒋晖:《从"民族问题"到"后民族问题"——对西方非洲文学研究两个"时代"的分析与批评》,《文艺理论与批评》2019 年第 6 期,第 118—157 页。

而其在非洲文学书写语言问题的论说,也已成为内嵌于非洲文学研究的议题之一。前述研究者中,已有人注意到阿契贝折衷主义或文化相对主义哲学在其小说中的表征。除此之外,段静也意识到阿契贝英语文学实践中的中性哲学观念。诚然,殖民地国家文学语言的选择是长期争论的焦点,以瓦里和恩古吉为代表的一批非洲作家和评论家激烈批判非洲的欧洲语言文学,极力捍卫非洲本土语言在非洲文学中的合法性和主导性,但以阿契贝为代表的作家和评论家强调英文等欧洲语言进入非洲文学的历史成因与现实需求,指出帝国语言未必不能成为去殖民化历史的关键一环。段静认为,"阿契贝将自己定位为运用英语来提升非洲艺术的非洲作家。非洲文学不能一味坚守自己的阵地,而应通过特定的语言积极主动地走出去,在交流互动中建构自己的民族身份"。而阿契贝将英语非洲化的文学语言实践表明,"作家应该超越种族的局限,具备一种世界性的眼光和胸怀。在对殖民历史的追溯中,阿契贝既揭露了殖民主义在非洲制造的罪恶,也反思和批评民族主义的自我陶醉和盲目排外。这是一种更为辩证的态度。事实上,阿契贝不是站在非洲利益的立场上和西方进行争斗,而是从人类的共同利益出发来谈论非洲和西方,寻找非洲文学文化和西方文化的契合点,以推进整个世界文化的和谐发展"。文章作者继而得出结论,阿契贝的中性文艺思想通过对激进、偏执的民族主义的消解,完成在客观距离下对非洲文明和身份的重建,为非洲面临的一系列挑战与难题提供了应对之道。① 这篇文章明确指认了阿契贝"中性哲学"文艺思想的开放性与包容性。

然而,宋志明却在著作中提出了相反的看法,他将阿契贝、钦维祖等人与索因卡的创作哲学作了比较,认为阿契贝等人倡导"完全驱除殖民影响、回归'纯粹''纯净'的传统"而盲目"去殖民化"的做法,与索因卡"'拒绝文化融合不可能'从而应接受'文化混杂'的现实"之间,产生了截然的对立。② 宋氏尽管批判了将阿契贝与索因卡置于壁垒分明的两大阵营的做法,否认将索因卡视为"欧洲中心主义者",却默认了天平的另一端——阿契贝是反向的"非洲中心主义者",理由是"在阿契贝的作品中,我们看到殖民文化完全是本土传统的'异化'力量,是'他者',造成了本土社会秩序的矛盾、解构

---

① 段静:《从智慧哲学到中性哲学——阿契贝反殖民书写背后的文艺思想》,《外国文学动态研究》2015年第2期,第14—22页。除此之外,朱振武、袁俊卿、李丹等均在文章中讨论过阿契贝的语言实践,他们大多以比较视野将阿契贝与恩古吉进行比较,探讨阿契贝所谓"英语的非洲化"在其小说中的表征及作家创作的现实动因。

② 宋志明:《沃勒·索因卡:后殖民主义文化与写作》,北京:中国社会科学出版社,2019年,第12—14页。

和完全的'瓦解'。[而]作为非洲本土的主体叙述者,阿契贝对殖民入侵者充满了厌恶和拒斥心理……"①且不说将阿契贝归入"非洲中心主义者"的论断本身就在非洲与欧洲之间树立了截然割裂的二元对立,这一论调还抹煞了其"英语的非洲化"的抵抗策略。另外,将阿契贝的文本孤立于其生成语境,草率做出"文化异化"的论断,或稍显武断。事实上,阿契贝所谓"英语的非洲化"正是其"瓦解""纯净"的"非洲中心主义"的文化修辞。他的小说中散落着"小民族语言"的具体现象。譬如,《瓦解》第七章中缺乏明确意义所指的歌谣,《神箭》中与"眼睛"存有明显语义关联的"眼线"抑或"盯梢人",以及《动荡》中族人就主人公奥比(Obi)危在旦夕而积极商议营救之策时展开的描述——阿契贝将非洲本土文化的意象掺入英文写作,以此松动甚至打破了作为大民族语言的英文的"参照点"地位,代之以"狐狸与母鸡""播种与收割""个大汁肥的蛤蟆"等别具非洲语言文化特征的"诠释"或"间接话语",这一语言策略使其在"欧洲中心主义"与"非洲中心主义"之间找到了一条中间路线。

有关非洲文学书写语言的论述及其语言实践,是阿契贝"中性哲学"文艺思想在文学实践中的具体体现。需要指出的是,作为阿契贝文艺思想的集中体现,国内学者确实对其"中性哲学"有所探讨,但遗憾的是,最后尽皆落入前殖民与殖民时期传统与现代、本土文化与外来文化的碰撞与博弈等固有论调,这种二元对立的论述思路,归根结底源自西方文明冲突论所提供的问题意识。实际上,在阿契贝那里,"中性哲学"的内涵源自非洲本土的折中主义哲学。此观念最初意在不同社群之间分歧严重时寻求平衡和妥协,以使社会达到相对平衡与和谐的状态,被阿契贝吸收发展后用于其就非洲文学发展的理论著述。但在西方文明冲突论这一问题意识的框架内,阿契贝文艺思想中呈现的非洲本土哲学观念往往遭到遮蔽。以西方左翼的后殖民批评为代表的解构主义理论,规定了中国阿契贝研究的思想路径。换句话说,非洲历史与现实中波澜壮阔、千变万化的革命与斗争经验被文本化了,阿契贝文学文本的内在运行机制与其外在发生语境和动机也蜕变为"解构""颠覆""挪用""戏仿""异化""逆写"等时髦的术语游戏。可以说,尽管这些研究力图挖掘阿契贝文艺思想中的理论潜能,也注意到了其中反殖民话语的思想动能,但总体仍习惯于"跟踪"欧美同行的研究议题与成果,尚缺乏独立开掘研究问题的意识与能力。

---

① 宋志明:《沃勒·索因卡:后殖民主义文化与写作》,北京:中国社会科学出版社,2019年,第13页。

通观国内阿契贝研究的代表性成果可知，整体而言，国内研究者对阿契贝小说中的反殖民主题及其文艺思想在语言层面的实践、在文学表述中的修辞有了初步认识，既解读了小说文本表层的文化冲突现象，也剖析了表层逻辑下的文化与政治内涵，同时分析了作家在创作美学上的探索，个别学者更是注意到了其他文类的文本。但是，不论关注其文本中的文化书写，还是其中的语言政治或历史叙事，批评家们在论述过程中都不约而同地趋向一个相似路径：阿契贝的"中性哲学"思想及其在文学活动中——尤其作家所谓"英语的非洲化"的语言实践——的表征，一定程度上反映了彼时现代非洲作家处于文化十字路口的个人选择及其合理性。按照他们的逻辑，现代非洲作家大都成长于以欧洲为中心的殖民教育体系，长期接受殖民宗主国的教化与熏染，对殖民地本土文化和西方异质文化都有着切身而深刻的体会与理解。西方文化作为非洲作家的创作来源之一，不能简单地被理解为一种外在形式，或具象化为与非洲传统文化互相割裂的、可触摸的客观实体，它实已内化于其思维方式及其作品的有机体，与非洲本土文化或已浑然一体，难作你我之辨。各种文化间彼此混合，其内容与历史互相掺杂，彼此交融，早已不可分割。这些研究继而得出大同小异的后殖民主义式的结论：以阿契贝等人为代表的后殖民社会的知识分子，通过最初对殖民文化的"模仿"逐渐破坏、瓦解和颠覆殖民主体的权威，"文化融合说"——既不否认与传统的关联，又承认当地多元文化的混融现状——也成为后殖民地知识分子缓解文化尴尬、抵抗西方殖民文化霸权的思想武器，使一种颠覆或所谓的"逆写帝国"成为可能。

诚然，几百年的殖民经验给非洲带来了深刻影响，"文化融合"是殖民地的客观历史和现实，深刻反映了错综复杂的殖民地经验，也是后殖民社会的普遍语境，而这种"文化融合"恰好是解构欧洲中心主义和西方"二元对立"的摩尼教思想传统的切口，后殖民知识分子通过这种"文化融合"，可以超越"黑/白""主/奴""开化/野蛮""先进/落后""优越/劣等""道德/堕落""人性/动物性""自我/他者"的二元对立思维模式，解构欧洲中心主义社会文明进化话语所构建的欧洲文明和非洲文明之间的等级关系，同时不落入狭隘民族主义意识形态的圈囿。这正是后殖民批评理论的要旨，即"文化融合"是后殖民时期全球社会的文化症候，文化融合已是大势所趋。阿契贝的"中性哲学"既倡导恢复、重建被殖民者遮蔽和歪曲了的非洲本土文化，又不忽视殖民经验为非洲带来的深刻影响，同时借鉴、利用欧洲文化的可资利用之处，强调非洲文化的"兼容性"以及世界不同文明和艺术传统之间的相互融合；其"英语的非洲化"的语言实践则是一次在文学创作活动层面上的尝试。

但是，需要指出的是，这种以强调非洲本土文化与欧洲异质文化之间的混杂、融合为内核的文化相对主义，恰好迎合了西方非洲文学研究的问题意识，即强调混融是非洲后独立时期的文化现实，企图以发展为名掩盖非洲独立时期的革命历史经验。在此问题意识的逻辑框架内，阿契贝语言实践背后的政治内涵被忽视或遮蔽了，文本内在的发生逻辑和运行机制，以及作家创作的隐含意图亦得不到彰显。

作为现代非洲文学的开拓者与重要的奠基者之一，阿契贝被誉为"现代非洲文学之父"，他同时是小说家、评论家、思想家和活动家，在文学创作和文学批评领域对非洲和世界文坛作出了重要贡献，在国际文坛享有盛誉。遗憾的是，自1964年高宗禹译介阿契贝的代表作《瓦解》以来，相比欧美世界的詹姆斯·乔伊斯、亨利·詹姆斯等经典作家，阿契贝在中国可以说长期处于批评家眼界的外围，这与国人在改革开放以来一意引入或融入欧美文化不无关联，加上欧美知识话语长期或隐或显地将非洲描述为"没有历史、尚未开化的黑暗大陆"，一定程度上在中国知识界形塑了一种有关"发达/野蛮"之二元对立的集体无意识。在此集体无意识——对"发达"的追捧和对"野蛮"的漠视——的驱使下，中国的研究者几乎无意亦无暇将目光投向东方的另一隅，遑论战争动乱频仍、积贫积弱尤甚的非洲。随着国家"一带一路"倡议的提出与实施，知识界对非洲的关注逐渐增加，非洲研究总体滞后的状态日渐改观，中国的非洲文学研究也取得了相应的令人欣慰的研究成果。

但现实是，20世纪80年代末以来，西方令人目眩的各类思潮、流派在中国知识界呈现出"你方唱罢我登场"的横扫态势，而以西方左翼的后殖民批评为代表的解构主义理论更是统摄了我们的非洲文学研究。具体而言，就是将西方作为理论的来源，把非洲看作素材的出处，非洲的经验如果没有西方的理论体系的加工，就不能知识化，更不能成为可供研究、可供借鉴的思想产品在全球流通。这导致的直接结果是，我们的非洲文学研究只是对学术界外国文学研究领域空白的填补，这些研究无法挣脱西方的思想学术风气，也无法与非洲的历史与现实生出多少干涉，所拥有的问题意识也只能内在于西方的非洲文学研究的论述逻辑之中。以阿契贝的文学创作为个案，通过重访其文学创作发生的历史现场，再审中西学术界就非洲文学提出的一些既定的问题意识，如文明冲突论、文化相对主义、非洲文学语言的问题化、第三世界文学理论的构建等，这也许是今后中国的非洲文学研究更应注意的问题。

第一章 阿契贝的后殖民思想与非洲文学身份的重构

对于后殖民(Post-colonial)的理论界定,学界一直存在争议。其实,后殖民理论的发生和发展是一个历史的、混杂的过程,并非脉络清晰、一目了然。一般认为,1978年萨义德《东方主义》的出版,标志着后殖民理论的滥觞。因为萨义德超越了此前后殖民作为政治理论话语的研究范式,开创了从文学文本视角研究和追溯后殖民历史的路径。那么,我们是否可以认为,只有在《东方主义》问世之后,该领域的理论构建和文学实践才能打上后殖民的标签呢?对此,比尔·阿什克罗夫特等指出:"作为结果,'后殖民理论'是用来描绘这种现象的,[而这种现象]在这个特定名称出现前很久就存在。当被殖民者开始反省和表达由帝国语言与本土经验竞争有力的混合所带来的紧张时,后殖民'理论'就形成了。"[①]由此,我们可以认为,后殖民文化批评和文学实践肇始于殖民史的开端,且一直延续至今。基于这样的理论,本章将理论视点聚焦于西方后殖民理论话语确立前的、殖民地本土的后殖民话语批评和文学实践。阿契贝的独特意义在于,作为有别于那些出生于原殖民地国家、后又移居西方接受系统教育并从事教学科研的后殖民学者,阿契贝在非洲本土环境中接受了完整的教育,并长期在当地从事创作、传媒和教学等工作,因而其后殖民文学创作和话语批评更能够从殖民地本体角度出发,产生有别于西方视角的后殖民话语和思想。然而,必须指出的是,阿契贝并非后殖民理论和批评学者,缺乏系统的理论建构,他的相关思想往往散见于甚至隐匿于其文学作品、批评文章与访谈中。为了厘清其后殖民或者具有后殖民症候的思想,必须对相关文本进行细读分析,挖掘其独特的后殖民思想线索,加以梳理分类和对比总结。本章分析了阿契贝独特的成长环境对其后殖民思想形成的影响,指出作家通过改写和挪用帝国语言等

---

① Ashcroft, Bill., Griffiths, Gareth and Tiffin, Helen. *The Post-Colonial Studies Reader*. London: Routledge, 1995, p. 1.

策略达到了消解和颠覆殖民话语的效果。此外,本章分析了阿契贝的后殖民思想对于重建其非洲文学身份的启发意义,指出只有从非洲文化本体的角度出发进行文学创作,才能发出非洲的声音,重建后殖民非洲的文学身份。

"混杂"文化语境与作家后殖民思想缘起

此处将以后殖民理论家霍米·巴巴的个人经历及其后殖民理论为参照,深入分析阿契贝的独特成长环境对其后殖民思想或风格养成的功用。如果我们对他们二人的成长历程有所了解,就不难发现"混杂性"是他们共同的特征,即他们均成长于具有混杂特征的后殖民文化语境中。1949年,巴巴出生于印度孟买的袄教徒家庭。袄教徒在公元7—8世纪为逃避宗教迫害从波斯来到印度,对于印度本土民族来说是外来民族,对印度的认同感较低。袄教徒有着混杂的生活方式和文化谱系,虽借鉴了印度的文化传统,但不能讲他们的语言,难以被认同。然而,这种经典传统的缺失也是一种优势,巴巴在个人和群体的自我塑造试验中获得了较大自由。基于这样独特的身世和族群背景,巴巴反对本质主义的身份观,认为"本质主义的身份模式似乎在某种程度上已经过时了,身份……是你自己建构起一种认同感"①。

那么,就阿契贝的经历而言,是否存在类似的混杂性呢? 1930年,阿契贝出生于尼日利亚的奥吉迪(Ogidi),属于伊博族。对于自己的成长环境,他曾在一次访谈中描述如下:"当时这个地区传教活动相当多。首先到来的是英国圣公会教徒,接着是天主教徒。我父亲1904年毕业于一所师范学院,是我们村里较早信奉基督教的人……我父亲一生中有35年在为尼日利亚的'传教协会'工作。作为一个教会家庭,我们定时做礼拜,熟读《圣经》。但村子的另一部分人不信奉基督教(实际上,我父亲的一个兄弟就不是基督徒)。所以在我年幼时,同时受到基督教和伊博族传统宗教的熏陶。"②从阿契贝身处的家庭和社群的宗教文化环境可见,他早年成长于两种异质文化——基督教表征的殖民者文化与本土传统宗教表征的被殖民者文化——

---

① Bhabha, Homi. "Between Identities", in Rina Benmayor and Andor Skotnes, eds., *Migration and Identity*. New York: Oxford University Press, 1994, p. 187.
② Samway, Patrick H. "An Interview with Chinua Achebe", *America*, 22 Jun. (1991), p. 684.

的混杂情境中。此外,混杂性还体现在他所接受的教育上。他曾如此谈及自己的教育背景:"我是在'传教协会'小学读书的,后在尼日利亚政府办的英式中学和大学读书。英式学校的优点是拥有很好的图书馆。我们可以博览群书,尤其那些英国学校的必读书,如《金银岛》《弗洛斯河上的磨坊》等。同时,我还阅读了有关非洲的书籍。"①客观地说,在他接受教育的过程中,本土非洲文化和外来欧洲文化均对他产生了深刻影响。可以看到,阿契贝成长的文化语境既有传统元素,又有殖民文化的特征,同时也有后殖民特征,呈现出一定的混杂性。

根据以上分析,霍米·巴巴出身环境的混杂性源于其少数族裔的背景,无论是他作为袄教徒在印度,还是日后作为亚裔在西方。巴巴的少数族裔身份使其难以认同印度主流文化,即便印度遭遇英国的殖民统治,袄教徒也未有抵抗的情绪和行动,反而成为"印度人和英国人之间的沟通者",利用英国人的殖民统治获利,而不会产生道义上的自责和不安。巴巴的少数族裔身份不能套用在阿契贝身上。阿契贝虽同样置身于混杂的后殖民文化语境,但他作为本土伊博族人,对本民族的语言与文化有着深刻的认同感,对于西方文化中的东方主义话语对其民族历史和身份的篡改与歪曲,有着本能的反感和抵抗情绪。即使在谈到自己如何从英语文化的教育中获得教益时,他也深刻反思和批判了英语文学作品对非洲民族的叙事。他认为,在自己读过的(英文)小说中,"大部分是情节简单的故事,有关善良的白人和邪恶的野蛮人。我当时年纪小,对这一切不甚清楚,但现在想来,当时还是意识到了这些故事隐含的意义,直到后来得出结论,这一切应有所改变。新的故事必须写出来,那些有关白人和野蛮人的故事实在不是我自己的故事。这就是我渴望讲述自己的故事、讲述自己民族的故事的缘起"②。阿契贝后来的文学创作实践以及文学与文化政治批评,都可看作对帝国主义殖民话语的逆写和批判。因此,较之巴巴以混杂为特征的后殖民思想,阿契贝明显表现出对西方文化殖民主义的批判锋芒。但另一方面,由于长期受到西方宗教思想和世俗教育的影响,阿契贝在日后的后殖民文学创作中,虽对西方文化殖民主义展现出深刻的批判意识,但始终没有堕入文化本质主义的窠臼而沦为文化原教旨主义者。换言之,阿契贝对西方殖民文化的批判是有限度的,或曰温和的。在谈到自己在大学期间开始《瓦解》的创作时,他强调

---

① Samway, Patrick H. "An Interview with Chinua Achebe", *America*, 22 Jun. (1991), p. 684.

② Samway, Patrick H. "An Interview with Chinua Achebe", *America*, 22 Jun. (1991), p. 684.

通过创作小说来重新书写自己民族的身份和历史,"未必要对抗别的民族,而是要拯救自己,因为有关自己民族的另一种叙述尚未被表达出来。因此,我需要做的就是将其表述出来,与其他叙述并置,并进行互动"①。这说明,阿契贝复杂的文化背景帮助他在批判西方殖民主义的同时,避免了二元对立的文化观。他曾意味深长地告诫读者:"让我们不要在拒斥邪恶的同时,把好的东西也随之丢弃。"②

对于阿契贝持有的文化观,我们不妨从巴巴的理论话语中寻求启发。巴巴认为文化认同不是凝固的(fixed),而是行动的(performative),因此对于差异的表述不能解读为对既定(pre-given)种族或文化特征的反映,而应该是复杂的、不断行进中的商谈行为(negotiation)。阿契贝所谓的"另一种叙述",显然不是对前殖民时代非洲文化的"凝固性"叙述,这种叙述必然是与"其他叙述"(包括对宗主国文化的叙述)互动式的商谈。这样的商谈或文化翻译会打开一片"罅隙性空间"(interstitial space),打开"文化混杂"(cultural hybridity)的可能性,叙述者既反对返回到一种原初性"本质主义"的自我意识,也反对放任于一种"过程"中的无尽分裂的主体。前文提到的阿契贝要"讲述自己民族故事的缘起",就是对"无尽分裂的主体"式的民族文化虚无主义的批判,但批判绝不意味着走向"本质主义",绝非重返前殖民时代的文化传统。根据巴巴的观点,传统仅仅是"部分的认同形式"(a partial form of identification),重现过去的同时,必然引入他者的、不可通约的文化因素来参与传统的创新。实际上,阿契贝正是试图挪用小说这种外来、异质的叙事手段,并使之与非洲语境混杂后开创后殖民文学创作的"罅隙性空间",以建构当代非洲的后殖民文学话语。

下面,我们不妨对阿契贝语言观中的后殖民特征加以探讨,即在作为后殖民场域的"罅隙性空间"中,作家如何选择文学创作的语言,如何对语言的形式加以改写。这不仅是为了解构西方殖民话语,也是反思和批判本土文化,使得非洲文化生成新的意义,进而建构当下的"非洲性"(Africanness)。

"帝国"语言的改写和对殖民话语的消解

殖民时代以来,殖民帝国实施文化宰制的一个重要特征是语言的控制:

---

① Ehling, Holger. "No Condition Is Permanent: An Interview with Chinua Achebe", *Publishing Research Quarterly*, 19.1 (2003), p. 61.

② Achebe, Chinua. "English and the African Writer", *Transition*, 18 (1965), p. 28.

将宗主国语言的"标准"版本植入殖民地,使殖民地本土语言边缘化,从而对"殖民者的语言进行有意识地提升"。①例如在印度,"英国殖民统治者……畏惧当地人不服管治,发现英语文学是他们的盟友,有助于他们在通识教育的幌子下维持对当地人的控制"②。通过推行文化殖民主义政策,英语往往成为殖民地的官方语言,在有些缺乏文字的地区甚至成为书面体母语。正如阿契贝所言,"帝国宰制(imperial domination)需要新的语言,来描述其开创的世界和降伏的臣民"③。以语言为中介,权力的等级结构被固化,宗主国的"真理""秩序""现实"等概念在殖民地得以确立。欧美批评家往往对那些能够对"普遍的读者"(实指西方读者)言说的非洲作家赞赏有加,认为他们以欧洲语言进行的写作,避免了非洲本土语言写作带来的"理解"障碍。对于此类评论的政治文化意涵,包括阿契贝在内的非洲批评家和作家都有所揭露和批驳。所谓"理解",意味着殖民地民族国家独立后,西方前殖民宗主国的标准和价值的延续,这种延续意味着殖民帝国拒绝从非洲文化内部解读非洲文学,而坚持对非洲继续施行文化殖民政策。阿契贝主张"在讨论非洲文学时抛弃'普遍主义'这样的语汇,直到有一天,它不再是狭隘的欧洲中心主义观念的代名词"④。可见,对文学创作之"非洲性"的体认和对"普遍主义"文本解读策略的拒斥,构成了非洲后殖民文学的基本特征,而这一切又与文学书写的语言选择问题密切相关。

从书写语言的角度看,非洲后殖民写作对西方文化殖民主义的消解,也有不同路径。一种路径以文化本质主义抵抗文化普遍主义,主张必须对西方殖民文化(包括其语言)进行清算,从而回归前殖民时期的语言与文化模式,才能实现非洲的去殖民化,恢复文化的"非洲性"。肯尼亚作家恩古吉正是其激进代表,他强调作家的政治功能,主张非洲文学应放弃欧洲语言,而以非洲语言创作。他认为非洲的英语文学是一种"非-欧文学"(Afro-European literature),是从殖民文学向独立非洲文学的过渡形式。独立的非洲文学需要以通过非洲语言实现思想的去殖民化为目标。然而,具有讽刺意味的是,他本人显然和西方的文化标准有着千丝万缕的联系。他在英国接受过高等教育,在西方不同的大学里教授英文,在英美等国参加各种文学研

---

① Thiong'o, Ngugi wa. *Decolonising the Mind: The Politics of Language in African Literature*. Oxford: James Curry, 1986, p. 16.
② Viswanathan, Gauri. "The Beginnings of English Literary Study in British India", *Oxford Literary Review*, 9 (1987), pp. 1—2.
③ Achebe, Chinua. "Africa Is People", *The Massachusetts Review*, 40.3 (1999), p. 316.
④ Achebe, Chinua. "The African Writer and the English Language", in Chinua Achebe, ed., *Morning Yet on Creation Day*. London: Heinemann, 1975, p. 13.

究会议,他的小说也频繁引用英美经典作家的作品,如莎士比亚、惠特曼等。他的英文作品在非洲和西方的影响,远超其吉库尤语(Gikuyu)作品。很多批评家认为,恩古吉虽批判西方文化对非洲知识分子和作家的影响,但他本人就是一个相当西化的作家。以马利·恩加拉(Emmanuel Ngara)就认为,"恩古吉接受任何来自其他文化的文学价值,同时又高举自己民族文化遗产的大旗"①,他将西方的规范与本土的元素进行了融合。因此,如同恩古吉小说《血色花瓣》(Petals of Blood)中的人物,巴巴对"总体文化合成的权威"表示怀疑②,他提出了文化差异的概念,认为主体的特征中没有话语的"固定性",而更多的是"行动性"和"弹性"。因此,恩古吉等人坚持的所谓"非洲性"或"非洲身份",也是随历史语境的变化而不断被改写,不断生成新的意义,并非恒定不变的抽象概念。巴巴的思想也反映在以阿契贝为代表的另一派观点中。

阿契贝的策略是通过对帝国或前殖民宗主国语言的挪用(appropriation)和改写(rewriting),实现对殖民话语的消解与颠覆。1965 年,阿契贝在乌干达的《变迁》(Transition)杂志发表了《英语与非洲作家》(The African Writer and the English Language)一文。文中,阿契贝指出了非洲英语文学存在的必要性。他把非洲文学归纳为国家文学(national literature)和民族文学(ethnic literature),其中,只有以通用语言英语写成的作品才是国家文学,而用数量众多的本土语言写成的作品只能是民族文学。阿契贝对于英语的重要性有着深刻认识,认为:"如果废除旧日殖民帝国的语言,那么当今非洲就不会有多少国家还拥有互相交流的工具。选择用英语或法语写作的非洲作家并非不爱国的自作聪明者……而是非洲新的民族国家诞生过程的副产品。"③基于此认识,阿契贝在书写语言上选择了另一路径,即通过挪用与改写的策略,使得"在此统治过程中,主子的语言变得混杂了"④,进而达到对殖民话语权威的抵抗与解构。他认为,"英语能够承载我的非洲经验的分量。不过这必定是新的英语,它虽仍与发源地息息相关,但经过了改动,以适应新的非洲环境"⑤。因此,他声称非洲的英语文学是"出自非洲的

---

① Ngara, Emmanuel. *Art and Ideology in the African Novel: A Study of the Influence of Marxism on African Writing*. London: Heinemann, 1985, p. 82.
② Bhabha, Homi. *The Location of Culture*. London and New York: Routledge, 1994, p. 20.
③ Achebe, Chinua. "English and the African Writer", *Transition*, 18 (1965), p. 28.
④ Bhabha, Homi. *The Location of Culture*. London and New York: Routledge, 1994, p. 33.
⑤ Achebe, Chinua. "The African Writer and the English Language", in Chinua Achebe, ed., *Morning Yet on Creation Day*. London: Heinemann, 1975, p. 62.

新声,以一种世界性语言,言说非洲的经验"①。

阿契贝坚持以英语为创作语言,但也清楚地认识到,旅行到非洲的英语,需要也必然与非洲本土文化中的诸多元素混杂融合,产生有别于西方殖民帝国英语的变体。对于英语这样的语言,跨越民族国家的疆界,进入异质文化后产生某种"暧昧模糊"的变体,罗伯特·伯奇菲西德(Robert Burchfield)有段精彩的描述:"几乎在所有国家,外国人都在学习英语,以便能够操一门最易被人理解的语言,进行跨越疆界的言说……印度人、尼日利亚人、日本人、德国人等所用的英语的不同变体,彼此之间往往差别显著,不管它们与两种主要的英语模式——美国英语和英国英语——多么相近。在这些国际化的英语变体中,充斥着异质语言的发音和陌生的句法结构。"②阿契贝声称:"如果要问非洲人能否像母语使用者一样使用英语,我会说我不希望如此……一种世界性语言必须付出的代价,就是要向许多不同的用法妥协。非洲作家使用英语,应该既表达自己的思想,又不能过分修改英语以至丧失其作为国际交流中介的价值。他应努力塑造这样一种英语,既普遍适用,又能传达他独特的经验。"③不仅如此,阿契贝还以自己的文学创作实践,说明他对英语的创造性改写和挪用。为此,他选择了小说《神剑》中的一段文字:

> I want one of my sons to join these people and be my eyes there. If there is nothing in it you will come back. But if there is something there you will bring home my share. The world is like a Mask, dancing. If you want to see it well you do not stand in one place. My spirit tells me that those who do not befriend the white man today will be saying had we known tomorrow.(我让我的一个儿子混入这些人中,充作我在那儿的眼线。如果啥情况没有,你就回来。如果有的话,你就把我那份带回家来。这世界就像副面具,舞动着。你要想看清它,就不能待在原地不动。我的神灵告诉我,今天不与白人交好的人明天就会说:"早知如此,何必当初。")④

---

① Achebe, Chinua. "English and the African Writer", *Transition*, 18 (1965), p. 29.
② Burchfield, Robert. *The English Language*. Oxford and New York: Oxford UP, 2002, p. 169.
③ Achebe, Chinua. "English and the African Writer", *Transition*, 18 (1965), p. 29.
④ Achebe, Chinua. *Arrow of God*. Oxford: Heinemann, 1986, pp. 45—46. 中译文出自本书作者,相同情况不再作注说明。

接着,阿契贝又依照前宗主国英语的规范,对这段话作了重新表达:

> I am sending you as my representative among those people – just to be on the safe side in case the new religion develops. One has to move with the times or else one is left behind. I have a hunch that those who fail to come to terms with the white man may well regret their lack of foresight. (我把你作为代表派到这些人当中去——以确保这个新的宗教发展时,我能高枕无忧。人应该与时俱进,否则就要落伍。我有预感,那些不能与白人和睦相处的人,将来会为自己缺乏远见而后悔。)①

阿契贝认为,两段文字内容相近,但语言形式差别较大。套用罗伯特·伯奇菲西德的解释,原文虽为英语,但能感觉到异质语言陌生的文化形象和句法结构。总体上看,小说语言受到了非洲语言"口头性"特征的影响,句法结构不如英文紧凑严密,显得较为松散。原文共6句,而按照英美规范改写后缩至3句。从遣词造句看,原文使用了非洲语言文化特色的语汇,如眼线(eyes)、面具(Mask)、神灵(spirit)。所以,阿契贝认为原文的语言形式是合适的,而改写后的形式则不可取。事实上,判断合适与否的标准,是看能否对前宗主国的英语进行挪用和改写,使之更有效地传达非洲经验。改写后的英语是小写的english,有别于大写的English,小写的英语与大写的英语仍然保持充分的近似性,仍能互相理解和交流,但前者已经适应新的非洲语境。

南希·施密特(Nancy Schmidt)有言:"评论家常指出尼日利亚小说在情节和人物发展方面的弱点,而未发现,尼日利亚文学和西非口头文学非常类似。"②对于尼日利亚小说创作中所见非洲口头文学的影子,施密特总结道:首先是强调动作和叙事,而较少描写;前面引文中出现的"这世界就像副面具,舞动着"和"你要想看清它,就不能待在原地不动"都具有很强的动态性。其次,对谚语的使用。在阿契贝的文学创作中,我们的确可以发现这些特征的存在。如"在伊博族人中,谈话的艺术受到高度重视。谚语好比棕榈油,伴着词汇一起吃下"③。另外,阿契贝有时使用非洲本土语言中的词汇,

---

① Achebe, Chinua. "English and the African Writer", *Transition*, 18 (1965), p. 30.
② Schmidt, Nancy. "Nigerian Fiction and the African Oral Tradition", in Joseph Okpaku, ed., *New African Literature and the Arts*. Vol. 2. New York: Thomas Y. Crowell Co., 1968, p. 26.
③ Achebe, Chinua. *Things Fall Apart*. New York: Fawcett Crest, 1969, p. 10.

却不给注释，如 chi, obi, osu 等。读者往往需要通过上下文，来判断对应的意义。正是对符号的"误读"和"误用"在发声层面带来的话语的不稳定性，解构了殖民话语疆界的稳固性。原先殖民者/被殖民者间的二元对立关系，即主从关系、压制/被压制关系、发声/失语关系被打破，代之以德里达式的互补关系，一种在"延异"（différance）中新的意义不断生成的关系。在这种互补关系中，殖民者的身份由于受到被殖民者的搅扰，不再确定无疑。恩古吉所代表的偏向本质主义语言观的非洲作家和批评家，仅看到了殖民者语言在文化上宰制被殖民者的一面，因而主张抛弃殖民者的语言，回归非洲本土语言。他们没有认识到，西方在非洲的漫长殖民史上，已经使非洲文化变得混杂和"不纯粹"了，回归殖民前的语言状态，既不可能，也没有必要。一个可行的策略或为对殖民宗主国的语言加以挪用和改写，即所谓的"误读"和"误用"，来搅扰、模糊宗主国语言的疆界，使得宗主国的语言越过民族国家的疆界进入异质空间。语言符号进入异质的新空间时，"延异"就发生了，语言符号产生了新的意义。这样，殖民帝国语言原本拥有的权威性就多少受到了挑战。

以上分析表明，文化身份从来不是固定封闭、一成不变的，而是历史的、复义的、矛盾的动态过程。非洲的文化身份正是在与殖民主义"他者"的不断接触对话中，生成了新的意义。语言是可见的表象，其背后隐匿着言说者的政治文化立场，不妨称之为"视角"。下面我们尝试透过语言表象，剖析隐匿于背后的批评视角，考察视角的选择与非洲后殖民文学身份重建的联系。

本土视角的回归与非洲身份的重构

前文分析了阿契贝如何通过对西方语言的"挪用"与"改写"，实现对殖民主义建构的二元对立关系的拆解。因此，选择何种语言，以及选择语言的何种形式，都是后殖民文学的重要问题。其实，语言的种种现象背后，藏匿了更具本源性的问题。必须指出，尽管以同样的语言（如英语）写作，但约瑟夫·康拉德以非洲大陆为典型环境的小说《黑暗的心》（*Heart of Darkness*）如今非但未被视作非洲后殖民文学的佳作，反而因其殖民主义内在质地"水落石出"而遭到猛烈批判。我们可就此稍作分析。

康拉德的小说被后来的读者解读出了殖民主义色彩，批评家认为其笔下的非洲大陆充满野蛮和原始的图景，这与后殖民主义文学中对于非洲更加复杂多元的描绘形成了鲜明对比，或许也逸出了康拉德书写此作的初衷。

但如萨义德所示,西方对东方这个他者的误读和偏见,早已渗入整个西方社会意识的各个层面。因此,康拉德很可能在无意识状态下,在其文学创作中强化了殖民时代典型的非洲话语体系。在此体系中,非洲在欧洲人的心理想象中象征了"黑暗"和"空白"。对康拉德和同时代欧洲人来说,非洲大陆是一个未知的、陌生的世界,远离欧洲文明表征的熟悉而先进的西方世界。对此,我们不妨摘录《黑暗的心》中的描述加以说明:

> 沿那条河上行,就像回到创世之初,地球上草木丛生,巨大的树木如君主一般。①

所谓"回到创世之初",即白人文明已处于人类文明相当先进的阶段,而非洲大陆的黑人仍处于史前文明的状态。如萨义德所说,在东方主义框架中,东方成为西方发现和证明西方自身的一面镜子。康拉德在《黑暗的心》中运用了"野蛮人""一团黑色的手臂""黑色的身影""疾病和饥饿的黑色阴影""这些动物"等语汇,对非洲进行了"非人化"叙事,反映了西方对于非洲这一神秘他者所持的集体无意识。此处,我们回到如何界定非洲文学的问题,康拉德的作品能否被划入非洲文学的范畴?对此,阿契贝在《非洲的一种形象——谈康拉德〈黑暗的心〉中的种族主义》(An Image of Africa: Racism in Conrad's *Heart of Darkness*)一文中,给予了坚决否定的回应:"问题是,这样一部宣扬非人化叙事、对一部分人类作去人性化描写的小说,能够被称作伟大的艺术之作吗?我的回答是:不,绝不可能。这样的人,我不会称之为艺术家,他挑唆一个民族攻击另一民族,去摧毁他们。无论他的艺术形象多么鲜明,韵律多么优美,这样的人至多是胡乱祷告的牧师,或者毒害病人的江湖术士。"②阿契贝一针见血地指出了问题的关键,即非洲读者的阅读视角与西方读者差异明显。"正如画像对于道林·格雷那样,非洲对于欧洲如同搬运工,主人可以把自己身体和精神上的丑恶都抛给他,这样主人就能大摇大摆、风光无限地前进了。"③对于什么是非洲文学这个历久弥新的问题,奥斯汀·谢尔顿(Austin J. Shelton)作如下界定:最典型的非洲文学是用民族语言书写的,即部落语言;非民族语言的非洲文学,源于非洲

---

① Conrad, Joseph. *Heart of Darkness*. London: Penguin Books, 1973, p. 48.
② Achebe, Chinua. "An Image of Africa", *Research in African Literatures*, Special Issue on Literary Criticism 9. 1 (1978), p. 9.
③ Achebe, Chinua. "An Image of Africa", *Research in African Literatures*, Special Issue on Literary Criticism 9. 1 (1978), p. 13.

与欧洲的接触；非洲文学需源于并反映非洲社会状况和非洲历史经验；非洲文学因此具有"政治性",很少是纯粹为艺术而艺术的表达。①

我们认为,对非洲文学的界定不仅是语言问题。根本而言,选择何种语言与非洲文学属性之间,没有必然的逻辑关系。前文谈到非洲作家内部对写作语言的选择问题颇有争议,阿契贝和恩古吉的观点更是针锋相对。语言的背后有着更本质的问题,如权力、意识形态等因素对话语进行宰制,认识到这一点十分重要。我们不妨在界定非洲文学或者重建非洲文学身份时,将能否从非洲视角进行叙事作为重要的评判标准。康拉德的小说虽以非洲为背景,讲述非洲的故事,符合奥斯汀·谢尔顿"反映非洲社会状况和非洲历史经验"这条标准,却是从西方视角而未能从非洲视角"反映非洲社会状况和非洲的历史经验",只是满足了西方读者早已内化于心(internalized)的东方主义情结,强调了西方对非洲的偏见与刻板印象。因此可以说,康拉德确立了西方意识形态中有关非洲形象的典范,而并非真正反映了非洲社会的多样性和复杂性。从后殖民文学批评的角度,我们不能将其纳入非洲文学的框架。阿契贝和恩古吉虽然选择了不同的写作语言,但都立足非洲本土文学与文化,坚持以非洲视角为本民族独立和解放而写作。因此,他们都可纳入以去殖民为己任的非洲作家之列,都在努力塑造非洲的后殖民文学与文化身份。可见,与写作视角相比,写作语言的选择实属次要。实际上,阿契贝后来对于写作语言的态度也有所松动,认为尼日利亚英语文学"仅是一棵成长中的大树上所有枝干中的一支"②,还尝试以伊博语创作诗歌。

1974年,阿契贝对非洲文学的界定问题发出了明确声音:"非洲不仅是地理概念,而且是形而上学的场域——实际上,是一种世界观,从独特的位置观察到的整个宇宙……至于谁是非洲小说家,这是一个护照(身份)和个人选择问题,但更是以哪个视角观察的问题……"③阿契贝的小说创作同样指向非洲,同样使用英文,但完全可以看作对康拉德非洲文学话语的反动。换言之,阿契贝的作品试图击碎康拉德建构的、有关非洲和非洲人的东方主义叙事,重建一个熟悉而非陌生、有尊严而非野蛮、现实而非超现实的非洲

---

① Shelton, Austin J. ed., *The African Assertion: A Critical Anthology of African Literature*. New York: The Odyssey Press, 1968, pp. 2—3.

② Achebe, Chinua. "Modern Nigerian Literature", in Saburi O. Biobaku, ed., *The Living Culture of Nigeria*. London: Nelson, 1976, pp. 47—51.

③ Achebe, Chinua. "Thoughts on the African Novel", in Chinua Achebe, ed., *Morning Yet on Creation Day*. London: Heinemann, 1975, p. 83.

世界。我们可以认为，阿契贝从非洲文明本体的角度，通过自己的文学叙事，将殖民主义的历史遗产与非洲文化传统加以创造性融合与转化，发出非洲独立的声音，构建了后殖民非洲话语的范式。最后，我们可以针对谢尔顿的定义，尝试重新界定当下的非洲文学：在后殖民时代，非洲文学是指使用非洲民族语言或国家语言（national languages），从非洲视角出发，以去殖民为基本历史使命，反映非洲社会状况和历史经验的文学实践。

第二章 德勒兹哲学对阿契贝研究的解域

　　从后殖民视角介入阿契贝研究，必然需要涉及和借鉴后殖民理论的术语和观点，这实际上也是国际学术界在研究阿契贝时使用的后殖民理论话语。作为研究阿契贝的中国学者，我们当然需要认真研读和吸收萨义德、巴巴、斯皮瓦克等西方理论家的思想。但如前文所论，这些理论家的视野大多投射在西方世界的文本和经验上。换言之，他们考察的对象是西方文本中的非西方世界。更直白一点，尽管他们关注非西方世界，但这种关注是他们跻身或介入西方学术与思想的"抓手"，他们总是看向西方世界。由此，我们不难理解，运用他们的后殖民理论分析第三世界文学时，常有隔靴搔痒之感，评论家为了植入理论术语和概念往往需要削足适履。我们不妨拓宽自己的理论视野，发现和关注那些虽不具"后殖民"之名，却极具后殖民性的理论家或哲学家的思想。我们尤其需要发现那些直接以第三世界的小民族（minor nation）文学实践为理论来源的哲学家，如此一来，后殖民文学理论界几乎无人问津的法国哲学家吉尔·德勒兹（Gilles Deleuze）——当然也包括德勒兹的学术搭档费利克斯·瓜塔里（Félix Guattari）——便脱颖而出，跃入眼帘。

　　德勒兹的哲学论述从未与后殖民写作或理论有过直接关涉；与此同时，尽管德勒兹哲学与后殖民理论的议题多有关联与重叠，但后殖民理论家极少把目光投向德勒兹。德勒兹对后殖民问题的沉默不语与无所建树，被解读为某种刻意回避，甚至是欧洲中心主义的自私自利和新帝国主义情结的作祟。况且，德勒兹的"游牧"思想是直接对一些本土民族的经历和生活方式进行分析后的理论化结果，但这些游牧民族所受殖民主义的摧残，德勒兹似乎视而不见，这难免受到批评家们的质疑和批判。他们发现德勒兹似乎对于殖民地人民的历史遭遇和正义斗争毫无兴趣，漠不关心。卡伦·卡普兰（Caren Kaplan）指责德勒兹和瓜塔里的"游牧学"概念延续了欧洲中心主义的"原始主义"（primitivism）由来已久的论调。卡普兰认为，他们不允许殖民地人民为自己说话，"第三世界仅为欧洲的对抗策略充当隐喻的边缘，是一个想象的空间,而非理论生产本身的场所"①。还有学者认为,德勒兹对虚拟抽象哲学和历史问题的嗜好,胜过对当下现实政治语境的分析,这无疑妨碍了他对后殖民世界历史创伤的理论关注和具体介入。②

然而,实际情况并非如此。《荒岛与其他文本》(Desert Islands and Other Texts)和《两个疯狂的政体》(Two Regimes of Madness)所收的文章与访谈,便记录了德勒兹对于阿尔及利亚和巴勒斯坦等殖民地反殖民统治斗争的关注、兴趣和支持。他与巴勒斯坦历史学家和作家伊莱亚斯·桑巴尔(Elias Sanbar)私交深厚,支持桑巴尔创办《巴勒斯坦研究杂志》(Revue d'Études Palestiniennes)。对此,桑巴尔本人在一次访谈中曾津津乐道。③德勒兹并未压制殖民地人民发出声音,反而提醒人们注意巴勒斯坦那种学术性强、政治成熟的声音,并指出这个声音能够与世界平等交流。④除此以外,德勒兹的哲学概念和命题也对后殖民理论和写作具有强大的理论启发意义,堪称有待后殖民理论家和批评家们开采的理论与思想"金矿"。由此看来,德勒兹对殖民地人民反抗斗争的关注和支持,并未被广泛认知和理解。他的行动和言论其实对后殖民理论和写作产生了实质性的影响,并为后殖民理论家和批评家提供了丰富的理论资源。

在德勒兹这位善于创造概念的哲学大师的概念库中,对阿契贝研究或非洲文学研究尤其具有启发意义的,当属"小民族文学"(minor literature)概念。德勒兹与瓜塔里对小民族文学的分析,尤其对小民族、小民族语言和小民族文学作为异质因素而集体共存的特点的分析,就是这种微观政治的具体实践。这里的小民族当然用以区别于大民族,后者把它的主体界定为由特殊的对立本质或条件所构成的刻板的克分子实体(molar entity),它们与不变的功能、意义和身份有着本质关系。而小民族文学与大民族文学(major literature)表现出一种质的区别,在这种情况下,前者指的是一切语言实践的革命潜能,通过表达与内容之间生成的多样关系,向占主导地位的语言阐释的二元对立形式发起挑战,也即通过建构多样性和组装(集体共存)而产生新的语境和经验。

---

① Kaplan, Caren. *Questions of Travel: Postmodern Discourses of Displacement*. Durham: Duke University Press, 1996, p. 88.
② Hallward, Peter. *Out of this World: Deleuze and the Philosophy of Creation*. London: Verso, 2006.
③ Dosse, François. *Gilles Deleuze et Félix Guattari: Biographie Croisée*. Paris: Éditions de la Découverte, 2007, pp. 308—311.
④ Deleuze, Gilles. *Two Regimes of Madness: Texts and Interviews 1975—1995*. Ames Hodges and Mike Taormina, trans., New York: Semiotext(e), 2007, p. 194.

对于阿契贝研究,德勒兹哲学究竟能提供哪些认知和阐释的分析工具或理论利器呢?在《卡夫卡:走向小民族文学》(Kafka: Toward a Minor Literature)中,德勒兹指出了所谓少数族裔在大民族的语言内部建构的小民族文学的三个特征。这些对于我们研究和认识阿契贝的小民族文学实践具有启发意义。

追本溯源,德勒兹有关小民族文学的理论和概念并非生造,他与瓜塔里合著的《卡夫卡:走向小民族文学》一书自然将研究者的注意力引向小民族文学思想的肇始者——卡夫卡。身为作家的卡夫卡虽不具哲学家建构庞大艰深理论体系的能力,但对于文学思潮和脉动嗅觉敏锐,颇能体察入微。正是下面一段看似无足轻重的私人日记,日后成为哲学家眼中的理论"金矿":

> 我通过洛伊理解的华沙当代犹太文学,以及部分自己领悟的当代捷克文学,都指向这样的事实:思想的搅动;民族意识的凝聚(在公共生活中常无法实现,总趋向解体);一个民族从自身文学获得的荣耀以及面对周围敌对世界获得的支持;一个民族记录的有时与编年史截然不同的日记(带来一种更为快速却总倍受审视的发展);较大范围的公共生活的精神化,尤其在停滞导致损害的领域通过迅速使用而对不满情绪的吸收;由总是喧嚣的刊物带来的一个族群与其整体的不断融合;一个民族对自身的聚焦以及接受外来思想时的深思熟虑;对文学活动家的尊重;对青年人树立远大追求的短暂而影响深远的激发;对文学事件成为政治关注目标的认可;赋予父子对立的尊严以及对此讨论的可能性;以的确痛苦却解放心灵的足以宽恕的方式对一个民族的过失的表述;一个生机勃勃的、自尊的图书贸易以及对书籍渴求的开端——文学的这些诸多益处或效果甚或由一种发展领域并不非常宽广却似乎如此的文学产生,因为这种文学缺乏杰出的天才。而且,这种文学的活力超越了那些富有天才的文学,因为没有作家拥有伟大的天赋,能够使大多数反对者噤声,这使得文学竞争最大限度地具有合理性。[1]

卡夫卡以作家的个性化语言总结出的小民族文学的特征应作何解读?也许考虑到后世读者的理解困难,卡夫卡又在同一篇日记中赋予小民族文学(literature of small peoples)以简略明晰的速写:首先,小民族文学的活

---

[1] Kafka, Franz. *The Diaries of Franz Kafka: 1910—1923*. Max Brod, ed., Harmondsworth: Penguin Books, 1964, pp. 148—149.

力(liveliness)体现在冲突(conflict)、学校(schools)和杂志(magazines);第二,小民族文学的非规约性(less constraint)体现在规则的缺位(absence of principles)、小主题(minor themes)、象征符号的轻松形成(easy formation of symbols)和对无天赋者的淘汰(throwing off of the untalented);第三,小民族文学的流行性(popularity)体现在与政治的关联、文学史、文学为自身立法的信念三个方面。①

首先,在小民族文学中,"语言受到解域化的一个高级协同因素的影响"②。小民族文学是语言的一种特殊用法,是一种解域语言的方式。德勒兹以锐利的批评眼光将其定位于"所有文学的革命力量"③。因此,小民族语言实质上就是对所谓大民族语言的解域或颠覆。如此看来,阿契贝代表的非洲作家以欧洲语言进行的创作,恐怕不是对欧洲文学的模仿、临摹或亦步亦趋,绝非所谓欧洲文学的"附庸"云云。以小民族文学的视角和立场,非洲作家实际上是解域欧洲文学的革命力量,他们的文学作品是对欧洲标准语言的小民族使用,是对大民族语言的小化。我们不妨以此切入,进而讨论非洲后殖民文学史上的写作语言问题,对阿契贝的观点给予小民族语言视角的考察;我们也可从微观文本层面分析阿契贝作品的小民族语言和小民族政治的具体特征。

小民族文学的第二个特点在于,文学中的一切都是政治的,即个体与政治紧密相连。小民族政治特别关注的,也是个体生活陷入的各种复杂的现代社会秩序;而小民族要摆脱各种限制,达到行动和表达自由,就必须与决定其行动和表达的社会关系不断交锋,致力于在社会制度内部寻找逃亡路线,与普遍的社会运动联系在一起,在不可能之间划出一条道路来。④与大民族文学相比,小民族文学的狭小空间迫使作家与政治直接关联。卡夫卡的"双重流动"(double flux)就体现了小民族政治的这一特点:"他是一个政治作家,是未来世界的预言家,因为他有两极,他知道怎样把这两极统一于一种崭新的组装:卡夫卡绝非避居斗室的作家;他的房间为他提供了一种双重流动,一是前程似锦的官员,投入正在形成的、真正的组装活动中,一

---

① Kafka, Franz. *The Diaries of Franz Kafka: 1910—1923*. Max Brod, ed., Harmondsworth: Penguin Books, 1964, pp. 150—151.
② Deleuze, Gilles and Guattari, Félix. *Kafka: Toward a Minor Literature*. D. Polan, trans., Minneapolis: University of Minnesota Press, c1986, p. 16.
③ Deleuze, Gilles and Guattari, Félix. *Kafka: Toward a Minor Literature*. D. Polan, trans., Minneapolis: University of Minnesota Press, c1986, p. 19.
④ Deleuze, Gilles. *Negotiations: 1972—1990*. M. Joughin, trans., New York: Columbia, 1995, p. 133.

是……投入社会主义、无政府主义和社会运动中。"①西方文学评论家往往以非洲作家过于关注和热衷政治而否定非洲文学的所谓"文学性",以为"为艺术而艺术"才是文学创作的正道。在此,德勒兹有关小民族文学政治性的论述,为回应上述西方中心论的观点提供了强有力的批判武器。阿契贝与卡夫卡同为小民族文学作家,他们身上均体现了小民族文学作家鲜明的社会政治关怀。阿契贝早年投身广播新闻事业,成名后又长期参与旨在推动非洲文学发展的出版事业,同时还是积极的政治活动家,曾短期担任政治要职。本书重点关注阿契贝作为出版家对于非洲文学的独特贡献。

小民族文学的第三个特征是"表达的集体组装"。这与小民族作家和小民族文学的独特性相关。小民族作家既不是要表现已完全存在的民族,也不是个别的"大师",而是要创造或表现一个潜在的、正在形成的民族,每一个作者分别讲的话已经构成了一个共同行为,肩负起了集体表述的功能。对于小民族而言,文学肩负起了集体甚至革命表达的任务,促成了某种形式的团结。可以说,"文学机器(literary machine)成了未来革命机器的驿站,这完全不是出于意识形态的原因,是因为只有文学才决定去创造集体表达的条件,而在这个社会环境里,其他领域都缺乏这个条件:文学是人民的关怀"②。实际上,阿契贝在《作为教师的小说家》这篇评论文章中就强调了作家的社会责任,强调文学对于非洲民族精神去殖民化的独特作用。小民族作家所处的位置非常特殊:可以处于边缘位置,或者脱离那个多少有些无知的群体,使他/她可以施展潜在的力量,而恰恰就在这种孤独中,他/她成为真正的集体代理人和催化剂,努力创造和表现"另一种意识和另一种感性创造方法"③。小民族作家处于群体和外界之间的边缘位置,既属于这个群体,同时又要表现不受固定身份约束、相对而言摆脱了传统影响的不同意识和情感。小民族作家既被群体的关怀驱动,又被迫面对贯穿其中的各种关系,以及将他/她带向别处的异常因素。从此意义而言,小民族作家实践的也是小民族政治,被迫与受限制的空间不断交锋,创造出新的民族,创造出生活中新的可能性。同样,阿契贝无论在小说还是评论中,对于非洲本土文化表现出了矛盾或模棱两可的态度,这明显有别于"黑人性"(Negritude)文

---

① Deleuze, Gilles and Guattari, Félix. *Kafka: Toward a Minor Literature*. D. Polan, trans., Minneapolis: University of Minnesota Press, c1986, p. 41.

② Deleuze, Gilles and Guattari, Félix. *Kafka: Toward a Minor Literature*. D. Polan, trans., Minneapolis: University of Minnesota Press, c1986, p. 18.

③ Deleuze, Gilles and Guattari, Félix. *Kafka: Toward a Minor Literature*. D. Polan, trans., Minneapolis: University of Minnesota Press, c1986, p. 17.

学或文化思潮。阿契贝文学身份的"混杂性"或"集体组装",也是后殖民理论研究的重要命题。

小民族文学的三个特点是语言的解域化,个体与政治直观性的关联,以及表达的集体组合。可见,所谓小民族文学虽表面上与"第三世界文学""边缘文学"和"亚非拉文学"等术语具有一定的关联性,但实际上存在本质的区别。小民族文学"不再表示特殊的文学,而表示每一种文学的革命条件,就是伟大的(或既定的)文学的心脏"[1]。这个思想对于我们重新定位阿契贝的文学作品,乃至非洲后殖民英语文学的整体,无疑具有重要的启发意义。

---

[1] Deleuze, Gilles and Guattari, Félix. *Kafka: Toward a Minor Literature*. D. Polan, trans., Minneapolis: University of Minnesota Press, c1986, p. 18.

第三章　阿契贝与非洲文学中的语言论争

写作语言的选择是非洲后殖民文学中长期争论不休的话题。本章从非洲文学的本体、非洲文学的受众以及非洲语言的发展等视角,试图归纳和比较以瓦里和恩古吉为代表的非洲作家与阿契贝之间的观点差异。瓦里和恩古吉等非洲作家持有某种本质主义的语言二元论观点,而阿契贝则试图以一种德勒兹式的语言观,解构这种刻板的二元主义。质言之,非洲作家使用的欧洲语言正是德勒兹文学思想中的小民族语言,而非洲小民族语言并非欧洲大民族语言的附庸,恰恰具有解域大民族语言的"革命潜能"。

对于后殖民作家、批评家和读者而言,选择使用殖民宗主国的语言还是使用本土语言是一个引发了广泛争论的话题。罗兰·巴特、雅克·德里达、米歇尔·福柯等结构主义和后结构主义理论大师认为,我们被语言的世界包裹,思考无法外在于语言。因此,选择何种语言写作,恐怕是文学的根本论题。而对于后殖民作家与评论家而言,这个问题更显复杂和矛盾。塞拉利昂文学评论家埃尔德雷德·琼斯(Eldred Jones)一针见血地指出,语言是欧洲对非洲文学施加影响的重要手段:"欧洲对于非洲文学影响的最明显标志,便是非洲文学的语言。"[①]而非裔美国作家阿密瑞·巴拉卡(Amiri Baraka)则对语言这个重要手段作了具体说明:"欧洲语言带有其创造者和使用者的偏见。你用他们的语言言说,就必定会反对黑人,除非你极力克服。"[②]换言之,如果非洲作家选择了殖民者的语言写作,那么其语言的词汇和句法必定传达西方殖民者贬低非洲文化的典型思维模式。因此,一些非洲、印度和爱尔兰等后殖民地的作家认为,他们那些作家同胞以欧洲语言创作的文学作品,不能归入非洲文学、印度文学或爱尔兰文学的正身,而只配称作欧洲文学的附庸。

---

① Jones, Eldred. "The Decolonization of African Literature", in Per Wastberg, ed., *The Writer in Modern Africa*. New York: Africana Publishing Corp., 1969, p. 71.

② Baraka, Imamu Amiri. *Raise, Race, Rays, Raze*. New York: William Morrow, 1972, p. 60.

在非洲文学史上，随着民族主义意识日渐觉醒以及民族国家在政治上纷纷独立，反对以欧洲语言写作的作家和评论家大声疾呼。就非洲文学而言，一部分评论家和作家认为，非洲文学理应以非洲本土语言书写，而使用欧洲语言写作，意味着非洲文学与文化仍未摆脱西方殖民主义的辖制。因此，以瓦里和恩古吉为代表的一批非洲作家和评论家，激烈批判非洲的欧洲语言文学，极力捍卫非洲本土语言在非洲文学中的合法性和主导性。

然而，对于殖民宗主国语言，也有不同的看法。加勒比地区的牙买加裔黑人作家劳埃德·布朗（Lloyd W. Brown）坦言，前殖民地作家对于宗主国的语言一直持矛盾态度。一方面，宗主国语言是塑造后殖民作家殖民地身份以及歪曲其"丛林"本土传统的历史工具。另一方面，这种外国语言又是有用的世界语言，后殖民作家通过这种世界语言，可以触及欧洲和非洲的不同读者。因而，在劳埃德·布朗看来，英文、法文或葡萄牙文虽为旧殖民主义的标志，使人想起殖民主义者普洛斯彼罗（Prospero）的排外，但同时表现出卡利班（Caliban）的文化革命，旧日的被殖民者能够将宗主国语言的文学"包袱"，转化为"表达人类身份感和解放自我感知模式的手段"。①马达加斯加诗人和剧作家雅克·拉贝马南贾拉（Jacques Rabemananjara）也有类似观点，他认为卡利班们从普洛斯彼罗"盗取"语言，从而为颠覆他们的主奴关系创造了条件，因为"盗取"了语言，便意味着"盗取了这个身份的财富、他们思想的载体、他们灵魂的金钥匙，洞开进入他们秘密之门的神奇芝麻，进入隐藏他们劫自我们父辈赃物的、戒备森严的洞穴"②。

即便德雷德·琼斯也承认，用欧洲语言写作的文学作品也能以某种艺术形式传达非洲经验，而且这已被几位非洲作家的创作实践证明。以下是他对非洲作家使用西方语言的评论：

> 因此，非洲作家并不必然被他采用的外来语言所宰制，虽然受到宰制是完全可能的。伴随新语言的接受，他可能会被语言中的材料所蒙蔽，而无意识地反映外来文化的思想和态度。这当然意味着受到蒙蔽

---

① Brown, Lloyd W. "Cultural Norms and Modes of Perception in Achebe's Fiction", in C. L. Innes and Bernth Lindfors, eds., *Critical Perspectives on Chinua Achebe*. Washington, D. C.: Three Continents Press, 1978, p. 23.

② Wilson, Henry S. *The Origins of West African Nationalism*. London: Macmillan, 1969, p. 47.

的人无法成为真正成功的艺术家。因为,真正的艺术家善于博采众长,通过想象力而升华,进而产生新的原创性作品。这应该是非洲作家的目标。忠于自己的想象力,无论使用了何种语言和中介。①

可见,对于非洲文学的书写语言问题,在非洲或黑人作家与学者内部存在两种截然相反、针锋相对的观点。在前殖民地国家,语言往往关涉文化身份和民族认同等敏感问题,因此,以欧洲语言书写的非洲文学究竟能否克服"其创造者和使用者的偏见",从而"博采众长"并创造出"原创性作品"?抑或必然沦为欧洲文学的附庸?这些有关语言的疑惑已成为后殖民文学领域首先需要回答和解决的关键问题。下面,我们梳理以瓦里和恩古吉为代表的反对西方语言派,以及阿契贝为代表的支持西方语言派的观点,试图从中提炼和总结阿契贝有关非洲文学语言的思想和观点,并加以评论。

非洲文学中的语言论争之概观

自 20 世纪 50 年代以来,非洲文学与文化的去殖民化进程一直引人注目,很多作家积极参与或回应了这一以消解欧洲中心主义为旨归的文化解放运动。其中,肯尼亚作家恩古吉发出的文学"去殖民化"声音堪称强劲有力,吸引了世界广泛的关注。实际上,美国学者卡罗尔·西奇曼(Carol Sicherman)在《恩古吉·瓦·提昂戈:一个叛逆者的养成》(*Ngugi wa Thiong'o: The Making of a Rebel*)一书中指出,恩古吉的思想受到了尼日利亚批评家瓦里的影响。瓦里于 1962 年在乌干达的马凯雷雷大学举行的非洲英语作家大会上,宣读了一篇标题醒目的文章《非洲文学的穷途末路》(The Dead End of African Literature),该文次年发表于《变迁》杂志,并在非洲文学界引起了广泛争论,可谓一石激起千层浪。瓦里等的主要观点大致如下:

一、从非洲文学的本体而言,以欧洲语言写作的非洲文学,不是真正意义上的非洲文学。瓦里指出:"照目前的理解和实践,非洲文学只是欧洲文学主流的小附庸。"②他认为作为欧洲文学附庸的非洲文学无法实现真正的

---

① Jones, Eldred. "The Decolonization of African Literature", in Per Wastberg, ed., *The Writer in Modern Africa*. New York: Africana Publishing Corp., 1969, p. 73.

② Wali, Obiajunwa. "The Dead End of African Literature", *Transition*, 10 (1963), p. 13.

发展,并以欧洲文学史为例反问道:"……如果像斯宾塞、莎士比亚、多恩和弥尔顿这样的作家,因为拉丁文和希腊文是他们那个时代的世界性语言而抛弃英文,这会给英国文学带来什么后果?"①瓦里因此断言,如果非洲文学不以非洲语言书写,那么非洲作家只会"走进死胡同,只能走向思维枯竭、乏于创新和挫败沮丧的结局"②。恩古吉也持类似观点,他为非洲人在帝国主义时代以欧洲语言写作的文学冠以"非一欧文学"之名。

二、从非洲文学的受众而言,欧洲语言写作的非洲文学因语言隔阂而疏离了绝大多数非洲民众,使他们无法参与其中。瓦里指出,这样的文学"局限于非洲新式大学中长期浸润于欧洲文学与文化的少数欧化的大学生。而占人口绝大多数的普通本土读者,极少或从未接受过传统欧式教育,因而没有机会参与这样的文学"③。瓦里以尼日利亚为例指出,只有占总人口不到百分之一的人,能够看到或看懂为庆祝国家独立而上演的索因卡的英文剧作《森林之舞》(*Dance of the Forest*)。

三、从非洲语言发展的角度,非洲本土语言文学的发展有利于非洲本土语言的生存与发展。这里需说明的是,对于阿契贝所持英文业已成为一门非洲语言的观点,瓦里并不认可。所以,瓦里所谓的非洲语言,不包括西方殖民者传入的欧洲语言。瓦里认为,如果非洲作家将才能和精力投入本土语言创作,那么非洲语言在教育系统中的从属地位便可扭转。如果没有本土语言文学作品为基础,即使在非洲新式大学中开设有关非洲语言研究的课程,这样的课程也"无疑是没有前途的"④。他甚至断言:"如果非洲语言不能用以表现高水平的文学,那么几乎肯定会不可避免地面临灭亡。如果我们继续幻想我们能以英文和法文创作非洲文学,只会加速这种灭亡。"⑤可见,非洲本土语言的兴衰,事关非洲文学的合法身份和发展前途。而且,使用非洲语言的非洲文学能够反哺非洲语言,给非洲语言的发展提供重要的保障。

接下来,我们不妨从以上三方面讨论非洲文学中的语言之争,通过回顾与梳理非洲文学史上瓦里、恩古吉和阿契贝等参与的语言大论战,重点分析阿契贝的文学语言观。

---

① Wali, Obiajunwa. "The Dead End of African Literature", *Transition*, 10 (1963), p. 14.
② Wali, Obiajunwa. "The Dead End of African Literature", *Transition*, 10 (1963), p. 14.
③ Wali, Obiajunwa. "The Dead End of African Literature", *Transition*, 10 (1963), pp. 13—14.
④ Wali, Obiajunwa. "The Dead End of African Literature", *Transition*, 10 (1963), p. 15.
⑤ Wali, Obiajunwa. "The Dead End of African Literature", *Transition*, 10 (1963), p. 15.

欧洲语言与非洲文学的身份

瓦里旗帜鲜明地反对以欧洲语言写作非洲文学,否认以欧洲语言书写的非洲文学具有非洲身份。他对法国文学与德国文学加以比较,指出二者的基本区别在于一个以法文书写,另一个以德文书写。而其他区别都以这个基本区别的事实为基础。瓦里断言,以英文和法文书写的所谓非洲文学,正如以豪萨文写成的意大利文学一样,明显是个矛盾或伪命题。①恩古吉赞同瓦里的观点,赞赏他以非洲小资产阶级作家的身份"拒绝加入那些接受了我们文学身份中欧洲语言地位的'宿命逻辑'作家的合唱"②。针对瓦里等的论调,阿契贝认为"他们沉溺于也许出于好意却相当无知和没有意义的比较"③。阿契贝同样认识到书写语言是界定非洲文学时无法回避的问题。首先,他提醒人们非洲当下社会文化语境的复杂性,以及英文等欧洲语言进入非洲文学的历史必然性和不可或缺性:

> 在非洲,鲜有国家在废弃前殖民帝国的语言后仍可保持相互交流。因此,那些选择英文或法文写作的作家,并非不爱祖国和自作聪明,并非只盯着国外的大好机会。他们是非洲新的民族国家诞生过程的副产品。④

如阿契贝所言,"我以英文写作。英文是一门世界语言。但是,我以英文写作,并非因为它是世界语言"⑤。纵观人类文明史,由于外族入侵和统治而导致新语言引入的现象,绝非非洲独有。举例说明,英国在历史上曾被罗马帝国统治约400年之久,与非洲一样曾沦为异族殖民地。如果我们对英文发展史稍有了解,就应知道今天早已风行世界的英文,其早期形式并非

---

① Wali, Obiajunwa. "The Dead End of African Literature", *Transition*, 10 (1963), p. 14.

② Thiong'o, Ngugi wa. *Decolonising the Mind: The Politics of Language in African Literature*. Oxford: James Curry, 1986, p. 24.

③ Achebe, Chinua. *The Education of a British-Protected Child*. New York: Alfred A. Knopf, 2009, p. 99.

④ Achebe, Chinua. *Morning Yet on Creation Day: Essays*. Garden City. N. Y.: Anchor Press, 1975, p. 95.

⑤ Achebe, Chinua. *The Education of a British-Protected Child*. New York: Alfred A. Knopf, 2009, p. 100.

出自英国本土，而是由入侵的日耳曼部族所引入。实际上，恩古吉虽反对以欧洲语言书写非洲文学，但也不得不承认西方帝国主义对于非洲语言版图产生的重大影响。

1884 年，柏林见证了非洲被欧洲列强的不同语言分割。作为殖民地和如今新殖民地的非洲国家，渐以欧洲语言被人定义或自我定义：操英文的非洲国家、操法文的非洲国家或操葡萄牙文的非洲国家。①

鉴于非洲殖民史造成的语言复杂性，阿契贝呼吁："不能把非洲文学塞入某个狭隘且一目了然的定义中。我并不将非洲文学视为一个整体，而是将其视为一组相联系的单元——实际上为非洲国家文学和民族文学之和。"②为此，阿契贝从语言的角度提出了一对重要的概念——国家文学和民族文学。何谓国家文学？总结阿契贝的论述，国家文学可以定义为：以国家语言书写的，以全体国民为现实或潜在读者的非洲文学。而民族文学只局限于一国之内某特定民族的文学。阿契贝以尼日利亚为例，从语言角度说明英语文学属于国家文学的范畴，而豪萨语、伊博语、约鲁巴语、埃菲克语、埃多语、伊乔语等本土语言文学，属于民族文学的范畴。因此，与瓦里相比，阿契贝拓展了非洲文学的疆界，主张以欧洲语言写作的文学和以本土语言写作的文学皆可纳入非洲文学的范畴。自然，英文、法文等传自欧洲的语言，与非洲本土语言同样具有非洲身份。为此，阿契贝专门梳理了英文成为尼日利亚等非洲国家文学语言的历史脉络。阿契贝指出，非洲部分民族国家的产生，直接源于英国的殖民统治。原先数量众多、大小不一的部族政治实体被联合成为一个国家，这是殖民统治造成的重要后果。殖民统治"将以往各自为政的众多部落连接起来"，赋予它们一种"相互交流的语言"。③国家文学和民族文学两个概念以及对于历史背景的阐释，有助于我们更好理解非洲文学的形成和发展。阿契贝的观点拓展了对非洲文学和语言关系的理解，为我们提供了一个更加全面和深入的视角。后来，阿契贝强调，尼日利亚今天的现实就是"其相当一部分日常事务是通过英文处理的"；又进一

---

① Thiong'o, Ngugi wa. *Decolonising the Mind: The Politics of Language in African Literature*. Oxford: James Curry, 1986, p. xii.

② Achebe, Chinua. *Morning Yet on Creation Day: Essays*. Garden City. N. Y.: Anchor Press, 1975, p. 92.

③ Achebe, Chinua. *The Education of a British-Protected Child*. New York: Alfred A. Knopf, 2009, p. 100.

步指出,"只要尼日利亚想以国家的形式存在,在可见的将来,就只能通过英文这门外来语言,将 200 多个民族联系在一起"。① 因此阿契贝主张,就尼日利亚而言,国家文学的书写语言只能是英文。总之,英文所以成为非洲国家文学的书写语言,是由英国的殖民统治历史及其产生的现实语境决定的。

此外,阿契贝还以亲身经历说明"以一门世界性语言写作无疑具有很大的优势"②。阿契贝提及一位前来拜访自己的肯尼亚诗人约瑟夫·卡里乌基(Joseph Kariuki),他们此前素未谋面,但通过这位诗人以"世界性语言"(即英文)写作的诗歌《走开,我的爱情》(*Come Away My Love*)中的寥寥数语,阿契贝真切感受到了一位非洲青年爱上白人姑娘后内心的忐忑不安。与此相反,阿契贝回忆起 1960 年拜访斯瓦希里语诗人沙班·罗伯特(Shabaan Robert)时的情景。由于语言的障碍与隔阂,他们之间其实"没有真正的交流"。阿契贝从很多渠道了解到,对方是一位重要的作家,而对于他赠送的两本斯瓦希里语诗集虽"非常珍惜,却无法阅读"。阿契贝后来自学了斯瓦希里语,还想学习数十门语言,但也无可奈何地反问自己:"如何能有时间学习 6 门左右可能拥有各自文学的尼日利亚语言?"对此,他的回答也只能是"无法实现"。③因此,阿契贝得出的结论是:"英文对尼日利亚的事务来说并不边缘,而是处于相当中心的地位。"④

尽管阿契贝从历史与现实的角度,说明英文成为非洲文学语言的必然性,但仍遭到了一些非洲作家的激烈反对,其中的代表人物是深受马克思主义影响的左翼作家恩古吉。这里,我们不得不牵出非洲文学史上阿契贝与恩古吉、瓦里之间的一场笔墨论战。恩古吉在其论著《思想的去殖民化》(*Decolonising the Mind*)的前言中,首先坦言自己虽批评了非—欧文学(或欧—非文学)在语言实践上的选择,但用意并非贬损这些英文、法文或葡萄牙文作家的才能和天赋。与阿契贝强调语言的历史成因相反,恩古吉在有关写作语言的评论中,彰显了反(新)殖民主义的政治诉求。他认为非洲作家的英文写作"意味着英国资产阶级再次夺走了我们那些具有才能和天赋的人";恩古吉甚至断言,如同欧洲在 18 和 19 世纪"从非洲盗取了艺术珍宝

---

① Achebe, Chinua. *The Education of a British-Protected Child*. New York: Alfred A. Knopf, 2009, p. 100.

② Achebe, Chinua. *Morning Yet on Creation Day: Essays*. Garden City. N. Y.: Anchor Press, 1975, p. 97.

③ Achebe, Chinua. *Morning Yet on Creation Day: Essays*. Garden City. N. Y.: Anchor Press, 1975, p. 96.

④ Achebe, Chinua. *The Education of a British-Protected Child*. New York: Alfred A. Knopf, 2009, p. 100.

以装饰他们的居所和博物馆",欧洲正在盗取非洲思想的珍宝以"丰富他们的语言和文化",非洲需要索回自己"所有的爱国作家"。①针对恩古吉的反殖民主义文学语言观,阿契贝通过建构英文的非洲身份对其进行了拆解:

> 如你所知,有关域外语言的非洲文学一直存在激烈争论。但是,何谓非洲之外的语言?当然是英文和法文。但阿拉伯文是不是呢?即便是斯瓦希里语,也不是吗?这是否是一门语言在非洲土地上存在多久的问题?如果是,那么多少年才能构成有效的占领?对我而言,这又是一个实事求是的问题。一门非洲人在非洲土地上言说的语言,一门非洲人用以写作的语言,就证明了一切。②

通过上述观点,阿契贝指出以英文等欧洲语言书写的非洲文学,应归入非洲国家文学的范畴,他反对为达到个人政治诉求而对非洲语言和文学的现状视而不见。阿契贝进而清晰地指出,已在非洲很多地区广泛用于日常交流和文学创作的英文,实已成为一门非洲语言,获得了合法的非洲身份。

对于瓦里所谓非洲文学不以非洲语言写作则"走进了死胡同"这样耸人听闻的论断,阿契贝则给予了正面回击:"很多新生的非洲作家充分表现出激动人心的可能性,而绝非走向了思维枯竭。"③阿契贝援引尼日利亚诗人约翰·佩珀·克拉克(J. P. Clark)的诗作《夜雨》(Night Rain)作为例证:

> Out of the run of water
> That like ants filing out of the wood
> Will scatter and gain possession
> Of the floor...④
> (水流倾泻
> 如同蚂蚁从木头蜂拥而出
> 四散奔逃

---

① Thiong'o, Ngugi wa. *Decolonising the Mind: The Politics of Language in African Literature*. Oxford: James Curry, 1986, p. xii.
② Achebe, Chinua. *Morning Yet on Creation Day: Essays*. Garden City. N. Y.: Anchor Press, 1975, p. 83.
③ Achebe, Chinua. *Morning Yet on Creation Day: Essays*. Garden City. N. Y.: Anchor Press, 1975, p. 99.
④ 引自 Achebe, Chinua. *Morning Yet on Creation Day: Essays*. Garden City. N. Y.: Anchor Press, 1975, p. 100.

遍地都是……)

阿契贝认为,克拉克以"如同蚂蚁从木头蜂拥而出"来形容雨水落地,颇具美感。作者的灵感来自非洲人用柴把生火的经验,也与非洲谚语——一个将满是蚂蚁的柴把带回家的人必须准备好蜥蜴的光临——有关。据此,阿契贝否认以欧洲语言写作的非洲文学有任何思维枯竭的迹象,宣称这是"来自非洲的新声音,以一门世界性语言诉说非洲的经验"①。无独有偶,在阿契贝提出国家语言这一概念 20 年后,黑人诗人、加勒比文学研究者卡马乌·布拉思韦特(Kamau Brathwaite)在《声音的历史》(*History of the Voice*)中也提出了加勒比黑人文学中的"国家语言"概念。布拉思韦特所谓的"国家语言"虽就"词汇特征"而言"听上去"或多或少表现为英文,但就其"轮廓、节奏和音色、爆破音"而言又不是英文,因此这个原本挪用自英文的"国家语言"在布拉思韦特看来,"深受非洲模式,即新世界/加勒比传统中的非洲面貌的影响"。②其实,和布拉思韦特一样,阿契贝不认为选择什么语言是至关重要的,而更关注语言背后的人的主体性,在下文中他强调了非洲文学对英文的"挪用"和"改写":

> [非洲作家]能否学会像本族人那样使用它[欧洲语言]?我得说,我不希望如此。对他而言,这样做既不必要也不可取。一门国际性语言所要准备付出的代价是适应很多不用的用法。非洲作家使用英文的方法应是最大限度地传达他的信息……他应该力图开创一种英文,既普遍有效,又能承载他独特的经验。③

综上所论,我们可以就阿契贝有关欧洲语言在非洲文学中的身份问题作出总结。首先,欧洲语言是西方在非洲殖民活动中以强力推行的语言,英文等欧洲语言成为非洲文学的书写语言具有某种历史必然性。第二,鉴于英文已成为一门非洲语言,英语文学必然是非洲文学的重要组成部分。第三,作为非洲文学书写中介的英文,在保持其作为世界性语言的普遍有效性

---

① Achebe, Chinua. *Morning Yet on Creation Day: Essays*. Garden City. N. Y.: Anchor Press, 1975, p. 100.

② Brathwaite, Edward. *History of the Voice: the Development of Nation Language in Anglophone Caribbean Poetry*. London: New Beacon Books, 1984, p. 13.

③ Achebe, Chinua. *Morning Yet on Creation Day: Essays*. Garden City. N. Y.: Anchor Press, 1975, p. 100.

的同时,通过与非洲语言文化的对话和交流而成为具有非洲特色的英文。

欧洲语言与非洲文学的受众

瓦里又从教育角度指出,所谓欧洲文学"小附庸"的非洲英语文学并无广泛代表性,这种文学"仅局限于少数在非洲新式大学接受欧式教育、熟悉欧洲文学和文化的毕业生"①。而绝大多数当地民众由于极少或没有接受过欧式教育,因而没有机会参与这样的文学。瓦里强调对非洲本土语言的研究,主张批评家的哲学和文学理论必须建构在对非洲语言的深入研究之上。唯其如此,非洲文学才能"深入其所面向的大众,创造真正的非洲各族人民的文化"②。他指出,如果"我们的作家将他们卓越的才智和能力投入他们自己的语言,那么非洲语言在我们教育体系中的从属地位即可扭转"③。总之,瓦里认为英文在非洲缺乏广泛的代表性,呼吁批评家和作家面向非洲大众,关注本土语言的理论建构和文学创作。

恩古吉则更详尽地说明了在殖民统治时代,欧美语言如何通过殖民主义的"选择性教育"(selective education)排挤和打压非洲本土语言。他回忆自己在英国人开办的学校学习时,"英语成为我接受正式教育的语言",在肯尼亚,英语"是一种特殊的语言,所有其他语言在它面前都要敬畏地俯身"。④ 更有甚者,在学校附近说母语的孩子,一旦被发现,都会遭受羞辱,被责以棍棒、处以罚金,他们甚至相互揭发。而孩子们却能因英文的进步而获得"奖励、荣誉、掌声",这些所得成为他们在教育体系中晋级的决定因素。在此体系中,非洲儿童往往把母语和低等、耻辱、体罚、弱智、低能、极度愚蠢、不可理解及野蛮等概念关联起来。恩古吉本人1959年进入马凯雷雷大学英文系学习,其英文小说创作也随着1977年《血色花瓣》的问世而达到高峰。虽声誉日隆,恩古吉却愈感不安。《一粒麦种》(A Grain of Wheat)完成后,这种不安蔓延成为心理危机。一个问题困扰着恩古吉:"我知道我在写什么,但我在为谁写作呢?"⑤农民虽然"哺育"(fed)了作家的小说创作,

---

① Wali, Obiajunwa. "The Dead End of African Literature", *Transition*, 10 (1963), p. 13.
② Wali, Obiajunwa. "The Dead End of African Literature", *Transition*, 10 (1963), p. 13.
③ Wali, Obiajunwa. "The Dead End of African Literature", *Transition*, 10 (1963), p. 14.
④ Thiong'o, Ngugi wa. *Decolonising the Mind: The Politics of Language in African Literature*. Oxford: James Curry, 1986, p. 7.
⑤ Thiong'o, Ngugi wa. *Decolonising the Mind: The Politics of Language in African Literature*. Oxford: James Curry, 1986, p. 72.

却无法阅读小说。1967年,在接受英国利兹大学学生报纸《联盟新闻》(*Union News*)采访时,恩古吉表示了对继续以英文创作是否有价值的质疑。此时,"为谁写作"之问是恩古吉文学创作亟需回答和解决的迫切问题。对此,他直言道:"非洲作家应以一门使其能与非洲农民与工人有效交流的语言写作——换言之,他应该以非洲语言写作。"①恩古吉也以亲身经历诠释了自己的观点。他曾参与首都内罗毕附近一个社区的扫盲项目,为当地的工农群众编写名为《我想结婚时就结婚》(*Ngaahika Ndeenda*,英文译名:*I Will Marry When I Want*)的剧本,通过演剧提高他们的读写能力。恩古吉曾为以何种语言编写剧本而纠结犹豫,他认为这恰恰说明自己与民众何等疏远。他用吉库尤语写出剧本时,村民开始对剧本发表评论,指出了剧本在人物塑造、语言表达、文体特征方面的种种不足。以恩古吉的话来说,"我们与本地人的关系发生了变化。实际上,就语言而言,我们成了学生。剧本的终稿其实是村民共同参与的结果"②。由于没有语言障碍,村民还对剧本发表意见,参与剧本内容的修改。恩古吉认为作家与民众的关系再次发生了变化,作家不再是"大学中所谓无所不知的人"③。恩古吉的个人经历恰恰从受众角度说明了本土语言写作的优势所在,非洲作家使用本土语言写作,能够更有效、更积极地与非洲读者互动,更能从中汲取营养。而非洲读者,尤其是社会底层民众,也能通过参与和阅读本土语言作品,提高读写水平和文学素养。恩古吉回忆自己后来遭到肯尼亚当局的囚禁,恰恰说明作家与读者间的联系极为重要,因为当局无故关押自己,目的正是切断这样的联系。恩古吉更清楚地意识到:"现在我可以想到的唯一联系便是语言。我感到我必须用导致我入狱的语言写作。"④后来在狱中,他竟在手纸上完成了其第一部吉库尤语小说《十字架上的恶魔》(*Devil on the Cross*)的草稿。1980年,该小说首印5000册,上市不到一个月即告罄,作品的热销说明了非洲民众对本土语言小说的需求。恩古吉这一经历生动展示了以本土语言写作对于作家和读者之间联系的重要性,以及本土语言作品在非洲社会中的巨大影响力。

---

① Thiong'o, Ngugi wa. "On Writing in Gikuyu", *Research in African Literatures*, 16.2 (1985), p. 151.

② Thiong'o, Ngugi wa. "On Writing in Gikuyu", *Research in African Literatures*, 16.2 (1985), p. 152.

③ Thiong'o, Ngugi wa. "On Writing in Gikuyu", *Research in African Literatures*, 16.2 (1985), p. 153.

④ Thiong'o, Ngugi wa. "On Writing in Gikuyu", *Research in African Literatures*, 16.2 (1985), p. 153.

阿契贝同样结合亲身经历，从另一角度说明了欧洲语言的重要性。13岁时，阿契贝进入仿照英国公立学校模式建立起来的非洲学校。在此，他和很多年龄相仿的男孩一起学习，他们虽都是尼日利亚同胞，却操不同的非洲语言，并不都讲阿契贝的母语——伊博语。为了能一同住宿，一同上课，一同玩耍，他们"不得不将各自的母语放在一边，使用……殖民者的语言交流"①。在阿契贝看来，此状况非尼日利亚独有，在英国殖民者将不同民族置于同一个行政管辖下的所有殖民地，都存在类似情况。因此，阿契贝认为恩古吉"随意捏造历史"，讲述的只是"历史的幻想"（historical fantasy），英国在非洲及其他地区的殖民政策其实是强调本土语言的，所谓"英国人强迫我们学习他们的语言"不能成立。②与此同时，阿契贝强调选择英文并不意味着"我们的本土语言应被抛弃"，众多本土语言并存且与外来语言互动，这在当下及可预见的将来会呈现加速发展的趋势。③对于阿契贝本人而言，他也未完全放弃以母语从事文学创作。如 1967 年，阿契贝的挚友、尼日利亚诗人克里斯托弗·奥基博（Christopher Okigbo）死于尼日利亚内战，阿契贝运用伊博族青年在同龄人葬礼上吟唱的传统挽歌形式，创作了一首伊博语诗歌。数年之后，为纪念安哥拉诗人和首任总统阿戈什蒂纽·内图（Agostinho Neto），阿契贝又创作了一首风格不同的英文诗歌。在阿契贝看来，

> 抛开风格不论，在非洲作家选择本土语言还是欧洲语言的问题上，恩古吉和我的区别在于，恩古吉现在认为这是非此即彼（either/or）的问题，而我一直认为二者兼容并存（both）。④

从恩古吉和阿契贝二人的经验，我们大概可以做出这样的分析：无论恩古吉由于运用非洲本土语言创作戏剧和小说而受到非洲民众尤其是下层社会民众的热烈回应，还是阿契贝在学生时代使用非洲的世界语英文作为操不同非洲语言同学间的交流工具，二者都恰恰说明非洲不是同质的语言和文化概念，而是内部千差万别的混合体，因此无论非洲本土语言还是欧洲语

---

① Achebe, Chinua. *The Education of a British-Protected Child*. New York: Alfred A. Knopf, 2009, p. 119.

② Achebe, Chinua. *The Education of a British-Protected Child*. New York: Alfred A. Knopf, 2009, p. 119.

③ Achebe, Chinua. *The Education of a British-Protected Child*. New York: Alfred A. Knopf, 2009, p. 120.

④ Achebe, Chinua. *The Education of a British-Protected Child*. New York: Alfred A. Knopf, 2009, p. 97.

言在非洲都有各自的受众。由此可知,非洲作家创作的非洲本土语言文学和欧洲语言文学都有各自的读者群。所以,阿契贝认为本土语言和外来语言并用的能力实为"很大的优势",而非"灾难"。①与阿契贝相比,瓦里和恩古吉的观点也不无道理,或有些激进,即强调一方的重要性,却无视另一方的合理性。当然,非洲作家也必须警惕非洲本土语言文学较之欧洲语言文学显得弱势和边缘的问题,重视瓦里发出的呼吁,更好地发展本土语言文学,服务于本土语言文学的受众。

非洲文学与非洲本土语言的发展

恩古吉对于语言问题的基本观点主要存在于 1969 年的《走向民族文化》(Towards a National Culture)一文中。他将非洲语言的教授和研究,置于与非洲文化复兴同等重要的地位。恩古吉痛陈,殖民帝国首先将自己的语言强加给被统治的民族,后又贬低他们的本土语言,使得殖民者的语言成为身份的象征。在如此歧视本土语言的环境中,学会殖民者语言的人便开始鄙视占人口多数的农民和他们的"野蛮"语言。恩古吉强调语言是一个民族在历史中形成的"价值观载体",因此学习者习得外国语言的过程也是疏离母语价值观和大众语言的过程。②恩古吉认为,在一个九成人口说非洲语言的国家,中小学和大学不教授非洲语言,极不明智。这里,恩古吉似乎回应了阿契贝在 1964 年《非洲作家和英文》(English and the African Writer)一文中有关国家文学和民族文学的论述。恩古吉承认"需要发展国家语言",但同时强调"不能以牺牲地方语言为代价"。③他从马克思主义政治经济学的视角提出,在社会主义政治与经济环境中,"民族语言的发展与国家团结和意识之间并不矛盾……研究我们自己的语言对于塑造有意义的自我形象甚为重要,这一点愈发成为共识……"④作为作家,恩古吉认为,对非洲语言的深入研究必定吸引更多非洲人从事母语写作,为本土

---

① Achebe, Chinua. *The Education of a British-Protected Child*. New York: Alfred A. Knopf, 2009, p. 120.

② Thiong'o, Ngugi wa. *Homecoming: Essays on African and Caribbean Literature, Culture and Politics*. London: Heinemann, 1972, p. 16.

③ Thiong'o, Ngugi wa. *Homecoming: Essays on African and Caribbean Literature, Culture and Politics*. London: Heinemann, 1972, p. 16.

④ Thiong'o, Ngugi wa. *Homecoming: Essays on African and Caribbean Literature, Culture and Politics*. London: Heinemann, 1972, pp. 16—17.

语言的文学创作开辟新的道路。如果说瓦里主张非洲本土语言写作才能促进非洲文学的发展,那么恩古吉又将问题回溯到本土语言教育,即只有当非洲本土语言在教育机构中获得充分关注,才能根本扭转本土语言文学创作的颓势。

其实,阿契贝作为极具后殖民色彩的第三世界作家,并非刻意冷落本土语言而对欧洲语言趋之若鹜。他之所以选择英文作为文学创作的主要语言,除了非洲国家内部往往民族林立、语言众多这个外因,非洲书面语言这个本体形成的特殊历史背景,是另一重要原因。有关阿契贝就其母语伊博语的书面形式所发表的论述,我们摘录如下:

> 正式的、标准的、书面的伊博语——如同很多其他非洲语言——是基督传教士出于将《圣经》翻译成本土语言的目的而形成的。令人遗憾的是,当英国圣公会人员处理伊博语时,使用了奇怪的民主程序:他们将六位伊博族信徒召集一处,每人来自不同地方,操不同方言。他们对于《圣经》中的具体卷本和段落,各自提供一份译文。
>
> 可以料想,最终编成的译本与六种方言中的任何一种都不同。然而,这所谓的"联合伊博文"……成为这门语言正式的书面形式,这个奇怪的语言杂烩缺乏语言的美感、自然的韵律和口头的真实性。①

理论上,阿契贝可以选择以本土语言写作(他也的确以伊博语写过几首诗),但以上引文说明,由于本土语言的书面形式存在诸多难以解决的问题,使用伊博文面临着极大的困难。换言之,由于伊博文的书面语是由众多方言无序混合而成,因此这种书面语本身存在较大缺陷,难以用作文学创作的语言。例如,"有关可接受的拼字法这一旷日持久的争论",对于阿契贝等伊博族作家的文学创作影响颇深,他们因此"逐渐接受英文……作为伊博文学的语言"。②实际上,令阿契贝蜚声文坛的几部小说至今未见伊博文版本,这是值得玩味的。从阿契贝个人的经验看,由于某些非洲书面语言存在诸多缺陷这一客观原因,这些语言的作家往往不得不放弃以母语从事文学创作,转向外来语言,这当然对本土语言的改进和发展极为不利。

---

① Gallagher, S. V. "Linguistic Power: Encounter with Chinua Achebe", *The Christian Century*, 12 Mar. (1997), p. 260.

② Emenyonu, Ernest N. *The Rise of the Igbo Novel*. Ibadan: Oxford University Press, 1978, p. xiv.

其实,选择外来语言未必是非洲作家的不二选择,恩古吉的选择对于非洲语言的发展而言也许更为可取。从一个作家的视角,恩古吉敏锐地发现了由西方人创立的本土书面语言的问题,并尝试加以纠正。他发现由传教士等非母语人士创造的吉库尤语书面文字系统有一个很大的问题:该文字系统不能区分元音的长短。对于吉库尤语散文和诗歌而言,元音的长短就意味着意义的差别,因此能否区分元音的长短显得非常重要。然而,由欧洲人发明的吉库尤语拼写法需要读者对该语言的长短音非常熟悉,否则读者往往感到云里雾里。对此,恩古吉试图在吉库尤语文学创作中解决这一问题,即在需要长元音的地方使用两个元音字母标示。恩古吉对自己的努力不甚满意,不过,这无疑是通过文学创作发展和完善本土语言的有益尝试。

恩古吉声称,非洲本土语言不会像拉丁文那样死亡,非洲农民是非洲语言的主要载体,他们不认为使用本民族母语与归属多民族的国家或非洲大陆之间有任何矛盾。农民和工人阶级培养自己的作家,或争取小资产阶级作家加入自己的阵营。这些作家以非洲本土语言写作,赋予本土语言以书面文学,而书面语言的出现则可避免本土语言的消亡。同时,恩古吉在坚持非洲语言文学主体地位的前提下,不排斥对外国文学资源的吸纳。

> 那天来到时,非洲作家自然转向非洲语言进行文学创作,非洲小说将真正独立自主,对非洲不同地区、不同民族、不同文化的特点,以及亚洲、拉美、欧洲、美国等全世界最进步小说的特点兼收并蓄。①

此外,恩古吉指出,工农阶层对西方宗主国语言不会亦步亦趋,"他们没有如桑戈尔和阿契贝对宗主国语言的敬畏",反而进行创造性挪用,"将其彻底非洲化,创造出新的非洲语言,如塞拉利昂的克瑞奥语(Krio)和尼日利亚的洋泾浜语(Pidgin),都深受非洲语言句法和节奏影响"。②此处,恩古吉的笔锋再次指向了阿契贝。在他看来,即便欧洲语言能转化为非洲语言,那也绝非阿契贝界定的欧洲语言,而是所谓"彻底非洲化"了的语言。其实,在非—欧文学中掺入和渗透大量非洲本土语言的元素和信息,从某种意义上,

---

① Thiong'o, Ngugi wa. *Decolonising the Mind: The Politics of Language in African Literature*. Oxford: James Curry, 1986, p. 85.
② Thiong'o, Ngugi Wa. *Decolonising the Mind: The Politics of Language in African Literature*. Oxford: James Curry, 1986, p. 23.

也是非洲本土语言在欧洲语言文学中的"旅行"或"延异"。当然,这是另一个论题,此处不赘述。

非洲小民族文学的语言与政治

法国哲学家吉尔·德勒兹在《卡夫卡:走向小民族文学》中指出小民族文学和小民族语言具有天然的政治属性。但在阿契贝看来,瓦里表面上谈论非洲文学语言的政治意涵,实则以此为手段谋取政治利益,因为出身专业文学教师的他,后来并未沿着自己鼓吹的文学路线前进,"放弃了学术事业而转入政界和商界"①。即便在投身政治,成为尼日利亚第二共和国最重要的议员之一后,瓦里也未推动非洲语言文学的立法工作,而是"消失得无影无踪"。阿契贝批评瓦里"借助语言玩弄政治,却在此过程中使我们以及那些蠢得相信我们的人无法看到社会现实的复杂性"。②阿契贝以犀利的评论,区分了"语言的政治"(the politics of language)和"以语言从事政治活动"(politicking with language),反对瓦里等以语言为幌子或"替罪羊"经营政治活动,因为这样会"遮蔽我们身处环境的实际和复杂性"。③

至于恩古吉,阿契贝虽认为他的语言政治活动有别于瓦里,但同时强调恩古吉仅看到了当今非洲两种敌对力量间的争斗:一方面是帝国主义传统,另一方面则是抵抗的传统。因此,非洲的语言问题就是由帝国主义扶植的欧洲语言与工农大众捍卫的非洲语言之间的对抗。以德勒兹哲学中的"块茎"(rhizome)概念论之,恩古吉仅看到了帝国主义文学与殖民地文学的辖域性,却反向复制和巩固了帝国主义的二元等级结构,忽略了语言和文学能够跨越边界进行解域与生成,能够把任何一点与其他各点联系起来,能够激活不同层面的符号场域,能够不断沿着解域的路线"逃逸"出去。在恩古吉的想象中,帝国主义传统和抵抗传统的本质似乎是固定的、理想的和形式的,但在德勒兹看来却是模糊的、不准确的,只是临时稳定下来的语言的、感

---

① Achebe, Chinua. *The Education of a British-Protected Child*. New York: Alfred A. Knopf, 2009, p. 101.

② Achebe, Chinua. *The Education of a British-Protected Child*. New York: Alfred A. Knopf, 2009, p. 102.

③ Achebe, Chinua. *The Education of a British-Protected Child*. New York: Alfred A. Knopf, 2009, p. 102.

知的、姿态的、环境的和政治的关联以数量不等的方式组合在一起,它们本身就是由这些关系所决定的状况、项目和活动的结果。①恩古吉将帝国主义文学与殖民地文学纳入了一个树状的等级结构或图式之中,即阿契贝所谓的"摩尼教世界观"。在恩古吉的树状图式中,由欧洲语言表征的帝国主义传统与由非洲本土语言表征的抵抗传统,处于截然封闭、对立、静止、割裂与凝固的关系中。在如此欧洲大民族文学压迫非洲小民族文学的单向和封闭的等级思维中,以英文书写非洲文学必然意味着对非洲文学的肆意"背叛"和向欧洲文学的无耻"投诚"。这一观点体现了恩古吉对帝国主义文学和殖民地文学之间关系的理解,以及对以英文书写非洲文学的批判态度。然而,德勒兹的"块茎"概念却具有开放、组装、流动、关联和生成的平行特征,颠覆了恩古吉等评论家在评价非洲英语文学时的树状垂直思维模式。以"块茎"概念为哲学基础,德勒兹有关小民族文学的思想无疑为我们重新思考和定位非洲文学中的语言问题,提供了独特的理论视角和全新的话语方式。

相对于大民族文学的"刻板的克分子实体",小民族文学表现出"一种质的区别,即一切语言实践的革命潜能,通过在表达与内容之间生产多样的关系和关联而向占主导地位的语言阐释的二元对立形式发起了挑战"。② 卡夫卡的德语在发音、句法和词汇等方面深受其第一语言捷克语的影响,这个被卡夫卡解域后的德语正是"语言的小民族应用",是"对标准因素的一种破坏性毁形"。③同样,阿契贝代表的非洲英语作家,也是在英国的大民族语言中"雕刻"或"绘制"一种小民族方言。这种小民族方言如"块茎"般在一个"黏性平面"上繁殖开来,在新的非洲语境中拆解为碎片并和众多本土的异质元素一起"绘图",也即实践了对大民族语言规则的颠覆或"逃逸"。由是观之,瓦里和恩古吉等所谓非洲英语文学只能委身为欧洲文学的附庸之论未必那么高明。非洲英语文学未必沦为附庸,或能通过超越大民族语言和文学的律法,参与表达的集体组装,转而成为大民族英语文学的"解放者"或"解域者"。实际上,我们只要对非洲本土书面语言的发展史有所了解,便能清楚认识到,所谓非洲本土语言绝非封闭的结构,而是欧洲语言在非洲大陆解域后与非洲本土口头语言重新组装后的"繁殖"。非洲英语文学不仅是欧

---

① Deleuze, Gilles and Guattari, Felix. *A Thousand Plateaus*, Vol 2 of *Capitalism and Schizophrenia*. B. Massumi, trans., Minneapolis: University of Minnesota Press, 1987, p. 367, pp. 407—408.

② Hayden, Patrick. *Multiplicity and Becoming: The Pluralist Empiricism of Gilles Deleuze*. New York: Peter Lang Publishing, Inc., 1998, p. 116.

③ Bogue, Ronald. *Deleuze on Literature*. London and New York: Routledge, 2003, p. 101.

洲文学的翻译或延伸,而是通过与非洲本土语言和文化的融合和重新组装,创造出的独特文学形式和表达方式。因此,所谓非洲本土文学本质主义的合法身份,也似乎成了幻象。非洲本土语言文学与英语文学没有谱系之别,二者不过是欧洲语言的"块茎"在不同维度或方向上沿着不同但彼此连接的"逃逸线"的"繁殖"罢了。阿契贝认为,造成非洲文学语言难题的,并非恩古吉指认的帝国主义,而是现代非洲国家众多语言的共生现象(linguistic pluralism)。欧洲语言之所以依旧在非洲四处传布,原因在于它们满足了实际需求。在非洲现代史上著名的反帝领袖夸梅·恩克鲁玛(Kwame Nkrumah)领导加纳的时代,"政治领袖对于母语政策可能导致分裂国家的后果,深感忧虑。在加纳,英文虽为外来语言,但他们却视之为实现民族沟通和社会政治统一的最好工具"[①]。阿契贝以独特的方式说明,被解域的非洲英语文学具有新的生命力;阿契贝所引恩克鲁玛的言论说明:非洲英语和非语言的(包括政治的)因素,共置于一种流浪的、游牧的、永久的运动和流亡途中,通过参与、捕捉、瓦解、改变并重组现存的力的关系,体现了小民族语言天然的政治属性,体现了其生命力。总之,德勒兹的哲学为我们以新的视角审视非洲文学的语言以及非洲语言的政治属性提供了很大的教益。

[①] Smock, David R. ed., *The Search for National Integration in Africa*. New York: The Free Pr., 1975, p.176.

第四章　阿契贝与小民族语言的解域实践

笔者认为,德勒兹有关小民族文学的论述,有助于就经典后殖民理论对第三世界后殖民文学的辖域进行解域。对于使用前宗主国语言写作的后殖民作家而言,经典后殖民理论难以助其摆脱对帝国中心文学的依附关系,难以从理论上充分论述后殖民文学的独特价值,而这恰恰是小民族文学理论大有可为之所在。本章结合阿契贝的小说文本,试图梳理和分析小民族文学的核心概念——小民族语言(minor language)。何谓小民族语言?德勒兹提醒读者,小民族文学并非来自少数族裔语言的文学,而是"少数族裔在大民族语言内部建构的文学"①。因此,"少数族裔"和"大民族语言"是界定小民族文学或小民族语言的两个关键词。第二个问题:小民族文学概念或思想滥觞于何处?研究者往往认为素有哲学概念创造大师美誉的德勒兹是"小民族文学"的最早提出者,而卡夫卡只是运用小民族语言写作的文学巨匠,对小民族文学或语言的概念并无自觉的认识和思考。② 然而,卡夫卡传世的日记为研究者考证其小民族语言和文学思想,提供了诸多线索或踪迹。

卡夫卡有关意第绪语的演说与小民族语言思想之滥觞

诚然,卡夫卡并非哲学家,从未建构完整严密的哲学思想体系,但很多哲学家的理论恰恰来自作家的只言片语或看似零散断裂的随性感悟。后殖民理论大师萨义德就曾从本书的研究对象阿契贝的评论杂文中汲取了思想养料;何况,卡夫卡拥有博士学位,接受过严格的学术训练,自然是更具反思或批判意识的学者型作家。毫无疑问,德勒兹不仅从卡夫卡的文学作品中取得了素材,更直接拼装和重组了散见于卡夫卡日记和演讲中的有关小民

---

① Deleuze, Gilles and Guattari, Félix. *Kafka: Toward a Minor Literature*. D. Polan, trans., Minneapolis: University of Minnesota Press, c1986, p. 16.
② 胡志明,《卡夫卡现象学》,北京:文化艺术出版社,2007年,第364页。

族文学的思想碎片。因此,我们首先需要梳理卡夫卡关于小民族语言的论述,如此有助于厘清德勒兹如何继承和发展了卡夫卡的思想,又存在何种问题和疏漏。

在1911年底的一则日记中,卡夫卡详细阐述了小民族文学区别于大民族文学的特征,并试图为小民族文学作速写式的概括。尤为重要的是,卡夫卡在日记中首次提出了小民族文学(literature of small peoples)概念。仔细比照,德勒兹有关小民族文学的论述多少能够在这篇日记中寻到蛛丝马迹。但颇吊诡的是,同篇日记中难觅卡夫卡有关小民族语言的文字记述。然而,卡夫卡1912年在布拉格犹太人市政厅的一次诗歌朗诵会之前的演讲稿,为考证其小民族语言思想提供了绝佳的文本。当时,卡夫卡为了帮助在场的听众理解即将开场的朗诵中使用的所谓"俚语",登台发表了有关意第绪语(Yiddish)的演讲。笔者认为,这篇在大多数研究者眼中似乎平淡无奇、缺乏深意的讲稿,俨然是有关小民族语言的鸿篇,可谓字字珠玑。毫不夸张地说,这篇讲稿不啻为有关小民族语言思想的开山之作。德勒兹在著述中对此只字未提,但研究者依然能够推断德勒兹极有可能阅读过这篇讲稿,并从中获得灵感和启发。何谓意第绪语?根据牛津英语词典的词条注释,意第绪语是欧洲和美洲犹太人使用的一门语言,是一种复杂的合成语言,包含多种语言元素,主要由德语和希伯来语构成,还融合了斯拉夫语和其他欧洲语言的部分词汇和语法,由希伯来语字母印刷。卡夫卡提到的意第绪语由德语、希伯来语、法语、英语、南斯拉夫语、荷兰语、罗马尼亚语甚至拉丁语等诸多语言元素捏合而成,历史上曾为德系犹太人广泛使用,后日渐衰微。卡夫卡特地说明了意第绪语的发展源流,这对于我们合乎逻辑地将其定位于小民族语言至关重要。从语言谱系角度来看,意第绪语与现代德语均由中古德语发展而来。在向新高地德语转化的过程中,现代德语形成了一种形式,而意第绪语发展为另一形式。因此,两种语言其实存在根深蒂固的同源关系,如果我们视现代德语为大民族语言,那么意第绪语则为少数族裔使用,并在其演化过程中吸收了大量外来语言元素,因而成为对大民族语言的小民族应用,是一种小民族语言。虽然卡夫卡的作品都用另一种小民族语言——布拉格德语——写就,而非意第绪语,但所谓的布拉格德语与意第绪语均有小民族语言的特征,研究者完全可以通过对卡夫卡有关意第绪语的论述,考证其小民族语言思想。卡夫卡成长于复杂的语言环境中,幼年从捷克保姆口中学会了捷克口语,而他接受的是德语教育,正式场合都说德语,同时还或多或少地学习过法语、英语、意大利语、希腊语、拉丁语以及希伯来语。德勒兹以哲学家的睿智精准定位了卡夫卡与意第绪语的关系:

"他与其说把意第绪语看作犹太人的一个语言地域,毋宁说将其视作重振德语语言的解域游牧运动。"①卡夫卡是善用寓言和比喻的大师,他恰如其分地将德语比作"身体中的知识",而意第绪语则是运用知识的"力量",而理解就发生在"力量"与"知识"交汇和碰撞的瞬间。卡夫卡惊呼"俚语是一切,是言语,是犹太音调,是这个东部犹太演员自身的本质……是自身的统一性"。②这是卡夫卡对小民族语言特征的精辟论述和准确定位,成为日后德勒兹构建小民族文学理论的坚实基础和重要原点。因此,卡夫卡这篇有关"俚语"(意第绪语)的演讲,就是有关小民族语言的思想源头,对相关研究者而言弥足珍贵。

德勒兹的哲学解读与阿契贝的小民族语言实践

根据卡夫卡的描述,意第绪语是欧洲最年轻的语言,尚未形成清晰的语言形态,表达"短而迅速"。在卡夫卡看来,意第绪语是一门没有语法的语言,原因在于它不断生成(becoming),"永远没有平静的时候"。总之,"人民不愿意把它交给语法学家"。③ 因此,众多外来语言成分并不在意第绪语中"安歇",而是随着民族的迁移保持着"匆忙和活跃"。由此可见,小民族文学的语言表现出一种强烈的流动性或游牧特征,总是处于不断生成之中。德勒兹从语音和词汇句法等方面分析了卡夫卡的小民族语言特质,我们也不妨对德勒兹"千高原"似的评论碎片进行分类、梳理和重新拼装,从中生成评论阿契贝文学语言的新方向,获得能够穿透传统评论话语的"逃逸线"。

第一,小民族语言的特征表现为语音的非意指"震颤"(vibrate)。对此,德勒兹有一段极具哲学穿透力的思辨文字。小民族文学所发出的声音,是"被解域的、意义被再辖域的噪音",因此语音本身被"解域",且"无可挽回、彻彻底底"。德勒兹由此得出了结论,即小民族文学的语言虽源自大民族语言中语音与语义的辖域关系,但已不再是"意义的语言"(a lan-

---

① Deleuze, Gilles and Guattari, Félix. *Kafka: Toward a Minor Literature*. D. Polan, trans., Minneapolis: University of Minnesota Press, c1986, p. 25.
② Wagenbach, Klaus. *Franz Kafka*. Ewald Osers, trans., Cambridge, Mass.: Harvard University Press, 2003, p. 214.
③ 弗兰茨·卡夫卡:《误入世界:卡夫卡悖谬论集》,叶廷芳等译,西安:陕西师范大学出版社,2002年,第211页。

guage of sense)。换言之,"意义的语言"被"逃逸线"穿透,所生成的语言是"从意义中撕扯出来的语言、征服了意义的语言、积极抵消了意义的语言,除了词语的重读和语音抑扬顿挫外别无意义"。① 卡夫卡曾在日记中回忆自己孩提时代重复父亲口中的"月末、月末",以便让它从无意义的路线上逃走。在《城堡》的开头,教堂后面的学校中,学生们"叽叽喳喳说个没完,说得很快,K 根本无法听懂"。②学生们显然精通于重复朗诵单词,而被朗诵的单词意义模糊不明,目的是让朗诵在单词周围"震颤"。德勒兹的以上表述起码可以给我们以下启发:小民族文学挪用了大民族文学的语言,却同时解域了大民族语言的逻各斯中心主义,用语音的"逃逸线"穿透了大民族文学的"意义",正如卡夫卡作品中老鼠的呼哨、猴子的咳嗽等,皆试图废除"组织化的音乐"(organized music)。阿契贝的小说中也散布着"除了词语的重读和语音抑扬顿挫外别无意义"的小民族语言的具体现象,它们往往令读者费解,令那些高高在上的西方评论家侧目,殊不知这些正是小民族文学力图发出的"震颤"强音。《瓦解》第 7 章中,小男孩伊凯米福在(Ikemefuna)是来自异族的人质,以养子身份寄居在小说主角奥孔库沃家中。最终乌默邦决定处死他。行刑之日,伊凯米福纳感觉到身后直逼而来的死亡气息,想到久未谋面的母亲或已死去,想到一首儿时驱除恐惧的歌谣:

艾哉,艾琳娜!
　　萨拉
艾哉伊里克瓦 呀
伊克瓦巴 啊克瓦 奥里荷里
埃勃 乌祖祖 奈特 埃格乌
　　萨拉③

(Eze elina, elina!
　　Sala
Eze ilikwa ya
Ikwaba akwa oligholi
Ebe Danda nechi eze

---

① Deleuze, Gilles and Guattari, Félix. *Kafka: Toward a Minor Literature*. D. Polan, trans., Minneapolis: University of Minnesota Press, c1986, p. 25.
② 弗兰茨·卡夫卡:《卡夫卡文集》第 1 卷,高年生译,北京:作家出版社,2011 年,第 8 页。
③ 钦努阿·阿契贝:《瓦解》,高宗禹译,重庆:重庆出版社,2009 年,第 54 页。

Ebe Uzuzu nete egwu
Sala)①

这段缺乏明确意义所指的歌谣对于英语读者而言,可谓莫名其妙,不知所云。然而,敏感的读者仍可从这串字母所代表的音符或语音连续体中,感受到一种非意指的声音强度,感受到小男孩迫近地狱关口时的惊恐绝望和手足无措。语音的非意指"震颤"让词"向预料之外的内在强度敞开",也就是"对语言的非意指的强力使用"。②此外,《瓦解》中与神灵或神谕者相关的语音的非意指"震颤"现象断续地贯穿于整部小说。我们且以第10章为例。其中,祖先们的神灵从阴间现身世间的场面颇为惊悸,摘录如下:

鼓声又起,笛子也被吹响。伊戈吾戈吾(egwugwu)的屋子里传来一阵杂乱的颤音:祖先的神灵刚从地下现身,开始用神秘的语言(esoteric language)寒暄,阿如欧也穆嘚嘚嘚嘚嘚儿(Aru oyim de de de de deil)的声音弥漫于空气中。③

神灵的语言当然是神秘的,不为俗世凡人理解,对于引文中由"阿如 欧也穆 嘚 嘚 嘚 嘚 嘚儿"这些字母拼装起来的音符链,小说作者阿契贝也未必能给出清晰释义。正如小民族文学语言的音律能够产生非意指的"震颤",文中的族人从神灵对话中获得的不是具体意义,而是"颤音",是穿越了大民族语言"逃逸线"的颤动,纯粹的"欲望机器"的强力流动。"欲望机器"的流动意味着状态的循环,当"阿如 欧也穆 嘚 嘚 嘚 嘚 嘚儿"在同一章节的后文中再次出现时,语音的"震颤"已变成"火舌"(tongues of fire)。因此,意义被解域的语音或音律同样会遭到其他状态如热度、图像等的解域,解域是去主体的或块茎的。

其次,小民族语言的特征表现为词汇和句法的"张力"。德勒兹认为,卡夫卡运用的所谓"布拉格德语"还表现出"枯萎的词汇"(withered vocabulary)和"不正确的语法"(incorrect syntax)等特征。专事卡夫卡研究和传记写作的学者克劳斯·瓦根巴赫(Klaus Wagenbach)概括了卡夫卡德语的语法和词汇特征,包括介词的误用、代词的滥用、可塑性动词的运用、副词的繁

---

① Achebe, Chinua. *Things Fall Apart*. London: Heinemann, 1958, p. 42.
② Deleuze, Gilles and Guattari, Félix. *Kafka: Toward a Minor Literature*. D. Polan, trans., Minneapolis: University of Minnesota Press, c1986, p. 22.
③ Achebe, Chinua. *Things Fall Apart*. London: Heinemann, 1958, pp. 62—63.

殖和连续,以及作为某种内在不和谐的辅音和元音分布。德勒兹称以上这些表现了"语言内在张力"(internal tensions of a language)的语言元素为"张度"(intensives)或"张量"(tensors)。①正是得益于这种"张力""张度"或"张量",卡夫卡笔下的布拉格德语才完成了对大民族德语的解域,创造性地表现出一种"新的冷静、新的表现力、新的灵活性和新的强度"。②在此,我们也不得不提到卡夫卡在那篇有关意第绪语的演讲中同样令人"震颤"的论述。正因为意第绪语是对德语的小民族应用,卡夫卡认为每个掌握了德语的人都能听懂意第绪语,原因在于意第绪语"最外层的可理解性由德语构成"③。与此同时,作为小民族语言的意第绪语与德语存在明显差异,二者联系"太柔软",因此卡夫卡认为,如果把意第绪语"引回德语中去,它马上就会被撕成碎片,回去的将不是俚语,而只是一个躯壳"④。无独有偶,同为小民族作家的阿契贝在评论自己文学作品的语言风格时,也发表过颇为近似的观点。阿契贝摘取了《神剑》中的一段文字,同时配以"标准"英文——作为大民族语言的英文——版本作为比照:

> I want one of my sons to join these people and be my eyes there. If there is nothing in it you will come back. But if there is something there you will bring home my share. The world is like a Mask, dancing. If you want to see it well you do not stand in one place. My spirit tells me that those who do not befriend the white man today will be saying had we known tomorrow. (我让我的一个儿子混入这些人中,充作我在那的眼线。如果啥情况没有你就回来。如果有的话你就把我那份带回家来。这世界就像个面具,舞动着。你要想看清它,就不能待在原地不动。我的神灵告诉我,今天不与白人交好的人明天就会说:"早知如此,何必当初。")⑤

---

① Deleuze, Gilles and Guattari, Félix. *Kafka: Toward a Minor Literature*. D. Polan, trans., Minneapolis: University of Minnesota Press, c1986, p. 22.

② Wagenbach, Klaus. *Franz Kafka*. Ewald Osers, trans., Cambridge, Mass.: Harvard University Press, 2003, p. 15.

③ 弗兰茨·卡夫卡:《误入世界:卡夫卡悖谬论集》,叶廷芳等译,西安:陕西师范大学出版社,2002年,第213页。

④ 弗兰茨·卡夫卡:《误入世界:卡夫卡悖谬论集》,叶廷芳等译,西安:陕西师范大学出版社,2002年,第213页。

⑤ Achebe, Chinua. "The African Writer and the English Language", in Chinua Achebe, ed., *Morning Yet on Creation Day*. London: Heinemann, 1975, p. 101.

> I am sending you as my representative among those people – just to be on the safe side in case the new religion develops. One has to move with the times or else one is left behind. I have a hunch that those who fail to come to terms with the white man may well regret their lack of foresight.（我把你作为代表派到这些人当中去——以确保这个新的宗教发展时我能高枕无忧。一个人应该与时俱进，否则就要落伍。我有预感，那些不能与白人和睦相处的人将来会为自己缺乏远见而后悔。）①

原文中的"眼线"（eyes）正是借用和解域了大民族语言中"眼睛"这个外层"躯壳"，同时"眼睛"是大民族文学中固有的，能指与所指构筑的辖域被打开了，"眼睛"的所指从原有的辖域中"逃逸"出来，指向"眼线"或"盯梢人"的意义。然而，无论"眼线"，抑或"盯梢人"，都与"眼睛"存有明显的语义关联，因此小民族文学语言的解域性（deterritoriality）是有限度的，语言"震颤"发生在一定的限度内，而未"崩塌"殆尽，"逃逸"后语言的表层"躯壳"仍可辨识。套用卡夫卡的话说，宗主国英文为阿契贝的小民族语言提供的，是一种"最外层的可理解性"。阿契贝清醒地意识到，即便能以标准英文写作，将小民族语言"引回"大民族语言的"标准"中去，他所得不过是没有价值的"碎片"和"躯壳"而已，小民族语言天然具有的解域性和革命性优势，也就无踪迹可循了。

那么，小民族语言在语法和词汇等形式层面上究竟表现出何种特征呢？德勒兹并未将精彩的哲学思辨诉诸具体而微的文本分析。尽管如此，德勒兹毕竟从形而上层面指出了小民族语言的两种趋势：一是"贫乏化"（impoverishment），即句法或词汇形式的枯竭。②在阿契贝的作品中，我们不难发现这样的文本现象，例如《人民公仆》有这样一段楠加酋长（Chief Nanga）家的独眼家丁多戈（Dogo）与来访者的对白：

"Who you want?" he scowled.
"Chief Nanga."
"He give you appointment?"

---

① Achebe, Chinua. "The African Writer and the English Language", in Chinua Achebe, ed., *Morning Yet on Creation Day*. London: Heinemann, 1975, p. 102.
② Deleuze, Gilles and Guattari, Felix. *A Thousand Plateaus*, Vol 2 of *Capitalism and Schizophrenia*. B. Massumi, trans., Minneapolis: University of Minnesota Press, 1987, p. 104.

第四章　阿契贝与小民族语言的解域实践　　　65

"No, but..."

"Make you park for outside. I go go hasham if he want see you. Wetin be your name?"①

("你找谁？"他瞪着眼睛问。

"南加老爷。"

"他同你有约？"

"没有，不过……"

"把车停外面吧。我去问问他，要不要见你。你叫啥名儿？")②

在这短短三个话轮中，我们便注意到德勒兹所谓"贫乏化"的微观表现：如疑问句中助动词（do）的缺失、主语与谓语之间数的不一致（He give, he want）、动词不定式标记词（to）的省略、动词（be）的抽象化等。对此，德勒兹认为，所谓"贫乏化"并非欠缺，而是空隙（void）或省略（ellipsis），目的是对"常量"（constants）加以限制。

除"贫乏化"外，小民族语言的另一特征，则是"流变效应的繁殖"（proliferation of shifting effects），即对"超负荷"（overload）和"诠释"（paraphrase）的偏爱。德勒兹所谓的"超负荷"并非修辞、隐喻或象征结构，而是"流动的诠释"（mobile paraphrase），是每个陈述的"非本土化呈现"（unlocalized presence）或"间接话语"（indirect discourse），是对"参照点"的拒斥，是对"稳定形态"（constant form）的消解。③总之，所谓"流变效应的繁殖"可解释为对动态的差异、变量和生成的青睐。阿契贝作品中与此对应的语言表现更为普遍，尤其反映在大量非洲本土谚语，即卡夫卡所谓的"俚语"中。我们不妨从阿契贝的另一篇小说《动荡》中择取语料，略作分析。小说采用倒叙手法，开场便是主人公奥比（Obi）——一名曾留学英国、归国后供职于政府部门的非洲青年——因受贿锒铛入狱，而奥比族人在首都的互助组织"乌默邦进步联盟"（Umuofia Progressive Union）为此召开紧急会议，商讨应对之策。族人们曾合力资助奥比远赴海外求学。奥比不负众望，回国后顺利获得令人艳羡的政府公职，一度成为族人的荣耀。然好景不长，此后奥比的种种言行令族人大失所望，直至愤怒绝望。然而，奥比身陷囹圄、危在旦夕之时，族人们却能不计前嫌，暂搁对奥比的怨恨，积极商议营救之策。

---

① Achebe, Chinua. *A Man of the People*. London: Heinemann, 1966, p. 39.
② 钦努阿·阿契贝：《人民公仆》，尧雨译，重庆：重庆出版社，2008年，第36页。
③ Deleuze, Gilles and Guattari, Felix. *A Thousand Plateaus*, Vol 2 of *Capitalism and Schizophrenia*. B. Massumi, trans., Minneapolis: University of Minnesota Press, 1987, p. 104.

阿契贝以非洲特有的语言描述了此时众人"先攘外，后安内"的独特文化心理：

> 必须先把狐狸赶走；再警告母鸡不要游荡到灌木丛里。①

"乌默邦进步联盟"的主席声明自己对腐败行为的反对态度，阿契贝在小说中表达如下：

> 我反对人们在不是他们播种的地方收割。②

然而，主席旋即话锋一转，为奥比收受区区 20 磅的贿赂唏嘘不已，阿契贝再次掺入了鲜活的非洲意象：

> 可是我们有句俗话：如果你想吃蛤蟆，就该挑只个大汁肥的。③

如前所述，阿契贝将非洲本土语言中的意象掺入英文写作中，以此松动甚至打破了作为大民族语言的英文的"参照点"地位，最终消解了其"稳定形态"，不断生成"流变效应"。此外，小民族语言的所谓"超负荷"，实际上就是打破大民族语言句法结构的规范或律法，使其失去平衡，使其"震颤"。举例说明：

> "How de go de go?" I asked.
> "Bo, son of man done tire."
> "Did you find out about that girl?" I asked.
> "Why na soso girl, girl, girl, girl been full your mouth. Wetin? So person no fit talk any serious talk with you. I never see." ④
> （"怎么样啊?"我问。
> "没什么哦，只是有点儿乏了。"

---

① Achebe, Chinua. *No Longer at Ease*. London, Ibadan: Heinemann Educational Books, 1960, p. 5.
② Achebe, Chinua. *No Longer at Ease*. London, Ibadan: Heinemann Educational Books, 1960, p. 6.
③ Achebe, Chinua. *No Longer at Ease*. London, Ibadan: Heinemann Educational Books, 1960, p. 6.
④ Achebe, Chinua. *A Man of the People*. London: Heinemann, 1966, p. 19.

"你知道那姑娘是谁吗?"我又问。

"姑娘、姑娘,干嘛没完没了,满嘴都是姑娘呢?跟你就说不上一点正经事儿。我从来没见过。")①

以上划线部分皆为词汇短语的重复,在大民族语言中显然是错误或蹩脚的英文,而这恰恰是小民族语言对大民族语言解域的场域,是对大民族语言进行小民族化(becoming minor)的标记,以小民族语言"How de go de go"的变体(variation)取代大民族语言"How are you"的常规(constant),以"soso girl, girl, girl, girl"取代"so many girls"。实际上,我们只举出了个别较为"强力"的语料,若仔细观察,类似的小民族语言的句法结构变体,在阿契贝作品中几乎俯拾皆是,这也就是读者阅读时感受到那种难以名状的"异国情调"的部分原因所在,也是德勒兹所说的"流变效应的繁殖"在阿契贝文本中的具体表现。

卡夫卡的"不可能"与阿契贝的解域生成

对于犹太德语或布拉格德语,卡夫卡的态度暧昧而矛盾。一方面,他认为犹太德语是"美妙的",是一种"细腻语感的产物",只有在犹太人的手里德语才有"生命的假象";与此同时,卡夫卡曾在日记中描述他日常生活中使用德文中的"母亲"称谓来称呼自己犹太母亲时的尴尬场景,他觉得母亲对此称谓颇感奇怪,卡夫卡遂有"德语阻碍了我的表达"之感慨。② 1921年,卡夫卡在写给马克斯·布罗德(Max Brod)的信中,诉说了犹太人貌似用德语写作德语文学、实则不然的"可悲性"。卡夫卡在此提出了犹太人以德语写作的诸多不可能:不写作的不可能、用德语写作的不可能、用其他语言写作的不可能。似乎用德语写作,如同把德国孩子从摇篮中偷出,匆匆忙忙地安置一下,因为总得有人去绳索上跳舞……③对此,德勒兹认为,所谓不写作的不可能,是因为不确定的、被压迫的民族意识必须通过文学而存在;用德语写作的不可能,原因在于操德语的布拉格犹太人说着一种与周围断裂的"书

---

① 钦努阿·阿契贝:《人民公仆》,尧雨译,重庆:重庆出版社,2008年,第23页。
② Kafka, Franz. *The Diaries of Franz Kafka: 1910—1923*. Max Brod, ed., Harmondsworth: Penguin Books, 1964, p.88.
③ 弗兰茨·卡夫卡:《卡夫卡全集》,叶廷芳主编,洪天富、叶廷芳译,石家庄:河北教育出版社,1996年,第419—421页。

面语"(paper language)或人造语(artificial language);而用其他语言写作的不可能,原因在于布拉格犹太人已经与他们原先的捷克语言的辖域产生了难以缩减的距离。①我们不妨透过卡夫卡极具个性的语言表达"外壳"进入其意义的"城堡"。所谓不写作的不可能,实指小民族文学的政治属性,即文学成为民族表达的工具和方式,有时甚至是唯一手段,文学对小民族而言变得生死攸关。第二,所谓德语写作的不可能,德勒兹在解释时使用了"the deterritoralization of the German population"的表述。"The German population"应理解为操德语的犹太人,他们虽使用德语,但因身处布拉格而远离作为大民族的德意志民族的德语使用者,因此与周围的语言环境是"断裂"的。而在此环境中的德文,因失去"标准德语"的滋养而成为书面语或人造语。第三,由于犹太民族的游牧性或迁徙的常态,他们的捷克语已被解域,重新"生成",这是所谓以其他语言写作的不可能的内涵。

仔细分析后,我们不难体察卡夫卡的潜意识中深藏着语言的本质主义思想意识。质言之,解域后的德文便不再是德文,解域后的捷克文也不再是捷克文,这恐怕是卡夫卡始终被所谓德语写作的"悲剧性"阴影笼罩的思想根源。正是在此关键点上,阿契贝与卡夫卡分道扬镳,这也是他胜过卡夫卡一筹的地方,尽管阿契贝在世界文学史上的影响和地位并不及卡夫卡。

如何界定非洲文学,这是作为小民族语言作家、以社会导师自居的阿契贝必须回答的问题。这个问题不仅关乎其对非洲文学的理解,也涉及非洲文学的发展和未来。阿契贝一再强调非洲文学尚处于幼年期,他以隐喻手法给出了一段精彩的阐述:

> 我们今天往往认为非洲文学是一个新生儿。但实际上,我们拥有的是一代新生儿。当然,如果你只是以好奇的目光打量,这些新生儿彼此颇为相似;可实际上每个新生儿都已沿着不同的路径成长了⋯⋯你可以根据他们说的语言或他们父辈的宗教信仰将他们归类。这些都是有效的分类;但这些分类均不能完全解释每个个体携带的,比方说,他自己微小而独特的基因特征。②

阿契贝以"新生儿"为喻,揭示了本质主义的同质性并不存在。人们常

---

① Deleuze, Gilles and Guattari, Félix. *Kafka: Toward a Minor Literature*. D. Polan, trans., Minneapolis: University of Minnesota Press, c1986, p. 16.

② Achebe, Chinua. "The African Writer and the English Language", in Chinua Achebe, ed., *Morning Yet on Creation Day*. London: Heinemann, 1975, p. 93.

第四章 阿契贝与小民族语言的解域实践

常认为北非文学的传统,有别于撒哈拉以南的"黑非洲"地区,但"黑非洲绝非同质的"。[1]他又指出,尽管可以根据语言或宗教信仰对作家分类,但这些分类并不能完全解释每个作家独特的基因特征。这种比喻揭示了他对非洲文学多样性和丰富性的理解。至此,阿契贝为切入语言的讨论做好了铺垫。当卡夫卡为所谓"标准德语"写作的不可能而暗自神伤时,阿契贝反而为"标准英语写作的不可能"而欢欣鼓舞,即解域后的英文绝非卡夫卡所谓的"书面语"或"人造语",绝未切断与非洲自然或社会环境的联系。尼日利亚著名诗人克里斯托弗·奥基博乃是阿契贝的挚友,受尼日利亚独立运动的影响,其作品充满了对自由、独立和尊严的追求,反映了对现代政治和社会问题的关切,同时也传达了他对尼日利亚和非洲的深厚热爱。阿契贝曾以克里斯托弗·奥基博的一段英文诗为例,来阐释非洲民族语言与小民族英文的相互关系:

> Suddenly becoming talkative
> Like *weaverbird*
> Summoned at offside of
> Dream remembered
> Between sleep and waking
> I hand up my egg-shells
> To you of *palm grove*,
> Upon whose *bamboo towers* hang
> Dripping with yesterupwine
> A *tiger mask* and nude spear...[2]
> (突然变得健谈
> 如织巢鸟一般
> 在梦的边缘被召唤
> 于半梦半醒之间
> 我举起我的蛋壳
> 献给你,棕榈林的女神,
> 你的竹塔之上

---

[1] Achebe, Chinua. "The African Writer and the English Language", in Chinua Achebe, ed., *Morning Yet on Creation Day*. London: Heinemann, 1975, p. 93.

[2] Achebe, Chinua. "The African Writer and the English Language", in Chinua Achebe, ed., *Morning Yet on Creation Day*. London: Heinemann, 1975, p. 99.

滴着昨日的葡萄酒

挂着虎形面具与光秃长矛)

卡夫卡所谓小民族德语在布拉格的"断裂",并不适用于英文在非洲的经验。这首诗中的众多意象,如"织巢鸟""棕榈林""竹塔""虎形面具"等,与典型的非洲自然与社会生态息息相关。实际上,颇具解域性的小民族英文"充满了令人极为兴奋的可能性"。此外,当卡夫卡为"以其他语言写作的不可能"而郁郁寡欢时,阿契贝也点出了非洲民族语言与小民族英文的相互解域关系。在论及为数众多的尼日利亚民族语言时,阿契贝指出这些语言能够"作为支流哺育"英文。德勒兹在《千高原》中,以黄蜂与兰花相互解域和再辖域的交互依赖关系,说明"黄蜂和兰花作为相异因素而构成一个块茎"。①德勒兹以哲学家深邃的洞察力,否认黄蜂与兰花之间存在模仿关系,二者"捕捉符码,符码的剩余价值,增值,可验证的变化,正在变成兰花的黄蜂和正在变成黄蜂的兰花。每一种变化都把一方的解域变成另一方的再辖域,这两种变化互相关联……进一步推进解域"②。德勒兹的这番论述,为我们认识小民族语言与本土语言的关系,以及正确评判卡夫卡的语言观,提供了思想利器。卡夫卡为"割裂"的布拉格德语深感懊恼,但阿契贝的论述说明:小民族语言从大民族语言中"逃逸"后进入非洲文学的异质空间,与非洲民族语言的关系恰如德勒兹借用的兰花与黄蜂的关系,构成一个块茎整体。作为小民族语言的英文,与非洲民族语言并非模仿关系,即一方变成另一方或者一方被另一方"吞并"的关系,而是互为解域和再辖域的块茎关系,互相"捕捉"对方的"剩余价值"。一言蔽之,二者在构成块茎后各自发生解域,又因此发生新的辖域,如此循环往复,生生不息。这实际上就是阿契贝语言观的思想本质或哲学根源。

卡夫卡作为现代文学大师的声誉很大程度上源于其小民族德文的解域性带来的、有别于大民族德文的诸多"可能性"。卡夫卡对自己语言的认识显然有局限性,虽然意识到布拉格德文比大民族德文更有生命力,但同时哀叹这不过"假象"罢了。这一点上,阿契贝的语言观明显超越了卡夫卡,他不仅是小民族语言的文学大师,同时也是极具小民族文学批判意识和锋芒的思想家。

---

① Deleuze, Gilles and Guattari, Felix. *A Thousand Plateaus*, Vol 2 of *Capitalism and Schizophrenia*. B. Massumi, trans., Minneapolis: University of Minnesota Press, 1987, p. 10.

② Deleuze, Gilles and Guattari, Felix. *A Thousand Plateaus*, Vol 2 of *Capitalism and Schizophrenia*. B. Massumi, trans., Minneapolis: University of Minnesota Press, 1987, p. 10.

第五章　小民族文学的理论意义：作为个案的阿契贝的出版活动

小民族文学理论是德勒兹哲学的重要组成部分，能为非洲文学研究提供新的视角。本章尝试以非洲作家阿契贝的"出版机器"为切入点，梳理其出版活动的几个重要阶段，以此为基础展现非洲小民族文学独特的"表述的集体配置"机制。另外，本章着重通过"表述平面"和"内容平面"这一组德勒兹哲学中的重要概念，尝试重新审视小民族文学的生产方式，反思文学批评有关内部研究和外部研究的范式辖域。

非洲文学的历史源远流长，但非洲现代文学的诞生源自欧洲殖民者引入的书面文字系统以及兴办的西式学校，自然脱胎于以欧洲文学为核心的西方文学。殖民时代以来，尤其最近半个多世纪，非洲大陆涌现了众多现代意义上的文学家或作家，其中不乏阿契贝、索因卡和恩古吉这样蜚声世界文坛的重量级人物。论及非洲文学研究的现状，说相关著述已汗牛充栋、浩如烟海似有夸大之嫌，但它们至少已较为完整全面，可谓纲举目张、条分缕析了：其中既有对单个作家及作家群的研究，也有对单部或系列作品的研究、国别或区域研究、文学史的梳理、文学思潮的分析，以及具有跨文化或全球视野的比较文学研究等。此处指向非洲作家的出版活动，讨论非洲文学与大众传媒的关联，这显然是非洲文学研究领域较为新鲜、鲜有涉猎的研究论题。标新立异的选题往往吸引眼球，但未必能保证选题的价值。我们讨论非洲作家阿契贝的出版行为，那么作家、文学与出版是否能构成一部德勒兹所谓的"战争机器"呢？

本书关注的作家齐努阿·阿契贝尤与媒体有着不解之缘，可谓非洲作家与媒体互动的典范。在学生时代，他曾为《乌穆阿希亚政府学院杂志》(*Umuahia Government College Magazine*)的学生编辑之一，后又担任《大学先驱报》(*The University Herald*)①的编辑。1954 至 1966 年，阿契贝又

---

①　该报为"伊巴丹学生联合会"(Ibadan Students' Union)的官方刊物，也是非洲英语语言区第一份完全由大学生创办的高质量刊物。

供职于尼日利亚广播电台。1971 至 1972 年,他在尼日利亚大学主编了一份激进的校园刊物《恩苏卡领域》(*Nsukkascope*)。1971 年,他甚至亲自创办了一份新的刊物《奥基凯》(*Okike*)。非洲作家不仅通过传媒打开了社会视野,深入接触了社会现实,为日后的文学创作做了必要的积累和铺垫,而且诸如出版机构之类的大众传媒还直接参与和助推了作家文学地位的确立,甚至文学经典的建构,足以引起文学研究者的关注。美国当代文学批评家芭芭拉·赫恩斯坦·史密斯(Barbara Herrnstein Smith)认为,人类作为"社会性生物"(social creature),不仅通过各种个体活动,而且通过各种机构的实践(institutional practices)来评价文学作品,所谓机构实践包括书评、教学、编写选集、颁发文学奖项、撰写评论文章,以及设定专业课程等活动。[①]可见,文学作品的价值不单取决于文学作品本身的主题、修辞、结构等内在考量因素,也不只决定于单个文学作品阅读者的个体体验和评判,那些掌握了更大影响力和话语权的机构和集团,往往在文学作品的评价过程中发挥了更显著的作用,他们的评价和推广往往会对作品的接受和传播产生深远影响。由此可见,文学作品的价值评估往往是一个复杂多元的过程。因此史密斯认为,"无数隐含的评价行为是由那些……出版文学作品以及购买、收藏、展示、引用、引证、翻译、演出、提及和模仿它们的机构完成……所有这些评价形式……对于文学价值的生产和维系或者消解,具有重要的功能和效果"[②]。实际上,阿契贝也曾撰文探讨出版机构与非洲文学的关联问题。阿契贝发现,在作者和读者之间,除了出版商还有图书销售商、图书馆管理员,以及评论家等其他中间人(intermediaries)。但是,"出版商的确比其他中间人更重要,因为图书销售商只能销售出版商已发行的图书,而书评人只能评论已出版的图书。但一本书是否出版,这样重要的决定权在于出版商"[③]。因此,出版商是从作者到读者的主要中介。阿契贝甚至认为出版商扮演了"福音传布者的角色:出版,传布好的消息,穿越(原先个体声音在未有助力时不能期冀到达的)时间和空间,通过使用人类最重要的技术之一的印刷术,使得艺术家的内心世界为更广泛的人群共享"[④]。

---

① Herrnstein-Smith, Barbara. "Contingencies of Value", in David H. Richter, ed., *The Critical Tradition*. New York: St. Martin's, 1989, p. 1335.

② Herrnstein-Smith, Barbara. "Contingencies of Value", in David H. Richter, ed., *The Critical Tradition*. New York: St. Martin's, 1989, p. 1339.

③ Achebe, Chinua. *Morning Yet on Creation Day: Essays*. Garden City. N. Y.: Anchor Press, 1975, p. 107.

④ Achebe, Chinua. *Morning Yet on Creation Day: Essays*. Garden City. N. Y.: Anchor Press, 1975, p. 107.

第五章　小民族文学的理论意义:作为个案的阿契贝的出版活动

鉴于出版活动对于文学发展的重要作用,本章将对相关文学史料加以梳理,在此基础上思考非洲文学作为小民族文学的独特发展样式以及非洲文学批评的差异性特征。①为此,我们不妨引出阿契贝回击西方文学批评者的一桩公案。20世纪70年代,阿契贝认为殖民主义思想在非洲仍然盛行,而这种思想在殖民主义的繁盛时代以德国神学家、哲学家阿尔贝特·施韦泽(Albert Schweitzer)的论调最为典型,即非洲人确实是我的兄弟,但只是"小兄弟"。对于其中的涵义,阿契贝解读如下:"……傲慢的殖民主义评论家将非洲人视为未进化完全的欧洲人,他们在耐心指导下终有一天会成长起来,学会像所有其他人那样写作。但与此同时,他们必须谦虚,必须努力学习,必须充分肯定老师的功劳,以直接表扬的形式,或最好……表现出自卑心态。"②阿契贝还现身说法,以亲身经历说明殖民主义文学批评者对于非洲文学的话语歧视和霸权。1958年,小说《瓦解》出版后遭到了英国作家昂娜·特蕾西(Honor Tracy)的诘难,大意是:虽然作者对非洲文学侃侃而谈,但他愿意回到穿椰树裙(raffia skirts)的时代吗?他是愿意选择回到祖辈愚昧无知的年代,还是在拉格斯电台拥有现代社会的工作?阿契贝认为,这段评论中的"椰树裙"隐喻非洲不光彩的过去,而"电台的工作"象征了欧洲人引入的文明福音,那么潜台词则是《瓦解》这样的小说是不"谦虚"的,没有"肯定老师的功劳",没有"表现出自卑",是忘恩负义之举。接着,阿契贝大段引用了作家艾里斯·安德烈斯基(Iris Andreski)的文字,进一步说明殖民主义修辞挥之不去的阴影:"……毫不夸张地说,一位以怀旧且令人信服著称的非洲小说家所使用的原始素材,并非祖辈的记忆,而是英国人类学家的记录。"③因此,与特蕾西相比,安德烈斯基又在"重要而关键的方向上"向前"发展"了。所谓非洲小说家的素材来自英国人类学家的记录这一说法表明,与受过教育的非洲作家相比,欧洲人对非洲的了解更深入,对非洲的评价更可靠。阿契贝的这番评论,恰与德勒兹对于西方自柏拉图以来的再现主义哲学的批判如出一辙,这暗示了其对西方对非洲文学所作评价的质疑和批判,强调了对非洲文学的客观评价和理解的重要性。套用德勒兹的话,西方评论界自封"经典之书",一种崇高的、表意的、主观的、有机的内在

---

① 有关"小民族文学"的概念,参见 Deleuze, Gilles and Guattari, Felix. *A Thousand Plateaus*, Vol 2 of *Capitalism and Schizophrenia*. B. Massumi, trans., Minneapolis: University of Minnesota Press,1987, p.16。

② Achebe, Chinua. *Morning Yet on Creation Day: Essays*. Garden City. N. Y.: Anchor Press,1975, p.4.

③ 引自 Achebe, Chinua. *Morning Yet on Creation Day: Essays*. Garden City. N. Y.: Anchor Press,1975, p.5。

性,一种"树-根"(livre-racine)的形象。此"树-根"形象就是体现乔姆斯基语言学中一生二、二生四法则的二元推演逻辑,并固化为西方文学批评的逻辑定式。本章以阿契贝的文学出版活动为分析对象,以德勒兹后结构主义哲学为理论背景,以小民族文学理论为论述视角,试图探讨非洲现代文学与大众传媒如何相互解域,发生表意的断裂和"逃逸",并通过出版机器建构"表述的集体配置",以此发掘小民族文学话语对于非洲文学生产机制和批评理论的意义。

德勒兹小民族文学理论与非洲文学研究的新问题

德勒兹的哲学实践否认终极真理的存在,否认哲学的任务是发现某种颠扑不破、亘古长存的普世法则;相反,哲学的要义是提出新问题,开辟新领域,创造新概念,从而改变或打破思想的凝滞或辖域,引发逃逸的运动和流动的生成。哲学研究如此,文学批评实践何尝不是?文学批评同样应摆脱树形谱系的模式,因为树形谱系是一种依赖二元逻辑的模仿复制,一种深层结构的再现模式,一种无限复制的超编码结构。一流的文学批评不是模仿,而是一种图绘(mapping),一种强度特征(intensive trait),一种反常突变(pervasive mutation),一种形象的游戏被释放,一种对能指霸权的质疑和批判。[①]一流的文学批评也同样能够提出新问题,解域固有的话语辖域,引发研究范式的革新。德勒兹理论宝库中那些凝结思想智慧的概念工具,对于逃离西方殖民主义批评的话语辖域,解域非洲小民族文学的批评话语大有裨益。德勒兹与精神分裂学专家费利克斯·瓜塔里(Felix Guattari)合著的《反俄狄浦斯》,以对精神分裂症的研究为基础,探讨了权力、社会、心理和文化问题。该著作对于精神分析学、哲学和社会科学领域产生了深远影响,被视为后结构主义和精神分析理论的重要文献之一。书中对于"欲望"的研究在弗洛伊德的基础上又向前推进了一步。在他们看来,人的非中心化的、片段的、流动的欲望本能地寻求新的链接,以一种非连续性方式流动。可以说,人就是一台"欲望机器"。德勒兹发现了作为诠释"欲望机器"思想载体的块茎。块茎就是在土壤中生发扎根的根状植物,在土壤中没有固定的源点或根基,在地表上延展时也只向土壤中扎入临时的根基,产生新的块

---

① Deleuze, Gilles and Guattari, Felix. *A Thousand Plateaus*, Vol 2 of *Capitalism and Schizophrenia*. B. Massumi, trans., Minneapolis: University of Minnesota Press, 1987, p. 15.

茎后继续生长发展。一个被砍去地上秧苗部分的块茎就是一个点，而点的链接构成了块茎的生长，这也图绘了德勒兹所谓的"生成"过程。循此思路，德勒兹提出了树状结构（arborescent structure）和块状结构（rhizomic structure）的概念。前者指线性的、循序渐进的、有秩序的系统；后者看似杂乱无章，缺乏中心，实则隐藏着潜在的统一性。而由地下的根茎和地上的枝条构成的块茎结构恰恰相反，它没有中轴，没有源点（points of origin），没有固定的发展方向，是一个多产的、无序的、多样化的系统或反系统。因此，块茎的特点首先表现为连接性，即能把各个看似无关的碎片聚合起来，有能力不断确立"权力的符号组织与组织之间的关联，以及与艺术、科学和社会科学相关的状况"[①]。与此同时，块茎也表现为异质性，能够把各个领域、维度、功能、目标等统合起来。德勒兹的理论无疑为文学研究者提供了新的思想利器。文学理论家或评论家们往往聚焦于作家的文学文本，这种以文本的能指为导向和中心的批评范式，把文本外的历史事件和文化政治处理为作为文本再现对象的所指，形成了能指对所指的霸权和暴力，这其实是索绪尔以来的语言哲学对人文学科深远影响的后果。就阿契贝研究的历史和现状而论，在《齐努阿·阿契贝传》（Chinua Achebe: A Biography）、《阿契贝的世界》和《齐努阿·阿契贝的文化语境》（Chinua Achebe's Cultural Syntax）等论著中，这种能指的霸权虽深藏不露，不易为研究者察觉，却无时无刻不在施加影响。此霸权沉溺于文学文本的阈限，受制于达尔文的进化论思想，即强调一种"血缘关系"。在文学领域，这种"血缘关系"体现为文学文本内部的互文或"增殖"。而德勒兹否认生成仅是血缘式的"繁衍"，而更是跨领域的"联盟"（alliance）。"联盟"典型地表现为异质性种群之间的横向传播，即块茎式运动的生成。根据德勒兹的思想，我们应该将作家研究视为块茎结构，块茎只有通过外部而存在，批评家需要关注文学机器在何种可度量的块茎式关联中与战争机器、爱情机器、革命机器等相关。作家的文学活动研究与文本研究，共同构成了作为块茎的作家研究的符号链，彼此相连；而且，块茎结构呈现为多符码模式的符号链，兼容不同的符号体系。德勒兹因此强调，"当人们写作时，唯一的问题正是要了解，为了使这部文学机器运转，能够或必须将其与哪种其他机器相连接"[②]。据此可见，研究一位作家文本外的文学活动与研究其文学文本本身不能割裂而为，且没有主次高低

---

① Deleuze, Gilles and Guattari, Felix. *A Thousand Plateaus*, *Vol 2 of Capitalism and Schizophrenia*. B. Massumi, trans., Minneapolis: University of Minnesota Press, 1987, p. 7.

② Deleuze, Gilles and Guattari, Felix. *A Thousand Plateaus*, *Vol 2 of Capitalism and Schizophrenia*. B. Massumi, trans., Minneapolis: University of Minnesota Press, 1987, p. 4.

之别，德勒兹的理论能帮助我们重新发现和认识作家的非语言文学活动对于文学创作的价值，以及文学文本对于现实的干预效力，这也就是本章讨论阿契贝作为作家的出版活动的意义和价值所在。

　　作家介入出版的现象，并不是非洲文学所独有。出版人和作者交好或者交恶，皆在情理之中，著名德国出版家西格弗里德·昂塞尔德（Siegfried Unseld）曾专论文学史上作家与出版商之间剪不断、理还乱的"爱恨纠葛"。在《作家和出版人》（The Author and His Publisher）一书中，昂塞尔德依次将赫尔曼·黑塞、布莱希特、里尔克和罗伯特·瓦尔泽等德语经典作家和出版人的恩恩怨怨娓娓道来，中立、节制又不乏个人化的判断。他指出，作家为免遭出版商"盘剥"而自办出版机构，但几乎都以失败收场。[1]德国启蒙时代的作家、哲学家和评论家戈特霍尔德·莱辛（Gotthold Ephraim Lessing），为发表《汉堡剧评》倾囊投入出版社的创办，最终落了个债台高筑、星夜出走的结局。清末民初以来，尤其是新文化运动之后，中国现代文学也有类似景观。著名作家纷纷创办杂志，或者担任文学刊物/副刊的主编，如陈独秀的《新青年》与吴宓的《学衡》构成了南北对峙之势，此外还有沈从文编的《文学周刊》，梁启超创办的《新小说》，施蛰存主编的《现代》等，不一而足。在此方面，作为小民族文学概念提出者的卡夫卡，尤其值得一提。卡夫卡是为写作而生之人，即其挚友马克斯·布洛德（Max Brod）所谓的"非有文学兴趣，乃是文学化身"。卡夫卡长期在文学的魅惑与俗务的羁绊之间挣扎，对于布拉格专利局的差事，他厌恶至极，然无力摆脱。在写给出版商库尔特·沃尔夫（Kurt Wolff）的信中，卡夫卡希望通过作品的出版实现经济独立，以求辞去专利局的差事，迁居柏林。对于出版商，卡夫卡满心期待，以几近乞怜的口吻写道："您一句话对我太重要了，能帮我克服眼下和将来所有不确定之事。"[2]虽然沃尔夫顾念其才华，但卡夫卡毕竟是未来世界的作家，生前作品大抵滞销，最终沃尔夫无奈关闭了卡夫卡的稿费账户。难怪西格弗里德·昂塞尔德感叹，假如沃尔夫当时伸出援手，这对于文学史和思想史的意义都难以想象。[3]或出于切肤之痛，卡夫卡在日记中论及小民族文学的"活跃性"时，提到了"刊物"的作用；在论及小民族文学的诸多优势时，提

---

[1] Unseld, Siegfried. *The Author and His Publisher*. Chicago and London: The University of Chicago Press, 1978, p. 3.

[2] Wolff, Kurt. *Briefwechsel eines Verlegers 1911—1963*. in Bernhard Zeller and Ellen Otten, eds., Frankfurt a. M., Scheffler, 1966, p. 43.

[3] Unseld, Siegfried. *The Author and His Publisher*. Chicago and London: The University of Chicago Press, 1978, p. 27.

到了"自尊的图书贸易"。德勒兹是卡夫卡小民族文学思想的发现者和阐释者;但在其著述中,卡夫卡提及的"刊物"与"图书"却不见踪影。有"外部思想家"之称的德勒兹,或许忽略了出版等大众传媒这一小民族文学的外部性;换言之,小民族文学是一种外部文学,小民族作家亦为外部作家。非洲文学的外部性或体现在阿契贝等作家的出版活动,我们可以假定出版是解域小民族文学的一部"抽象机器",一种逃离超编码专制的"微观政治",这就是此处德勒兹的"出版机器"思想之源。在德勒兹的理论中,机器与配置两个概念具有逻辑上的承续关系,后者是前者的发展和延伸。

"集体配置"(collective assemblage)或"集体价值"(collective value)是德勒兹提出的理论概念,但这个概念其实在卡夫卡日记的相关论述中已初见端倪。在列数犹太文学和捷克文学的特征时,卡夫卡提到了文学对于"民族意识的凝聚""公共生活的精神化""族群的不断融合"等与德勒兹日后总结出的"集体配置"颇为近似的表述。卡夫卡和德勒兹都将小民族文学的"集体价值"归因于文学大师的缺乏,而这恰恰"是有益的,使人想到的不是大师的文学,而是别的什么。每个作者的个别陈述已构成了一个共同行为"[①]。而小民族文学的外部,也为这种"集体配置"提供了生存空间。卡夫卡发现民族意识的凝聚在公共生活中常无法实现,总趋向解体,"由于集体或民族意识'在外部生活中往往不活跃,而且总是处于崩溃的过程中',文学发现自己积极地承担着集体的甚至是革命性的表达的角色和功能"。换言之,德勒兹充分肯定了小民族文学在其社会语境中的独特角色与功能,即"文学机器成了未来革命机器的驿站……只有文学才决定去创造集体表达的条件……文学是人民的关怀"。[②]

小民族文学的集体配置能通过何种手段或途径才能达成?这是值得研究的问题。实际上,卡夫卡在列数小民族文学的"诸多益处"时,提到了"一个生机勃勃的自尊的图书贸易以及对书籍的渴求的开端"。[③]在同一篇日记的后文,卡夫卡对小民族文学给予了提纲挈领式的"速写",将"杂志"列入其中。可见,卡夫卡实已察觉并以微言大义的笔法点出了小民族文学与大众传媒,尤其是图书、杂志等出版媒介的关联。令人遗憾的是,卡夫卡在日记

[①] Deleuze, Gilles and Guattari, Félix. *Kafka: Toward a Minor Literature*. D. Polan, trans., Minneapolis: University of Minnesota Press, c1986, p. 17.

[②] Deleuze, Gilles and Guattari, Félix. *Kafka: Toward a Minor Literature*. D. Polan, trans., Minneapolis: University of Minnesota Press, c1986, pp. 17—18.

[③] Kafka, Franz. *The Diaries of Franz Kafka: 1910—1923*. Max Brod, ed., Harmondsworth: Penguin Books, 1964, p. 148.

中对此惜墨如金,语焉不详,而德勒兹在系统论述小民族文学时对此又只字未提。尽管如此,卡夫卡提出的问题仍为研究者打开了"逃逸"路线,暗示了一个新的研究领域。在非洲现代文学发展史上,作家大多具有传媒出版的从业经历,这是值得文学研究界关注的现象,该领域研究的理论价值或有待进一步开掘。如上文所述,德勒兹在谈到小民族文学的集体性时,声称"文学机器是未来革命机器的驿站"。那么,就非洲文学而言,"文学机器"的"驿站"之一也许就是"出版机器"。换言之,如果说"文学机器"生成了非洲的"革命机器";那么,"出版机器"则生成了"文学机器"。因此,非洲文学与出版活动的关联研究看似是较为边缘的课题,但恰恰是解域非洲小民族文学研究的"逃逸线",恰恰体现了德勒兹倡导的块茎思维。而"出版机器",即文学家的出版活动与非洲文学的"集体配置"是本章的切入点。

小民族文学的"集体配置"与阿契贝的"非洲作家系列"

在缺乏"大师"的小民族文学场域中,阿契贝是如何首先借力于西方出版机构,配置出非洲现代文学的"出版机器",并催生出新的本土作家的呢?我们不妨回到那段文学史的现场,一探究竟。《瓦解》出版后获得的如潮好评和市场回报,给予英国出版家艾伦·希尔(Alan Hill)极大信心,他意识到阿契贝的成功绝非孤例。实际上,随着非洲基础教育和中等教育的发展,以及高等教育机构的创办,非洲不仅成为重要的图书销售市场,也必然涌现出一批富有创造力的作家。而当时在非洲占据主要市场份额的英国出版商,如牛津大学出版社和朗曼出版社,仅把非洲作为销售市场,从未考虑出版非洲本土作者的作品,故几乎所有书籍皆出自英国作者之手,且都在英国生产。有鉴于此,艾伦·希尔决定"完全重新开始——证明以非洲学校教材业务为支撑,我们能够为非洲的作者提供出版服务。时机已经成熟。一定有阿契贝那样的优秀作家,等待有自信和资源的出版商把他们推向国际市场"[①]。1960年,海因曼教育图书出版公司(Heinemann Educational Books)宣告成立,成为海因曼出版集团旗下独立运营的公司。西方的驻非出版机构与阿契贝进行"联盟",创造了非洲现代文学的"出版机器",这是具有里程碑意义的大事。1961年,海因曼教育图书出版公司决定推出"非洲作家系列"(African Writers Series,下文简称"系列"),由艾伦·希尔和同

---

① Hill, Alan. *In Pursuit of Publishing*. London: John Murray, 1988, p. 122.

事范·米尔恩(Van Milne)共同策划。1962年推出的第一批作品包括阿契贝的《瓦解》、西普里安·埃克文西的《燃烧的草》(*Burning Grass*)和肯尼思·卡翁达(Kenneth Kaunda)的《赞比亚应获自由》(*Zambia Shall Be Free*)。"系列"对于非洲文学的发展究竟起到了多大的推动作用?对此,阿契贝1998年在哈佛大学的一次讲座中评价如下:"海因曼出版社'非洲作家系列'项目的启动,好比一直处于起跑线上的非洲作家听到了发自裁判员的信号。仅靠一代人的努力,整个非洲大陆便涌现出大量作品,这是史无前例的。非洲的后辈读者和作者们——中学和大学的年轻人——不仅能阅读我和我的同辈们曾读过的《大卫·科波菲尔》等英文经典,还开始阅读自己的作家创作的、有关自己人民的作品。"[1]可见,阿契贝对"系列"评价甚高。那么,我们不禁要问:阿契贝如何通过海因曼出版社推出的"系列"积极推动了非洲文学的发展?或者说,阿契贝的"出版机器"如何配置了非洲文学的"战争机器"?

首先,阿契贝直接参与了"系列"的编辑工作。1962年12月,艾伦·希尔在访问尼日利亚期间,派出其代表托尼·比尔(Tony Beal)面晤阿契贝,邀请他担任"系列"的编委会顾问,阿契贝当即欣然应允。由于阿契贝时任尼日利亚广播电台对外部主任,故"系列"对他而言是不小的挑战。他坦陈自己"翻阅一堆堆别人的手稿,从中筛选,和出版商讨论哪些该出版、哪些不该出版等等,这些对一个作家来说都是沉重的负担"[2]。对于"系列"而言,"阿契贝的角色至关重要。他不但审阅所有稿件,有时承担编辑工作,还要为该'系列'发现优秀的新作家。在担任顾问的10年里,他如同磁石一般吸引着未来的作家们"[3]。

其次,阿契贝通过"系列"不遗余力地鼓励并推出年轻作家。对此,我们有必要引出非洲文学史上的一段佳话。1962年7月间,阿契贝在乌干达的马凯雷雷大学参加一个讨论非洲文学的会议。一天晚上,一位学生敲响了阿契贝酒店房间的门,把写好的小说手稿呈交给他。这位肯尼亚学生正是日后叱咤文坛的恩古吉·瓦·提昂戈。正是得益于阿契贝的推荐,恩古吉很快引起了海因曼出版社的关注。艾伦·希尔对此有一段绘声绘色的记述:"我当时正在……办公室开董事会,这时接到了范·米尔恩打来的电话(当时从非洲打国际长途非常不便,价格昂贵)。他说一名马凯雷雷大学的

---

[1] Achebe, Chinua. *Home and Exile*. Oxford and New York: Oxford University Press, 2000, p. 51.
[2] Hassan, Yusuf. "Interview", *Africa Events*, November 1987, p. 53.
[3] Hill, Alan. *In Pursuit of Publishing*. London: John Murray, 1988, p. 123.

年轻学生,向阿契贝展示了一部自己创作并即将完稿的小说。阿契贝很感兴趣,立刻交给了米尔恩。米尔恩通读了书稿,然后在电话中告诉我:'我看这书太棒了。你还没有看到书,我还是希望你能同意录用。'而我说了声'好的',便又回去开会了。这本书正是恩古吉的小说《孩子,你别哭》(*Weep Not*,*Child*)。现在想来,当时作者如果没把书稿带给阿契贝看的话,这本书就绝不可能以这样的方式到我们这里。"① 正是这件事,令艾伦·希尔和范·米尔恩意识到阿契贝具有吸引年轻作家的作用,进而邀请他担任顾问一职。另一位尼日利亚女作家弗洛拉·恩瓦帕(Flora Nwapa)于1962年撰写完成小说《艾夫如》(*Efuru*),后交给阿契贝,阿契贝颇为满意,转给海因曼出版社。这位女作家"得知稿件已被录用并即将出版后大受鼓舞,于是开始构思第二部小说《伊杜》(*Idu*),在《艾夫如》出版前便开始动笔撰写《伊杜》"。女作家当然庆幸自己"认识阿契贝,正是他用了三个星期阅读了我的稿子,甚至还加了书名,接着便交给海因曼出版社,后来我就听说稿件录用了"。② 正是得益于阿契贝作为顾问的编辑工作,20世纪60年代初,"系列"相继涌现出了一批新作家。值得一提的是,非洲作家之间相互影响和激励,在文学创作道路上互相扶持和共同成长,其中,穆农耶(Munonye)坦陈自己如何在阿契贝的启发下开始了文学创作:"首先,我阅读齐努阿·阿契贝的《瓦解》。齐努阿恰是我的好友;我们曾在同一所大学读书,一同度假,一同开玩笑,对很多问题看法一致。我们差不多来自同一个地方;他来自奥吉迪,而我是阿考科瓦(Akokwa),两个镇子相距不远。因此,当齐努阿的小说获得成功,我心想'为什么不试试呢?'于是,我便开始写作了。"③ 穆农耶和阿契贝有着相似的背景和深厚的友谊,这种亲近的关系让他对阿契贝的作品产生了强烈共鸣。阿契贝的成功激励了穆农耶去尝试并坚持自己的文学创作。身为尼日利亚人,阿契贝影响了众多尼日利亚作家。但作为对选题和选材拥有重要话语权的人物,阿契贝并非偏私狭隘的编辑。"系列"同期还出版了加纳作家弗朗西斯·塞洛梅(Francis Selormey)的《羊肠小道》(*The Narrow Path*)、孔那杜(S. A. Konadu)的《风华正茂的女人》(*A Woman in Her Prime*)和阿穆·鸠莱特(Amu Djoleto)的《陌生人》(*The Strange Man*),喀麦隆作家费迪南德·奥约诺(Ferdinand Oyono)的《男

---

① Petersen, Kirsten Holst. ed., *Chinua Achebe: A Celebration*. Dangaroo Press 1990 and Heinemann 1991, p. 153.
② Nwapa, Flora. "Writers, Printers and Publishers", *Guardian* (Lagos), 17 (1988), p. 16.
③ Lindfors, Bernth. *Dem-Say: Interviews with Eight Nigerian Writers*. Austin, Texas: African and Afro-American Studies and Research Center, 1974, p. 35.

仆》(*Houseboy*),津巴布韦作家斯坦莱克·山姆康吉(Stanlake Samkange)的《为国受审》(*On Trial for My Country*),作品在本国遭到查禁的南非作家科兹莫·彼得斯(Cosmo Pieterse)的《十部独幕剧》(*Ten One-Act Plays*)、亚历克斯·拉·古马(Alex la Guma)的《夜晚漫步及其他故事》(*A Walk in the Night and Other Stories*)、奥布里·卡钦圭(Aubrey Kachingwe)的《艰难任务》(*No Easy Task*)和丹尼斯·布鲁特斯(Dennis Brutus)的《给玛撒的信及其他诗篇》(*Letters to Martha and Other Poems*)。为创作路上遭遇诸多障碍的非洲作家提供发表作品的机会,这种包容和支持多样性的态度,为非洲文学界注入了新的活力,使得更多被忽视、遭压制的作家和作品脱颖而出,得以发表和传播。

最后,阿契贝以自己作品极高的销量和利润间接支持了其他作家作品的出版。艾伦·希尔当年在选择作家和作品时不完全为销量或利润所左右,盈利与否并非重要的考虑因素。当然,这需要一个前提,即要整个"系列"是盈利的,这样就不会有人干涉出版活动。实际上,"系列"出版的很多作品都无利可图。但这些得到了那些畅销书作家作品销售利润的弥补,其中阿契贝就是最重要的畅销书作家。根据海因曼教育图书出版公司的销售数据,截至1986年,在"非洲与加勒比海作家系列"所有270部作品的销售额中,阿契贝的小说独占鳌头,占据了33%的份额。1992年,适逢海因曼教育图书出版公司30周年之际,公司宣布阿契贝的《瓦解》在全世界已经累计售出800多万本。可以毫不夸张地说,阿契贝动辄数百万的作品销量为出版其他新作家的作品提供了坚实的经济支撑。艾伦·希尔也认为:"实际上,之后这些新作家的作品几乎都再版重印。他们正是得益于'非洲作家系列'而成为作品能赢利的作家。虽然他们的作品有时销量平平,但随着作家越来越受欢迎,这些印量较大的作品极少在储存架上搁置很长时间。齐努阿·阿契贝和我们在非洲的同事激励我们不断投入新的作家。一个作家的成功又带来新的作家的成功。"[①]对于自己积极投身的"非洲作家系列"对非洲文学发展的贡献,阿契贝有这样一段评价:

> 1962年的另一个事件不如马凯雷雷会议那么广为人知,但日后证明至少同样有先见之明。这是一位富有远见的英国出版家做出的决定,在只有三四本已出版作品的基础上推出"非洲作家系列"。那时,图

---

① Currey, James. *Africa Writes Back: The African Writers Series & the Launch of African Literature*. Oxford: James Currey, 2008, p. 7.

书业普遍的看法是,整个项目前景黯淡,认为[推出这个系列]有点轻率。但此后 25 年间,这个系列出版了 300 多部作品,毫无争议地成为当今非洲文学最大最好的文库。①

阿契贝提醒人们注意,"非洲作家系列"发现并推介了大批非洲作家,且大获成功。这产生了示范效应,其他出版商纷纷跟进,有力推动了非洲文学的发展。

如前所述,文学理论和批评的要义是提出新问题,开辟新领域,发明新概念。根据柏拉图以来的西方文学传统,文学是对"深层意义"(deep meaning)的挖掘和"再现"(representation),而这一文学观又与索绪尔的结构主义语言学(强调"语言"而否定"言语")以及乔姆斯基语言学(强调"深层结构"而否定"表层结构")一脉相承。对这一思想的批判,正是德勒兹文学思想的出发点,也是本书批评思想的来源。这种文学思想的出现,为文学研究和批评带来了新的思路和视角,也为文学创作注入了新的活力和可能性。德勒兹与主流语言学的决裂,意味着告别结构主义,告别其早期著作《意义的逻辑》(*Logique du Sens*)中的思想局限。在瓜塔里的影响下,"机器"取代"结构"并成为德勒兹重要的论述概念。从小民族文学视角重审非洲文学,其中的价值在于强调文学的"功能",即历史性和流变性,而非某种超验僵滞的所谓"意义"。因此,"机器"概念的提出,也可看作德勒兹与马克思主义语言观的某种暗合,研究阿契贝的出版活动正是强调文学的行动和功用,强调作家干预现实以及为现实所干预的可能。"机器"概念对于非洲小民族文学研究大致有三点启发:第一,强调非洲文学研究应打破西方批评话语的"树形"谱系,强调非洲文学自身的历史性(historicity)和差异性(variation),而不能视之为僵滞的系统;第二,强调非洲文学研究的物质性(materiality),即强调文学的社会实践功能,研究阿契贝的文学出版活动正是这种研究视角的体现;第三,强调文学研究从文本的封闭系统、作家主体的中心地位以及文本作为能指的权威转向文学的具体机器运作,引导文学研究范式的嬗替和更新。"机器"概念是德勒兹"配置"概念的早期版本,是一个过渡性概念。作为德勒兹新语用学(new pragmatics)的核心,"配置"概念更为成熟,更具理论效力。"机器"这一技术化术语的历史局限性,表现在它与 19 世纪劳动分工的某些形式相关联,因此具有鲜明的马克思主义理论倾

---

① Achebe, Chinua. *The Education of a British-Protected Child*. New York: Alfred A. Knopf, 2009, p. 98.

向。而"配置"则完全避免了上述历史性关联,避免了马克思主义经典理论中经济基础与上层建筑的二元对立。新的配置就意味着繁殖现象在各个维度的增加,同时意味着性质的改变。一种繁殖现象在各个维度的增加,必然随着关系的扩大而改变性质。①德勒兹认为,客体中不存在作为枢纽的整体,因此繁殖也就没有主客体之分了。当各种决定因素、量值和维度等的数值有所增加,块茎结构的性质便发生了变化。因此,繁殖和配置并无本质区分,配置是繁殖的具体表现。实际上,每次新的繁殖或配置都打开了一条条"逃逸线",就是褶子的展开,就是一次越界行为。"非洲作家系列"正是作为编辑的"阿契贝—西方出版商—新生代非洲作家—读者"构成的机器或配置。由此引发的繁殖过程,就是一个"生成"过程,是众多可能性的一个"开口",也是配置一台新机器的场域,这个过程没有起点和终点。在新的地域里,"一种思想形式仍然是沉默的、摸索着的幽灵在探索界限",致使"越界行为取代了矛盾运动"②。如果说非洲文学通过与西方出版机构的"联姻",实现了自身的一次越界或解域,而辖域也在同时发生。一切事件或事物的块茎式繁殖都是辖域化、解域化和再辖域化的交替运动、螺旋发生的"逃逸"过程。非洲文学与西方出版机构间的辖域达到一定强度时,解域便成为必然发生的事件,非洲文学必然需要新的出版行为的"逃逸线",从而解域到新的领域,开始新的繁殖和配置。

小民族文学的"表达平面"与文学出版的"内容平面"

卡夫卡的机器或配置是由"内容"与"表达"构成的,是"未成形的质料"(unformed materials)的一定程度的形式化。配置是从外部环境中抽象出的"界域"(territory)。配置一方面是身体、事物的状态以及其中发生的事件,也即表现为行动与欲望之语用学的"内容平面"(a plane of content);另一方面是表达、赋予事件的意义,即表现为符号链的"表达平面"(a plane of expression)。换言之,配置可划分为"欲望的机器配置"(a machinic assemblage of desire)和"表达的集体配置"(a collective assemblage of enunciation)。如果说,非洲文学文本是"表达平面"或"表达的集体配置",那么阿

---

① Deleuze, Gilles and Guattari, Felix. *A Thousand Plateaus*, Vol 2 of *Capitalism and Schizophrenia*. B. Massumi, trans., Minneapolis: University of Minnesota Press, 1987, p. 7.

② Foucault, Michel. *Language, Counter-memory, Practice: Selected Essays and Interviews*. Ithaca: Cornell University Press, 1977, pp. 35—36.

契贝的出版活动则归属"内容平面"或"欲望的机器配置"。这里,我们以阿契贝为例讨论非洲文学中"内容平面"与"表达平面"二者之间解辖域的绘图过程。

阿契贝对于以海因曼出版社为代表的外国出版机构对非洲文学的贡献,持肯定和赞许的态度。他曾在文章中指出:"很多外国出版商为我们的文学发展奠定了基础,在此方面他们已经做出并将继续做出杰出的贡献,对此我极为感激。我个人与我的英国出版商就保持着极好的关系。我曾提议在尼日利亚首次出版我的一些作品,他们不遗余力地与我合作。"①他甚至认为:"如果20世纪50年代我们没有外国出版商的话,阿摩司·图图奥拉的作品就不可能出版问世。"②客观地说,海因曼出版社的出版活动,尤其是"非洲作家系列"的推出,至少把非洲的英语文学推介给了全世界的文学读者和研究者,改变了非洲文学于世界文学谱系中长期缺位、失语的不利局面,同时以非洲文学的独特样式挑战了西方文学经典的范式。20世纪70年代,由于剑桥大学英文系"显然并不认为非洲文学是一个有价值的研究领域",索因卡当时"不得不接受社会人类学专业的职位"。③后来,正是由于海因曼出版社等西方出版机构的推介,索因卡的文学地位得以确立,之后更因摘得诺贝尔文学奖这一桂冠而蜚声世界文坛。阿契贝同样由于外国出版机构的推介而成为国际文学界炙手可热的人物,各种邀请、奖项和荣誉纷至沓来,他甚至成为非洲文学和文化的代言人。尽管如此,阿契贝依然对外国出版社的局限性有所反思,他认为,"如果我对作家以及由共同命运连接起来的作家群体的观点成立的话,如果我对作为艺术家的作家和他的人民处于动态发展关系的观点成立的话,那么作为中介的出版商就必须在同样的历史社会连续体中运转。我们有理由认为,出版商无法在伦敦、巴黎或纽约扮演这样的角色"④。

由此可见,阿契贝文学地位的确立,深深得益于外国出版机构对他的发现和推介,但他毕竟是极具后殖民或小民族批判意识和锋芒的作家和批评家,能够跳出个人经验的局限,从较高的历史维度来审视外国出版机构对于

---

① Achebe, Chinua. *Morning Yet on Creation Day*: *Essays*. Garden City. N. Y.: Anchor Press, 1975, p. 110.

② Achebe, Chinua. *Morning Yet on Creation Day*: *Essays*. Garden City. N. Y.: Anchor Press, 1975, p. 110.

③ Gates, Henry Louis. *Loose Canon*: *Notes on the Culture Wars*. New York and Oxford: Oxford UP, 1992, p. 88.

④ Achebe, Chinua. *Morning Yet on Creation Day*: *Essays*. Garden City. N. Y.: Anchor Press, 1975, p. 109.

非洲文学发展的功过得失。他敏锐地指出，那些处于伦敦、巴黎或纽约等国际政治经济中心的出版机构，不可避免地与非洲文化或文学语境发生某种脱离或错位，即出版商无法与非洲本土文学共生于同一"历史社会连续体"。这样的脱离和错位究竟对非洲文学的发展带来了怎样的问题，阿契贝并未言明，但我们完全可以循此思路稍作分析。首先是写作语言的问题。以海因曼出版社为例，"非洲作家系列"几乎只出版那些以英文写作的非洲作家的作品，少数作品由法文或阿拉伯文等翻译成英文后出版。而大多数非洲人是以本土语言交流和写作的，使用英语、法语等前殖民地官方语言的只占少数。因此，"系列"的语言选择标准使得众多非洲本土语言作家的作品难以出版，处于边缘地位。20世纪60年代初，阿契贝受洛克菲勒研究基金资助，在东非考察途中与斯瓦希里语诗人沙班·罗伯特酋长（Sheikh Shaaban Robert）相遇。沙班·罗伯特是著名的人道主义者，支持自由和男女平等，反对坦桑尼亚的种族和宗教歧视，致力于斯瓦希里语的推广和发展。他的作品以斯瓦希里语写成，深受斯瓦希里语文学传统的影响，同时也融入了现代主义的元素。然而，沙班·罗伯特对于斯瓦希里语文学受到冷遇感到沮丧，并向阿契贝抱怨自己的新作鲜有问津。可以说，以海因曼出版社为代表的西方出版机构在非洲建构了英语文学的经典地位，却将非洲本土语言文学排斥在经典之外。其实，写作语言的偏好仅是表象，语言的背后隐匿着文学价值的评判。一位朗文出版公司的编辑恰恰道破了其中的玄机："使用本土语言的作家往往按照自己的文化框架写作……而非洲人以英文写作时，往往运用标准的西方文学手法，如情节发展、文体风格、遣词造句和人物刻画等。"[1]因此，本土语言作家的作品大多被重要的出版机构拒之门外，语言只是诸多因素之一，根本问题在于他们的作品不符合西方所谓的文学规范，因而被认为缺乏文学价值。

鉴于此，阿契贝虽然悲观地看到，"也许在目前情况下，它（非洲本土出版商——作者注）甚至无法生存"，但同时指出，只有本土出版机构的出现和壮大，才能开创"一个生机勃勃的文学环境"。[2]阿契贝实际上敏锐地感觉到，非洲文学通过与西方出版机构的联姻获得解域，继而又产生了在诸种因素、量值与维度上继续解域的需要，即需要新的繁殖与新的配置。阿契贝认为，非洲文学"已经来到了这样一个阶段，即我们的文学必须依赖非洲的社会动因而发展。出版商仅扮演催化剂的角色已经不够了……我们需要作

---

[1] Fawcett, Graham. "The Unheard Voices of Africa", *Logos*, 5.4 (1994), p. 173.
[2] Achebe, Chinua. *Morning Yet on Creation Day: Essays*. Garden City. N. Y.: Anchor Press, 1975, p. 110.

家、出版商和读者三方的有机互动,他们不断进行能动的创造,对于变化带来的可能和风险,共同作出回应"①。阿契贝显然认为本土出版机构能更有效地与作家和读者有机互动。同时,他指出了本土出版机构"最大的特质是富有想象力,能够抓住一个地方的特征,使其成为该地方的优势所在。它并不试图在发行、销售和宣传方面复制外国的模式,而是根据自身需要向别人学习,最后在世界上走出自己的道路"。基于以上分析,阿契贝呼吁非洲本土"作家,尤其是知名作家,有责任支持那些表现出智慧、创造力和组织能力的本土出版商,因为这类出版商的存在最终也符合作家的利益"。② 阿契贝不仅是非洲本土出版事业的倡导者,更是坚定的践行者。下面,我们具体讨论阿契贝如何通过推动非洲本土出版事业,从而帮助非洲作家群体沿着新的"逃逸线"实现非洲文学的新配置。

从德勒兹的理论视角来看,阿契贝的思想在此发生了一次块茎式断裂,或者一部新的"阿契贝机器"打入了旧的配置。每一个块茎都含有分割路线,并且据其分层、分域、组织、确定指代和归属。每一个块茎同时含有解域的路线,非洲作家与西方出版机构的辖域此时需要沿着非洲文学块茎固有的解域路线逃亡,冲破分割路线的束缚,继而开始新的繁殖和新的配置。于是,阿契贝与非洲本土出版机构的联姻或繁殖便自然发生了。

对于非洲作家这个特殊的群体而言,他们需要什么样的出版商呢?阿契贝首先分析了非洲作家的群体感。阿契贝认为,由于非洲大陆存在大量没有读写能力的人口,而且很多作家以欧洲语言写作,因此作家们看似孤独至极,无归属感可言。然而,阿契贝指出,非洲作家的归属感既源于共同的历史,更是源于共同的命运——一个朝向未来的旅程。他认为,在这个非洲作家走向未来共同命运的旅程中,本土出版社占有重要地位。

1973年,非洲本土出版机构仍默默无闻,而外国出版机构依旧处于统治地位。阿契贝呼唤本土出版社的发展壮大,认为只有本土出版社——而非外国出版社——才能与非洲文学的发展处于"同样的历史社会连续体中"。阿契贝甚至认为,在本土出版机构出现之前,"我们不能奢望拥有生机勃勃的文学环境"。③ 这一点实际上得到了其他作家的观点和意见的佐证。

---

① Achebe, Chinua. *Morning Yet on Creation Day: Essays.* Garden City. N. Y.: Anchor Press, 1975, pp. 110—111.

② Achebe, Chinua. *Morning Yet on Creation Day: Essays.* Garden City. N. Y.: Anchor Press, 1975, p. 111.

③ Achebe, Chinua. *Morning Yet on Creation Day: Essays.* Garden City. N. Y.: Anchor Press, 1975, pp. 109—110.

1998年,在坦桑尼亚北部城市阿鲁沙召开了非洲作家—出版商研讨会(African Writers-Publishers Seminar)。研讨会汇集了来自非洲各地的作家、出版商、文学评论家和学者,他们共同讨论了非洲文学面临的挑战和机遇,探讨了如何更好地推广非洲文学作品,以及如何为非洲作家提供更好的出版机会和平台。会上,尼日利亚作家科尔·奥莫托索(Kole Omotoso)提出了西方出版商对稿件的审查问题,因为国外读者对非洲的现实不感兴趣,而偏爱一个"过时的非洲版本",迎合他们固有的兴趣。国外读者欣然接受那些符合他们对非洲的传统印象和刻板印象的作品,比如以非洲大陆的野生动物、原始部落、贫困和冲突等为主题的作品,而此类作品未能呈现当代非洲的多样性和复杂性。加纳作家阿马·阿塔·艾杜(Ama Ata Aidoo)也曾谈到西方出版商对于"可接受的"文学的要求:"有人宣称,你的书稿读上去不像一个第三世界人士的书稿。"[①]南非作家艾格尼丝·萨姆(Agnes Sam)曾抱怨实验小说出版时遭遇的困难,指出西方出版商对属于一个特定群体的人如何写作的问题,有着刻板的成见。一位出版商代表曾坚称:"黑人女性只应该写自传体作品。如果一位黑人女性对语言和形式进行实验性写作,便是不务正业。在新生的英联邦,那些没有遵循这些刻板成见的作家,被认为受到了西方传统的影响,接受的是'英文'教育,而非'班图语'(Bantu)或'第三世界'的教育,或被认为未能为'人民'写作。……但是,当我们无视西方传统和出版商的成见,尝试新的实验时,压制接踵而至——我们的做法,不能被容忍。"[②]

其实,阿契贝不否认西方出版机构在非洲文学发展中的奠基作用,对此还心怀感激。实际上,他本人的文学事业走向成功,很大程度上归功于英国出版商的发现和推介,他也因此与西方出版界的一些资深人士缔结了终生友谊。此外,西方出版机构也为非洲培养了一批本土作家,如肯尼亚作家恩古吉,他的作品深刻描绘了非洲的现实和文化,在西方出版后引起国际社会的广泛关注;南非作家戈迪默的作品在西方的出版,同样引起了国际社会对南非种族隔离制度的关注与讨伐。二者的成功离不开西方出版机构的支持,这些本土作家与外国出版社一道推动了非洲作家的作品走出非洲。阿契贝所谓的作家、出版商和读者的三方互动,实际上构成了非洲文学的"内容平面",那么我们该如何理解现实的"内容平面"与符号的"表达平面"之间

---

① 引自 Larson, Charles R. *The Ordeal of the African Writer*. London and New York: Zed Books, 2001, p. 63。

② George, Rosemary. *The Politics of Home*. Cambridge and New York: Cambridge University Press, 1996, p. 119.

的关系呢？按照西方自柏拉图以来的镜像论或再现主义文艺观，"内容平面"自然从属于"表达平面"，即"表达平面"作为某种镜像表现"内容平面"中的本源性存在。在德勒兹看来，这就是结构主义语言学公设的问题所在，也是他提出后结构主义语言学（即"新语用学"）的要义所在。德勒兹矛头所向的，正是某种能指的专制及其背后隐含的主体的暴力：

> 我们认为能指一无所用……如果我们对能指的批评还不够清晰，那是因为能指某种意义上无所不在，将一切都往回投射到一部过时的写作机器之上。能指与所指之间无处不在的狭隘对立中，弥漫着伴随写作机器出现的能指的帝国主义。一切都诉诸文字。这正是超编码的专制原则。我们的意思是：这是（书写时代）大暴君的符号，虽然他逐渐退去，但身后留下了一片整齐划一的领地，领地被分解成微小的元素，以及元素之间有秩序的关系。这至少能够解释符号的专制、恐怖和破坏等特性。①

德勒兹所谓能指的专制，就是"表达"的专制；而由此角度看，文学批评中文本中心主义的种种话语，也表现出类似的专制和暴力。当然，文学批评决不能脱离文本或文学作品本身，否则这样的批评就不能称为文学批评；但是文学批评也要避免落入文本中心主义的窠臼，避免建立某种文本的霸权地位，也即"表达平面"优于"内容平面"的等级结构。所谓"同样的历史社会连续体"，正是一部德勒兹意义上的"抽象机器"。乔姆斯基及其追随者们所建立的，是纯粹语言的抽象机器，而德勒兹认为这样的机器不是抽象过度，而是抽象不足，因为它被局限于"表达平面"，预设的只是语言活动的共相（universals）。而真正的"抽象机器"，诚如阿契贝所谓非洲文学的历史社会连续体，无法割裂"表达平面"和"内容平面"，应该是二者的某种动态配置。德勒兹对"卡夫卡机器"的描述有助于我们理解"内容平面"与"表达平面"的关系："进入或离开机器，在机器内，在机器周边徘徊，走近机器——这些都仍然是机器本身的组成部分：这些都是欲望的状态，不受任何诠释的制约。"②在此，德勒兹文学研究中的这两个平面或两种配置是平行或互为因果（reciprocally determined）的关系，彼此之间毫无优势可言，任何一方也绝不是对方的"再现"。二者相互混合缠卷，难舍难分，共同"图绘"，而绝非复

---

① Deleuze, Gilles. *Pourparlers*. Paris: Minuit, 1990, p. 43.
② Deleuze, Gilles and Guattari, Félix. *Kafka: Toward a Minor Literature*. D. Polan, trans., Minneapolis: University of Minnesota Press, c1986, p. 7.

制什么。下面几节,我们从庞杂的历史文献中梳理出了阿契贝文学出版活动的几个阶段。从中可以看到阿契贝的出版活动配置非洲文学机器,绘制非洲小民族文学图谱的独特功能。

小民族文学的政治性与阿契贝出版事业的起步阶段

政治性是德勒兹赋予小民族文学的三大特征之一。与大民族文学关注婚姻、家庭等"个人事务"(individual concerns)相反,小民族文学"被压缩的空间"(cramped space)迫使个人的爱憎直接与政治挂钩。换言之,小民族文学的政治性迫使"表达平面"与"内容平面"之间的相互解域,正如卡夫卡以"昂首"解域"垂头",以"纯粹的音乐强度"解域"画像—照片"的记忆。

在学生时代,阿契贝便凭借校园刊物崭露头角。大学的刊物为尼日利亚作家早期的文学训练提供了重要平台,很多日后蜚声文坛的尼日利亚作家在其文学事业的起步阶段都为这类刊物投稿,包括短篇故事、诗歌和评论文章等。其中一些曾担任名噪一时的校园刊物的编辑。例如,索因卡曾担任《鹰报》(The Eagle)的编辑;克拉克曾担任《灯塔》(The Beacon)的编辑,还创办了一份诗歌杂志《号角》(The Horn);文学评论家迈克尔·埃克如(Michael Echeruo)曾任《大学生天主教徒》(Catholic Undergraduate)的副主编。阿契贝也是其中的佼佼者,曾为《乌穆阿希亚政府学院杂志》①最早的学生编辑之一。之后,他又担任伊巴丹学生会(Ibadan Students' Union)正式会刊《大学先驱报》的编辑,《大学先驱报》是第一份在非洲大陆英语地区完全由大学生主办的高质量刊物。阿契贝上任后,一改刊物过于严肃沉闷的风格,刊登了风格较轻松的诗歌等作品。例如,他本人就在该刊发表过一首幽默的打油诗:

> 大厅中有一位年轻人,
> 声称自己身材矮小,
> 应该餐费更少,
> 因为他比饭厅中的任何人,
> 吃的都少。②

---

① 后更名为《乌穆阿希亚》(Umuahia)。

② Achebe, Chinua. "There Was a Young Man in Our Hall", *The University Herald*, 4.3 (1951—52), p. 19.

此外,阿契贝还在《大学先驱报》发表了一些评论文章和短篇故事,其中的短篇故事《新旧秩序的冲突》(The Old Order in Conflict with the New)①与他日后的成名作《瓦解》之间具有某些显见的关联。第二年,阿契贝辞去主编职务,但仍担任编委会顾问。正如著名的阿契贝研究专家伯恩斯·林德福什所说,"这些以及其他校园出版物有力地激励了学生的文学活动,令尼日利亚一些最富才能的大学生保有写作的愿望和责任"②。那么,通过学生时代参与这些校园刊物的编辑以及相关创作实践,阿契贝广泛参与了文学活动,接触了不同的思想潮流,培养了捕捉新思想、新思潮的能力。可以毫不夸张地说,大学时代的办刊经历帮助阿契贝逐渐登上了文学舞台。自此以后,阿契贝与出版业一直保持着紧密合作和频繁互动。下面,我们讨论阿契贝在大学执教期间的办刊经历。

1971 至 1972 年,阿契贝在尼日利亚大学任教期间主编了一份激进的校园刊物《恩苏卡领域》。1971 年,科迪林耶(H. C. Kodilinye)教授成为尼日利亚大学恩苏卡校区的副校长——该校区是当时非洲文学运动的重要中心之一。阿契贝对以其为首的学校行政部门极为不满,遂决定创办一份新杂志,名曰《恩苏卡领域》,口号是"摧毁、无畏、猛烈、真实"(Devastating, Fearless, Brutal and True)。由于当时学校教职人员对这位校长的专横跋扈三缄其口,敢怒而不敢言,因此这份刊物在学校内部起到了监督作用。阿契贝担任主编,还设有副主编、发行经理、财务经理等职位。

在第 1 期的编者评论中,阿契贝说道:"越来越多有思想的人,对于我们大学的定位、重点领域和表现提出质疑,我们知识分子的声誉每况愈下,而且事实也的确如此——只要我们诚实。正是在这样的时刻,《恩苏卡领域》问世了。"在大学这个"封闭的城堡"中,腐败、庸俗、偏袒、拉帮结派等乱象打着学术幌子大行其道,该评论对此给予了严厉谴责。因此,"《恩苏卡领域》致力于对这些罪恶行径展开彻底斗争,热切期望我们大学的领导层能知耻思变,转而在国家的社会生活中扮演正确的表率角色"。③刊物第 1 期的内

---

① Achebe, Chinua. "There Was a Young Man in Our Hall", *The University Herald*, 4.3 (1951—52), pp. 12—14. 这个故事在阿契贝的《祭祀蛋和其他短篇小说》(*The Sacrificial Egg and Other Short Stories*, Onitsha, 1962) 中以《结束的开始》(Beginning of the End) 为题再版,在其《战争中的女孩和其他短篇小说》(*Girls at War and Other Short Stories*, London, 1972) 中以《婚姻是一件私事》(Marriage is a Private Affair) 为题再版。

② Lindfors, Bernth. "Popular Literature for an African Elite", *The Journal of Modern African Studies*, 12.3 (1974), pp. 471—486.

③ Achebe, Chinua. "Editorial", *Nsukkascope*, 1 (1971), pp. 1—4.

容践行了刊物提出的口号,阿契贝的评论点名批评了生活奢华的副校长对15位无处栖身的助教视而不见,对教师和学生普遍的窘境熟视无睹。此外,评论还对副校长的儿子不具备资格却获聘法律系讲师一事进行了谴责。可见,阿契贝这个阶段的办刊经历更多表现出对现实的关注和批判,尤其是通过他主持的刊物对他置身其中的高等教育发表评论。这里,我们不妨了解一下阿契贝选登的一些文章的大致内容。

伊科纳·齐默罗(Ikenna Nzimiro)的文章指出,尼日利亚的大学必须面对尼日利亚国情,呼吁高素质的尼日利亚学者担任重要职位。他最后指出,聘用国外学者应该"依据学术水平,而非出于新殖民主义心态而依据其种族背景。在制定对外政策时,我们要确保这些政策不是逆向的种族主义。国家高校委员会(National University Commission)已经发出警告并相信本地化是可能的,在肯定大学国际价值的同时,对于国家安全与荣誉的负面影响,我们不能俯首帖耳"①。

齐米尔·伊科库(Chimere Ikoku)的文章揭露了大学更惨淡的现状。他指出,化学、生物、微生物学和制药学等系科需要实验楼和实验器材,另外由于学生人数众多,本就捉襟见肘的住宿条件更加恶化。此外,水电供应的短缺,使问题雪上加霜。他建议通过设立重建和发展委员会来确定大学发展的重点和提供必需的基础设施。他坚持认为委员会应该提出有效举措来建立实验室和提供基本研究设备。②

同期刊登的文章《一位初级讲师的困境》(*The Plight of a Junior Lecturer*)印证了伊科库的观点,文中提到,由于缺乏住宿设施以及学校管理层的漠视,一些教师面临着极大困境。在文章最后的编者按部分,阿契贝写道:"很高兴得知学校已经为这些教师找到了部分宿舍,但我们认为他们不应遭遇这种痛苦的经历。我们同时认为尼日利亚大学教师学术联盟(University of Nigeria Academic Union of Teachers)应该介入这方面事务。唯其如此,我们才能打破每个人为自身权益孤军奋战或者通过午夜帮派首脑的密谈获得帮助的野蛮传统。"③可见,阿契贝主编的《恩苏卡领域》致力于干预和介入大学的管理和运营,发挥了监督作用。

1972年1月,《恩苏卡领域》第2期出版,共70页,比起第1期的33

---

① Nzimiro, Ikenna. "Universities, how international are they?", *Nsukkascope*, 1 (1971), pp. 5—9.
② Ikoku, Chimere. "Where are the laboratories", *Nsukkascope*, 1 (1971), p. 22.
③ Achebe, Chinua. "Editor's Note to Anon's 'The Plight of a Junior Lecturer'", *Nsukkascope*, 1 (1971), p. 22.

页,内容大增。阿契贝对于刊物的成功创办并未沾沾自喜,而是保持了清醒的头脑和进取的愿望。在该期的编者评论中,阿契贝写道:"我们不会说我们希望《恩苏卡领域》的问世无人知晓——这不是诚实的说法,也不指望因此彗星陨落。我们欣慰地注意到,我们已经引起了众人的兴趣,很多人对我们表达的支持使我们深受感动……自从《恩苏卡领域》第1期出版后,校园里发生了一些积极变化。我们并不希望因此广受好评(这对我们毫无意义),也不会沾沾自喜,还有很多工作要去完成。"[①]该期文章秉持刊物的宗旨,继续关注教育改革。在《聘用、晋升和教师发展:新视角的需要》(Appointments, Promotions and Staff Development: The Need for a New Look)一文中,齐米尔·伊科库就如何改善大学的聘任和晋升制度进行了分析并提出建议,而俄彼艾切纳(E. N. Obiechina)和伊科纳·齐默罗研究了大学计划推行的学院制度,他们仔细分析了副校长宣布的相关文件,指出当前的首要任务是提供必要的基础设施。在短文《四类大学知识分子》(Four Types of University Intellectuals)中,伊科纳·齐默罗划分出了进步派(Progressives)、保守派(Conservatives)、平庸派(Intellectual Ordinary Men)和自由派(Liberal academics),并说明了他们各自的特征。他认为人数极少的进取型知识分子具有学术勇气,能够弘扬科学并捍卫真理。第2期的出版巩固了阿契贝作为有胆有识的编辑的声誉,标志着阿契贝的编辑事业逐渐成熟。以上经历为阿契贝日后创办和编辑专门的文学刊物作了很好的铺垫。对大民族文学而言潜滋暗长、可有可无的东西,在小民族文学中则公之于光天化日之下;那些对少数人而言稍纵即逝的趣事,在此对所有人而言是生死攸关的大事。卡夫卡的这番表述恰恰为阿契贝早期的办刊经历作了精辟注解,也有助于我们理解两个平面在文学机器配置中的相互关系。德勒兹在论述小民族文学的政治性时提出了小民族文学"被压缩的空间"迫使文学与政治关联。对于"被压缩的空间"的内涵,德勒兹语焉不详,但就本质而言,小民族文学的政治性根本源自其外部性带来的不断生成,使得文学与其外部空间产生异质性链接,因此文学的外部政治性实际上就是文学的内部属性,也即卡夫卡所说文学成为所有人关注的"生死问题"。回到非洲文学,阿契贝早期的办刊活动典型地表现了这样一种异质性生成模式,他试图以"出版机器"生成的"游牧"式写作,有力介入和干预了非洲高等教育的"王权"政治霸权。

[①] Achebe, Chinua. "Editorial", *Nsukkascope*, 2 (1971/2), pp. 1—5.

小民族文学的解域性与阿契贝出版事业的高峰

如果说从阿契贝早期办刊经历中,我们看到了非洲文学中的"表达平面"对"内容平面"的干预,那么此时则出现了新的变化——阿契贝更加强调非洲文学"表达"的解域问题,以"声音"的强度解域"相片"的辖域,也即,在继续强调文学的政治功用的同时,强调政治性对文学文本施加的影响。1971年,阿契贝决定创办一份刊物,来加强对非洲文学的讨论。这份名为《奥基凯》的刊物被誉为"非洲最好的文学刊物"[1]。以下是有关这份刊物的评论:

> 人们普遍感到有必要对非洲文学的标准给予某种形式的定义。
> 当非洲形式上的政治独立进入第二个十年时,作家与社会的相关性问题似乎比十年前的兴奋期需要更细致、更迫切的关注。
> 《奥基凯》将以创造性的工作和准确的评论,努力回答这些相关问题。它将重点关注新的实验性作品,因为它认为在形式和内容上非洲文学仍在摸索中,还处于创作的早期,正朝着自我实现的目标努力。[2]

日后,阿契贝认为,创办这份刊物是为了"确保我们的境遇能被传达,说明这种文化有能够贡献给世界的东西。虽然存在着其他的文化形态、其他态度和其他观察世界的方法,但我们所拥有的是自己的文化,并有义务呈现其价值"。他还强调,"世界由不同的民族和文化组成,所有的人无论生存环境如何有限,都在不停地劳动和创造。世界如果不能对此有所认识,不能寻找不同文化的独特优势,就会因此受损"。刊物的生存也面临着巨大的障碍和困难,因为"刊物创生于肉体和精神上饱受战争和失败摧残的土地,其疗治战争创伤的希望遭到了联邦政府的嘲讽,联邦政府虽打着和解的口号,却施行惩罚性的经济和金融政策。除此极端恶劣的环境,这份初生的刊物还必须与世界范围的经济危机斗争,由于成本上升和销量下降,许多刊物不得

---

[1] Lindfors, Bernth. "Africa and the Novel Prize", *World Literature Today*, 62.2 (1988), p. 223.

[2] Achebe, Chinua. "New Publications", *Research in African Literatures*, 2.1 (1971), p. 91.

不停刊或减少发行规模,这种经济压力也对各地文学刊物的生存和发展产生了负面影响,很多初生的刊物在这一时期面临着巨大挑战"。① 阿契贝主编的《奥基凯》第 1 期于 1971 年 4 月出版。编委会成员都是著名的非洲作家,包括俄彼艾切纳、迈克尔・埃克如、乌利・贝耶尔(Ulli Beier)、罗马纳斯・埃古都(Romanus Egudu)、索因卡、褚库埃麦卡・艾克(Chukwuemeka Ike)、伯恩斯・林德福什和爱德华・布拉思韦特(Edward Brathwaite)。阿契贝在该期发表了三首诗《问题》(Question)、《非承诺》(Non-Commitment)、《秃鹫》(Vultures)和一个短篇故事,反映了他独特的创作风格,同时为刊物定下了基调。

这份文学刊物依然延续了阿契贝对于非洲现实的一贯关注和批判。例如,《复仇的债主》(The Vengeful Creditor)讲述了一个穷苦女孩维罗妮卡(Veronica)为雇主埃莫耐克(Emenike)先生照看孩子,埃莫耐克许诺一旦孩子"长大一点会走路时",就送她去读书。然而,这个许诺却被雇主抛诸脑后,绝望的维罗妮卡为了能去学校读书,让孩子喝下红墨水,致其死亡。埃莫耐克一家发现后,将维罗妮卡解雇,女孩读书的愿望落空了。这个故事讽刺了妄自尊大、投机取巧和自私自利之人,也就是导致内战暴行的那些人,因此是个发人深省的故事。数年之后,多纳图斯・恩沃加(Donatus Nwoga)中肯地评价了这份刊物,同时表达了对阿契贝这位编辑的认可,认为此刊"实现了一位著名作家的合理愿望,即为新一代非洲作家提供一个媒介,来表现他们的才华。齐努阿・阿契贝当时还年轻,却扮演了一位伊博族智慧长者的角色,为后辈创造了一个超越前辈的环境"②。1971 年 11 月,《奥基凯》第 2 期出版。阿契贝发表了短篇故事《国泰民安》(Civil Peace),描述了内战结束后暴力横行、生活无定的乱局。主人公乔纳森・伊瓦格布(Jonathan Iwegbu)及其妻子和三个孩子从战争中幸存下来的经历,展现了尼日利亚内战对普通民众的伤害,以及他们战后努力重建生活的故事。尽管战后家里遭到窃贼洗劫,房舍破败不堪,但乔纳森并没有被战争击垮,相反,他用乐观的态度和努力工作的精神,设法重建了家庭和生活。这部小说以乐观主义和积极的生活态度而闻名,表达了阿契贝面对生活的坚韧和乐观,以及对人性的信念。阿契贝不仅歌颂了战争中人们坚韧不拔的精神,同时揭发了战争导致暴行肆虐的事实。1972 年 9 月,《奥基凯》第 3 期出版。本期的作者包括:杰拉尔德・摩尔、弗朗西斯・温德姆(Francis

---

① Achebe, Chinua. "The *Okike* Story", *Okike*, 21 (1982), pp. 1—5.
② Nwoga, Donatus. ed., *Rhythms of Creation*: *A Decade of Okike Poetry*. Enugu: Fourth Dimension Publishers, 1982.

Wyndham)、爱德华·布拉思韦特、科拉佩茨·格希特希尔（Keorapetse Kgositsile）、昆西·特鲁普（Quincy Troupe）、俄彼艾切纳、内森·恩卡拉（Nathan Nkala）、卡瑞阿拉（J. Kariara）和约翰·海恩斯（John Haynes）。值得关注的是，本期发表了三位年轻的尼日利亚作家的作品：奥斯蒙德·埃内科维（Osmond Enekwe）、马克斯韦尔·恩瓦格布索（Maxwell Nwagboso）和欧迪亚·奥菲曼（Odia Ofeimun）。正是在阿契贝的帮助下，欧迪亚·奥菲曼在默默无闻的时候就能发表作品，能更快地被文学界和学术界发现和认可。由于阿契贝的编辑工作，《奥基凯》获得了广泛认可和赞誉。南非作家伊齐基尔·姆法莱勒（Ezekiel Mphahlele）称之为"制作精美的刊物"，有着"极好的版式"和"鲜活生动的文学材料"。另一位南非诗人丹尼斯·布鲁特斯（Dennis Brutus）评论道："我们需要更多的、大量的如此质量的文学素材，它值得更多人去了解。"英国作家及英国广播公司（BBC）节目主持人爱德华·布利申（Edward Blishen）更激动地认为，该刊物有"充分理由"使读者"心潮澎湃"。尼日利亚的《泰晤士日报》（*Daily Times*）更是认为《奥基凯》应成为"非洲作家的标尺"。①阿契贝在《奥基凯》第3期发表了一首诗《贝宁之路》（Benin Road）和短篇故事《糖婴》（Sugar Baby）。故事以战争为场景，讽刺了毫无节制的欲望。主人公克莱图斯（Cletus）对糖有着无法抗拒的欲望，终于为此失去了自己的女友。故事中的叙述者麦克（Mike）穿梭于情节之中，展现了人物的毫无节制以及克莱图斯为了糖而表现出的卑微。一个缺乏道德的社会呈现出单一的整体形象。

1973年《奥基凯》成功移师马萨诸塞州，当年12月第4期出版。1974年12月，阿契贝出版了《奥基凯》第6期，发表了一篇由秦维祖·伊贝奎（Chinweizu Ibekwe）、翁乌谢科瓦·杰米（Onwuchekwa Jemie）和伊海舒库·马杜布伊凯（Ihechukwu Madubuike）合作完成的文章《走向非洲文学的去殖民化》（Towards the Decolonization of African Literature）。文章开宗明义："尼日利亚英文诗歌的创作手法是失败的。尽管各方好评如潮，但多数创作者表现出令人惊愕的问题，例如老套、佶屈聱牙和毫无乐感的语言，含混不清和令人费解的、充斥着外国舶来意象的遣词造句，与非洲口头诗歌传统的疏离……"②文章批评了克拉克、克里斯托弗·奥基博、索因卡和迈克尔·埃克如的一些诗歌作品，并且指出，非洲口头文学传统的引入，能够提升非洲现代诗歌的创作。这篇文章影响深入持久，越来越多地被非洲其他刊物和高等教

---

① 参见 *Okike*, 1.3 (1972); *Okike*, 5 (1975), p. 85.
② Ibekwe, Chinweizu. "Towards the Decolonization of African Literature", *Okike*, 6 (1974), p. 11.

育界引用和引述。自此,与过去相比,非洲的文学批评可谓焕然一新。

1978年,阿契贝全力投入《奥基凯》的编辑出版工作。1978年4月出版的第12期的编者评论指出:"我们把《奥基凯》从马萨诸塞州的阿默斯特撤离,又搬迁至尼日利亚的恩苏卡,其间碰到了很多实际问题,因此我们的杂志出版比计划几乎拖延了一年。我们真诚向大家致歉。虽然出现了暂时的困难,但回到祖国是很好的,我们的杂志将在自己的土地上持续健康发展,让人一想到就心潮澎湃。"① 在本期刊物上,阿契贝发表了《衣衫褴褛的美国年轻人》(The American Youngster in Rags)一诗,该作源自作者那时在美国的见闻。一些美国年轻人生活过于安逸,于是去穷人那儿寻找别样的新奇经历。阿契贝在诗中指出穷人的境况不应成为戏仿嘲弄的对象。1979年1月,《奥基凯》杂志第13期表现了阿契贝对于教育问题的关注,该期包括一本教育增刊,并且在编者评论指出,该刊"试图延展其兴趣和责任,以专门面对年轻的、在校读书的和接受了教育的读者,对他们而言,文学日益成为噩梦似的科目,使得那些备受压迫的授课教师和惊恐万状的学生处于恐惧之中"。因此,增刊的出版正是为了"在我们初等教育阶段后的教育机构中努力加强正规的文学教育"。② 1981年6月,为纪念已故安哥拉诗人和总统阿戈什蒂纽·内图,《奥基凯》出版了第18期专刊。虽然阿契贝与阿戈什蒂纽·内图素未谋面,但内图的死讯对阿契贝触动很大,阿契贝特为此纪念专刊写下《阿戈什蒂纽·内图》(Agostinho Neto)一诗。该诗最后一节写道:

> 内图,我为你的离去歌唱,
> 你那些最贴切的故事是巨大宝库,
> 我在其中谦恭地探求。
> 我该唱什么呢?悲伤的挽歌?
> 不,我要含泪唱起快乐
> 之歌。我要歌颂
> 你经历了三重苦难命运,为我们这个
> 饱受践踏的种族奔走!
> 你是医师、斗士、诗人!③

1981年6月,阿契贝作为英联邦艺术组织(Commonwealth Arts Or-

---

① Achebe, Chinua. "Editorial", *Okike*, 12 (1978), p. v.
② Obiechina, Emmanuel. "Editorial", *Okike*, 13 (1979), pp. v—vii.
③ Achebe, Chinua. "Agostinho Neto", *Okike*, 18 (1981).

ganization)执委会成员访问了英国,在英国各地举办了一系列读书会和讲座。访问期间,阿契贝在剑桥大学接受了牙买加小说家和记者林赛·巴雷特(Lindsay Barrett)的专访,并应邀对《奥基凯》杂志的办刊宗旨和影响发表评论。阿契贝认为,一份杂志"不宜发号施令,而应提供讨论的论坛,我们在此方面相当活跃。杂志为新作家提供了论坛。我很高兴地提到一些作家,他们正是在我们的杂志上第一次发表作品,或者说第一次看到了希望的曙光"。他还认为这个刊物提供了一个"讨论文学背后的思想"的环境。[1] 从1981年底,阿契贝有更多精力投入《奥基凯》杂志,新出版了独立的《奥基凯教育副刊》(*Okike Educational Suplement*)。

1982年4月29日,《奥基凯》杂志的10周年庆典在尼日利亚大学的继续教育中心举办。出席庆典的嘉宾包括杂志的赞助人亚历克斯·埃科乌艾姆(Alex Ekwueme)博士和尼日利亚联邦共和国副总统。庆典活动推出了几本书,包括从杂志已出版的诗歌和短篇故事中选编的《创作的节奏:奥基凯十年诗集》(*Rhythms of Creation: A Decade of Okike Poetry*)和《非洲创作:奥基凯十年短篇故事集》(*African Creations: A Decade of Okike Short Stories*)。其中,后者的主编俄彼艾切纳在选集前言中描述了"手稿如何源源不断地涌入这份新杂志主编的办公室",结果"十年之后,收获的文学成果在种类、新颖性和见解深度等方面,构成了非洲文学界最显著的现象"。[2] 1986年底,阿契贝认为《奥基凯》杂志已经能正常运营,无需他直接参与,遂辞去主编职务,此前一直担任助理主编的奥西·欧诺拉·埃内科维(Ossie Onuora Enekwe)继任主编。

这段史料中有关非洲文学作品本身解域性特征的材料并不多,但我们仍要强调,阿契贝的出版活动此时推动了非洲文学中"实验性作品"的繁殖,推动了其在形式和内容上的革新。此时的文学批评界提出了"非洲文学的标准"这一问题。类比卡夫卡所谓以德语写作的不可能,那么此时的非洲英语文学也发现了以英语写作的不可能,即"老套、佶屈聱牙和毫无乐感的语言""含混不清和令人费解的遣词造句""充斥着外国舶来的意象"愈发受到质疑,而"非洲的口头诗歌传统""鲜活生动的文学材料"和新的"诗歌的创作手法"等,成为解域非洲文学的重要标记。难怪此时的评论界认为,"在种类、新颖性和见解深度等方面"阿契贝的《奥基凯》构成了非洲文学界最显著

---

[1] Barrett, Lindsay. "Giving Writers a Voice: An Interview with Chinua Achebe", *West Africa*, 22 (1981), p.1406.

[2] Obiechina, E. N. "Preface", *African Creations: A Decade of Okike Short Stories*. Enugu: Fourth Dimension Publishers, 1982.

的现象,成为"非洲作家的标尺"。

小民族文学的革命性与阿契贝的儿童文学出版

小民族文学是一个缺乏"大师"的文学场域,缺乏歌德式的文学巨匠。因此,单个作家的"表达"就构成了集体行动,具有了政治性;或者说,政治渗入了所有的"表达"。在此方面,卡夫卡尤其强调"集体和民族意识"在"外部生活"(external life)中是不活跃的,总是处于"垮塌"(break-down)之中。因此,小民族文学具有某种现实政治所缺乏的、建构未来社会的功能,即某种朝向未来的革命性。对阿契贝的成长历程较熟悉者都了解他与西方出版商的不解之缘,而他对西方出版机构的批判性反思,可能是由其女儿引发。阿契贝的女儿基内洛年仅4岁时,突然说自己的皮肤不是黑色,而是棕色,这引起了阿契贝的关注和忧虑,他开始寻找其中症结所在。最后,他发现问题出于那些"价格昂贵、色彩鲜艳的儿童书籍,它们都进口自欧洲,摆放在拉各斯高档超市的显要位置"①。阿契贝在这些书中读到的并非所谓"现代文明的福音",而是"居高临下,甚至咄咄逼人"。他从中发现了欧洲人非洲叙事的另一流行主题,即非洲人往往将到来的欧洲人奉若神灵。其中有不同的衍生主题,比如阿契贝复述的那个"卑劣"的故事,大致意思为:一个夏日,一个白人男孩在放风筝。风筝越飞越高,碰巧被一架飞过的飞机带走了。风筝随着飞机飞过城市、海洋和沙漠,最终落在了一个丛林中的非洲村落的椰树上。一个正在树上采摘椰果的黑人男孩看见了这个奇怪可怕的东西,惊叫一声,几乎跌落。随后赶来的男孩父母和邻居同样惊恐不已,战战兢兢,于是他们请来了村里的巫师。在奉上祭品和念诵祷文后,巫师派人上树恭敬地将风筝取下,送至村里的神庙。在那里,风筝被奉作神物,供奉至今。阿契贝认为,这是"众多来自国外的包装精美的读物中最具戏剧性、对我们的孩子而言却可谓用心险恶的书,而孩子的父母可能将这些书作为生日礼物送给孩子"②。此时,阿契贝才对西方出版物华丽的外表下隐含的意识形态偏见幡然醒悟。当剑桥大学出版社尼日利亚分社的代表、诗人克里斯托弗·奥基博邀请他撰写儿童读物时,他立刻意识到了这项工作的必要性和

---

① Achebe, Chinua. *The Education of a British-Protected Child*. New York: Alfred A. Knopf, 2009, p. 69.

② Achebe, Chinua. *The Education of a British-Protected Child*. New York: Alfred A. Knopf, 2009, p. 70.

紧迫性。这样,阿契贝的第一部儿童文学作品《希克与河流》(Chike and the River)于1966年出版。他把这本书送给了女儿以及侄儿和侄女们。因此,阿契贝的儿童文学出版活动的革命性,落脚于培养未来非洲社会的公民,以达至变革的政治目的。

尼日利亚内战爆发后,阿契贝为躲避种族屠杀而逃离拉各斯,回到了尼日利亚东部地区。1967年,阿契贝与克里斯托弗·奥基博商议后,决定在尼日利亚南部城市埃努古(Enugu)创办一家出版社。对于创办出版社来说,阿契贝具有知名作家的影响力、海因曼出版社的编辑经验,以及在电台积累的管理经验,而克里斯托弗·奥基博曾是剑桥大学出版社的西非代表,因此熟悉出版行业的业务流程和运作方式。出版社取名"城堡出版社"(Citadel Press),对此阿契贝这样解释道:"这个名字出自一个关于城堡的想法——你在危险中逃离异域,回到家乡,来到你的城堡。"[1]阿契贝希望按照自己的文学兴趣运作这个出版社,主要出版创作儿童文学的非洲作家的作品,以此鼓励本民族口头文学的探索和创作。尽管当时政局动荡且每况愈下,但城堡出版社的征稿启事还是吸引了不少投稿人。其中,毕业于伦敦大学的尼日利亚人约翰·翁耶科威尔·伊柔刚奇(John Onyekwere Iroaganachi)投来了一部儿童文学作品,名为《狗是如何被驯服的》(How the Dog was Domesticated)。阿契贝阅读稿件后,决定录用出版。在编辑过程中,阿契贝对作品作了较大改动。他是这样描述编辑过程的:"它(指作品)摄住了我的想象力,因此处于不断变化中。如同执念一般,当我修改至最后,它已经完全变成了另一个故事。"[2]阿契贝对作品的修改,使作品更好反映了伊博族哲学思想的精髓,同时使其具有更广泛的寓意。此外,他根据儿童等目标读者群的特点,在对话、叙事结构、文化概念和伦理道德等方面进行了修改。因此,修改后的故事颇具道德教化功能:围绕修建遮风挡雨的庇护所,森林里的动物们明争暗斗,最终庇护所被拆毁,动物之间和睦团结关系解体,大森林不幸被分裂和残杀所统治。正如故事结尾所言,"如今动物们不再是朋友,而成了敌人。他们中的强者开始攻击和杀戮弱者"[3]。经阿契贝修改加工的作品,显然具有了

---

[1] Cott, Jonathan. "Chinua Achebe: At the Crossroads", in Jonathan Cott, ed., *Pipers at the Gates of Dawn: the Wisdom of Children's Literature*. New York: Random House, 1983, p. 183.

[2] Cott, Jonathan. "Chinua Achebe: At the Crossroads", in Jonathan Cott, ed., *Pipers at the Gates of Dawn: the Wisdom of Children's Literature*. New York: Random House, 1983, p. 180.

[3] Achebe, Chinua and Iroaganachi, John. *How the Leopard Got His Claws*. Enugu: Nwamife, 1972.

象征意义和现实指向,暗示着种种分裂行径最终导致了尼日利亚内战以及国家的分裂动荡。这个例子恰好说明阿契贝带着文学家的敏锐嗅觉和想象力、以出版家的角色促成了与作家、读者之间的有机互动,抓住了伊博族文学和哲学的地方特色,呈现了非洲社会动荡所带来的可能和风险。

阿契贝除了亲自从事出版活动外,还支持其他的本土出版家。1971 年,在阿契贝的支持下,阿瑟·恩宛克沃(Arthur Nwankwo)和塞缪尔·伊费基卡(Samuel Ifejika)在埃努古创办了一家新的出版社——恩瓦弥非图书公司(Nwamife Books)或称恩宛克沃-伊费基卡公司(Nwankwo-Ifejika),阿契贝受聘为董事。3 月,该公司出版了短篇故事集《局内人:尼日利亚战争与和平的故事》(*The Insider: Stories of War and Peace from Nigeria*)。其中,阿契贝的《疯人》(The Mad Man)以隐喻和讽刺手法,表现了过去岁月中的丑恶。在故事中,恩瓦布(Nwibe)是一个有头有脸的人物,一天正在小河里洗澡,不料一个疯子拿走了他的衣服。恩瓦布勃然大怒,立刻追赶这个疯子,冲入了一个市场。然而,恩瓦布的随从却以为市场里有神秘力量将恩瓦布引入其中。一阵骚动过后,一个骗子开始诅咒恩瓦布,使得自己名声大振。阿契贝以此讽刺了所谓"现实"的可靠性。同年,阿契贝的诗集《当心,我心爱的兄弟》(*Beware, Soul Brother*)也由该公司出版。出版商视之为新的开端:"阿契贝的新书总会成为一个文学事件。但过去的五年——那些尼日利亚危机和内战的岁月——里,他一直默默无闻。现在他用以往从未使用的声音,即诗歌的声音,再次发声。这些于战争期间及之后不久写就的诗作淋漓尽致地展现了一位敏感作家的苦痛。这些诗歌很少谈及战争,但都打上了战争痛苦悲剧的烙印。我们可以料想,阿契贝的诗歌如同 1958 年的小说一样将成为文学里程碑。"① 1972 年,恩宛克沃-伊费基卡公司更名为恩瓦弥非出版公司(Nwamife Publishers),出版了阿契贝与约翰·翁耶科威尔·伊柔刚奇合作完成的《豹是如何获得脚爪的》(*How Leopard Got His Claws*)。当时北欧国家对于这个战乱中的非洲国家普遍怀有同情态度,因此阿契贝后来联系了几位挪威朋友,他们对比夫拉(Biafra)颇感兴趣,并直接促成了"一家挪威公司出版这部作品,他们还委托了挪威最优秀的儿童故事插图画家创作插图。后来该书在挪威印刷,却是在尼日利亚出版的"②。阿契贝以该书在尼日利

---

① Publihers' back cover blurb, *Beware, Soul Brother and Other Poems*. Enugu: Nwankwo-Ifejika, 1971.

② Cott, Jonathan. "Chinua Achebe: At the Crossroads", in Jonathan Cott, ed., *Pipers at the Gates of Dawn: the Wisdom of Children's Literature*. New York: Random House, 1983, p. 181.

亚的出版表达了对非洲本土出版机构的期待,期待他们成为出版切合时代呼声的作品的先锋。1977年,阿契贝在尼日利亚埃努古的第四维度出版社(Fourth Dimension)出版了两部儿童作品——《笛子》(*The Flute*)和《鼓》(*The Drum*)。阿契贝曾在1987年津巴布韦国际书展上呼吁严肃的非洲作家,挽救非洲儿童,至少应写出两个适合他们的故事。之后,恰卡瓦出版社(Chakava)推出了非洲语言的儿童读物,接着又推出了英文儿童读物。

德勒兹指出:"正是文学能够力排怀疑并产生积极的凝聚力(solidarity);作家如果处于其脆弱社会的边缘,或者完全置身其外,就完全有可能表述一个潜在的别样社会,并创造手段来培育别样的意识、别样的情感。"[1]儿童文学出版面向的是未来非洲社会的公民。从前文可知,阿契贝倾力投入这项事业时,已明确意识到写作或出版的目标受众是儿童读者。在阿契贝创作和出版的儿童文学作品中,无论动物间的互相杀戮,"疯人"中的虚幻现实,还是诗集中的战争魅影,都试图培养非洲未来公民的新"意识"、新"情感",配置一部"未来的革命机器"(revolutionary machine-to-come)。

阿契贝的出版活动与小民族文学的理论意义

从以上有关阿契贝出版活动的史实梳理和分析中,我们可以就小民族文学理论对非洲文学研究的意义得出哪些结论呢? 上文借用德勒兹的理论分析了阿契贝出版活动的特性。那么,阿契贝的出版活动又如何体现或反映了小民族文学的集体价值呢? 这里,我们需要引入德勒兹1933年提出的微观政治(micropolitics)和节段性(segmentarity)概念。德勒兹认为,所有的社会和个体都同时被两种节段性所渗透,第一种是原始的平滑节段性,是分子的(molecular);而第二种则是现代的僵化节段性,是克分子的(molar)。德勒兹在《卡夫卡:走向小民族文学》中明确指出,小民族作家的写作必然是政治的。[2]但实际上存在两种政治,即宏观政治和微观政治。那么小民族文学的所谓政治性究竟归属何处呢? 我们首先需要厘清两种政治的差异。所谓宏观政治,对应上述的僵化节段性,依赖于树状或二元化宏观机器或超编码机器,是实施条块分割的结构和网络。而微观政治则是块茎状节

---

[1] Deleuze, Gilles and Guattari, Félix. *Kafka: Toward a Minor Literature*. D. Polan, trans., Minneapolis: University of Minnesota Press, c1986, p. 17.

[2] Deleuze, Gilles and Guattari, Félix. *Kafka: Toward a Minor Literature*. D. Polan, trans., Minneapolis: University of Minnesota Press, c1986, p. 17.

段性,能够随着情势的变化而变化,具有异质元素间或节段间的互通性,体现为一种多义代码(polyvocal code)和流动辖域性(territoriality)。由此可知,德勒兹所谓小民族文学的政治性隶属于后者,即一种微观政治。因此,德勒兹所谓"已经完全存在的民族"、个别"大师"等都指向一种宏观政治,而小民族文学力图创造或表现"潜在的、正在形成的民族",恰恰指向一种微观政治。循此思路,我们便能理解,德勒兹所谓"集体或民族意识在外部生活中是静止的",即指现代社会那种僵化的、超编码的节段性,用固化的本质取代了平滑的形态学,用预设的节段取代了生成中的节段,因而是"静止"的,而非流动的。这就是克分子的宏观政治。就我们的话题而言,小民族文学的微观政治正是对西方大民族的宏观政治的"逃逸"和解域。如此,小民族作家虽处于"边缘地带",却更有可能表现"另一种可能的社区",表达"另一种意见和另一种感性创造方法",即一种分子性的微观政治。①微观政治与宏观政治的关系如何?对此,德勒兹在《千高原》中如此表述:"……被节段化的线(宏观政治)沉浸并延伸于量子流(quantum flows)(微观政治)之中,后者不停息地重组,搅扰其节段。"②可见微观政治与宏观政治不是历时、线性的关系,不是交替出现;而是共时、环状的关系,是节段化的线与量子流之间的关系,是共生关系。微观政治是块体(masses)的流动或"逃逸",试图避开共振的装置或超编码的机器。德勒兹认为,个体的陈述(individual e-nunciation)并不存在,陈述一定指向集体配置。"陈述的个体化和话语的主体化只有在非个体性、集体性的配置所需要和规定的限度内存在。"③那么,就非洲文学而言,如何实现集体配置或集体表述呢?这里,小民族作家参与创造的"出版机器"起到了关键作用。至此,我们可以得出这样的结论:阿契贝等非洲作家创办或参与创办或推动的出版机构以及刊物、杂志等"出版机器"是生成小民族文学的微观政治的关键。有别于达尔文进化论对血缘关系的强调,德勒兹所说的生成不再是一种遗传性、血缘性的进化,而是另一种秩序,即传播性、传染性的进化秩序。德勒兹将这种并非在血亲而是异质者之间发生的进化行为称作"缠卷"(involution),因此生成本质上是缠卷性的。对于这种"新进化主义"(neoevolutionism)的意义,德勒兹有段发人深

---

① Deleuze, Gilles and Guattari, Félix. *Kafka: Toward a Minor Literature*. D. Polan, trans., Minneapolis: University of Minnesota Press, c1986, p. 17.

② Deleuze, Gilles and Guattari, Felix. *A Thousand Plateaus*, Vol 2 of *Capitalism and Schizophrenia*. B. Massumi, trans., Minneapolis: University of Minnesota Press, 1987, p. 218.

③ Deleuze, Gilles and Guattari, Felix. *A Thousand Plateaus*, Vol 2 of *Capitalism and Schizophrenia*. B. Massumi, trans., Minneapolis: University of Minnesota Press, 1987, p. 80.

省的论述:动物不是通过(种的、属的等)特征,而是通过集群(populations)被界定的,不同环境中的集群或相同环境中的不同集群都有所差异;变动不仅(或不主要)通过血缘性繁殖形成,而且通过异质集群间的横向传播(transversal communications)。①这种横向传播的巨大优势在于"发动了那些彼此完全异质的要素"②。回到阿契贝作为作家的出版活动中来,我们可以说阿契贝与西方出版机构之间的"协动"(co-functioning)不是遗传性的或结构性的,而是跨领域的,其中包括多种异质因素的"联盟",如西方出版机构与非洲本土出版机构的联盟、西方作家与非洲作家的联盟、西方评论家与非洲评论家的联盟。可以想见,假若非洲小民族文学仅仅通过其自身"血缘性"生殖或"遗传性"繁殖,即自身缓慢的进化,而不通过阿契贝等非洲作家的"出版机器"实现跨越地理疆界、文化疆界、语言疆界的"联盟",非洲文学就无法获得今天的成就,无法在世界文学图谱中占有一席之地,我们也就无法设想非洲作家能够接连在世界性文学奖项中屡屡折桂,并穿梭于国际文学讲坛,发出非洲的声音。

除了指出非洲文学出版这个新的研究领域,本章的另一重要理论意义关乎文学研究的方法论或范式问题。文学研究历来有内部和外部之分,所谓内部研究即注重文学文本的语言、结构、修辞等形式议题,而外部研究则偏向文学文本赖以发生的历史文化、哲学思潮等宏观环境。当然,纯粹的形式批评早已受到质疑和挑战,当下文学批评的主流是内部研究与外部研究的结合,即形式批评与文化政治批评相互观照、相互渗透。纵观20世纪,西方哲学思潮的各个流派纷至沓来,可谓"你方唱罢我登场",马克思主义、英美新批评、心理分析、神话原型批评、结构主义、解构主义、女性主义、新历史主义、文化研究、后殖民主义等令人眼花缭乱。与此相伴,理论思潮的繁荣带来了文学理论的繁荣,为文学批评提供了各种大显身手的理论话语舞台。毫不夸张地说,20世纪是文学理论的黄金时代。文学批评因此走出了前理论时代的"天真无邪",摆脱了狭隘语言层面的批评话语阈限,纵身闯入了理论的广阔天地。但是,在这众声喧哗的纷乱之中,我们始终无法摆脱的是德勒兹所谓"能指"的可怕"阴森世界"。我们该如何理解文学批评中这种挥之不去的能指霸权呢?实际上,能指霸权就是语言符号或文学文本的中心主义,也即无论文学的外部研究还是内部研究,表意符号或文本都在其中牢牢

---

① Deleuze, Gilles and Guattari, Felix. *A Thousand Plateaus*, *Vol 2 of Capitalism and Schizophrenia*. B. Massumi, trans., Minneapolis: University of Minnesota Press, 1987, p. 239.

② Deleuze, Gilles and Guattari, Felix. *A Thousand Plateaus*, *Vol 2 of Capitalism and Schizophrenia*. B. Massumi, trans., Minneapolis: University of Minnesota Press, 1987, p. 242.

占据着支配地位。德勒兹这样描述这套完备的表意系统：

> 专制神祇的偏执（paranoid）面孔或肉体，居于庙宇的表意核心（signifying center）；进行解释的祭司（interpreting priests），不断重新充实着庙宇之中的所指（the signified），将其转化为能指；在庙宇之外歇斯底里的人群，排成一个个紧密的圆圈，且从一个圆圈跃向另一圆圈；没有面容的（faceless）、沮丧的替罪羊，来自中心，经祭司选出、处理并加以装饰，将穿过层层圆圈而径直向沙漠逃亡（flight）。①

德勒兹描绘的这幅画面适用于帝国的专制体制（imperial despotic regime），也适用于中心化的、等级制的、树形的、被固定的群体。德勒兹明确指出，这些群体包括政党、家庭、配偶制、照片、颜貌、意义、解释，以及与本书相关的"文学运动"。就文学的内部研究而言，"表达平面"脱离了"内容平面"，能指脱离了所指而肆意增殖，文学批评成了从符号到符号的持续运动。这就是德勒兹所谓陈述在其对象消失后仍然持存，名字在其拥有者消失之后仍然持存。文学批评在形式层面的内部研究充斥着"游荡的陈述"（floating statements）、"悬置的名字"（suspended names）和"等候回归并被链条推进的符号"（signs lying in wait to return and be propelled by the chain）。②文学批评一旦由神的偏执面孔占据"庙宇"中心，那么批评家只能充当"祭司"角色，只能带来能指的冗余和增殖。当然，形式主义批评范式已是昨日黄花，"替罪羊"们已经逃离"表达平面"的辖域，进入了"内容平面"的浩瀚沙漠。那么，上文列出的各种理论思潮影响下的20世纪文学研究和批评，是否摆脱了能指专制的"庙宇"和喃喃自语的"祭司"，在"内容平面"中纵情驰骋呢？答案是，文化政治批评无疑在很大程度上突破了形式批评的桎梏，但能指的幽灵依然若隐若现。何以见得？无论文化政治批评如何摆脱了形式批评或内部批评的辖域，它始终是以文本为中心或归宿的，始终指向对文本的阐释。换言之，能指的霸权并未随着文化政治批评时代的到来而烟消云散，能指虽然停止或放慢了在"庙宇"内部的自我指涉和自我生产，冲进了"庙宇"外面"歇斯底里的人群"，但依然受到一层层"紧密的圆圈"禁锢。文本"再现"外部世界的镜像思想仍根深蒂固，其合法性在文学批评界极少受

---

① Deleuze, Gilles and Guattari, Felix. *A Thousand Plateaus*, Vol 2 of *Capitalism and Schizophrenia*. B. Massumi, trans., Minneapolis: University of Minnesota Press, 1987, p. 116.

② Deleuze, Gilles and Guattari, Felix. *A Thousand Plateaus*, Vol 2 of *Capitalism and Schizophrenia*. B. Massumi, trans., Minneapolis: University of Minnesota Press, 1987, p. 113.

到反思，能指的霸权表现为"表达平面"凌驾于"内容平面"的等级制。以有关阿契贝的文学批评为例，《阿契贝的世界》(Achebe's World)的副标题为"齐努阿·阿契贝小说的历史文化语境"，作者从文本外部世界为文本本身寻找解释和意义的用意显而易见。细心的研究者或许能够发现，文化政治批评中的能指中心主义或再现主义，对德勒兹意义上的小民族文学往往缺乏解释力，卡夫卡笔下的"音乐狗""地洞""唱歌的老鼠""乡村医生"等，在所谓的现实世界中往往难觅踪影，无法对号入座。因此，批评界普遍认为，卡夫卡、普鲁斯特等公认的 20 世纪最伟大的作家似乎难以归类，也拒绝阐释，他们的作品不能说与现实世界毫无关系，但在现实世界中又似乎难以找到对应物。对于卡夫卡的三种进程(proceedings)——家庭中父亲的进程、旅馆中订婚的进程、法庭进程，德勒兹批评人们总试图进行"还原"(reduction)：通过孩子和父亲、男人与阉割、市民与法的关联"解释"一切。然而，抽取内容的"伪常量"(pseudoconstant)，无异于抽取表达的"伪常量"，都是自我满足罢了。[1]如果我们在一定意义上否定"表达平面"与"内容平面"的"再现"关系，那么两者的关系该如何定位呢？本章讨论阿契贝的出版活动，除了关涉非洲小民族文学的"配置"机制，最后还落脚于对文学研究范式的反思。讨论"表达平面"与"内容平面"二者之间的定位，正指向研究范式的根本问题。德勒兹认为二者之间不是"再现"，也不是"指涉"，而是某种"介入"(intervening)，一种语言行为(speech act)。"表达和被表达之物被置于或介入内容之中，并非再现内容，而是预测内容，令其倒退、减速、加速、分离或整合，以不同方式限制它们。"我们不能说表达优先于内容，反之亦然。二者之间是相互独立的"分配性"(distributive)关系，一方的节段(segment)与对方的节段形成"接力"(relay)，"滑入"或"介入"对方。福柯所谓不断从口令(order-words)转向事物的"沉默秩序"(silent order)或相反，即为此意。结合本书而言，阿契贝的文本表述作为一种"表达形式"，通过"出版机器"的配置不断介入"内容平面"，解域了非洲文学和作家的生产方式，介入了非洲大陆的教育改革，甚至加速了政治变革的进程。实际上，阿契贝的影响力也早已逸出文学领域，蔓延到现实社会政治领域。反之，现实的"内容平面"也同样介入了作家的"表达平面"。上文有关阿契贝的儿童文学写作以及城堡出版社的创立恰好说明了这一点。"内容"与"表达"是德勒兹反复论述的哲学命题，它们对文学批评范式的启发还有待深入研究。

---

[1] Deleuze, Gilles and Guattari, Felix. *A Thousand Plateaus*, *Vol 2 of Capitalism and Schizophrenia*. B. Massumi, trans., Minneapolis: University of Minnesota Press, 1987, p. 94.

第六章 阿契贝的《瓦解》与小民族文学的"游牧"政治

德勒兹在《论游牧主义:战争机器》(Nomadology: The War Machine)一文中,首先区分了战争机器(war machine)与国家机器(State apparatus)。战争机器就是"一个纯粹的多元体、一个集群、一次转瞬即逝的变性力量的突变"①。概言之,战争机器瓦解束缚,反对标准,抵抗统治权的强力,打破二元性,逾越一致性,这一切都与以束缚、契约、权威、统一为特征的国家机器背道而驰,格格不入。对中国文学颇有研究的德勒兹以象棋和围棋为例,说明了战争机器与国家机器的差异。在作为国家或宫廷游戏的象棋中,每个棋子都是被编码的,具有内在属性;而围棋棋子则是匿名的、集体性的,不具有内在属性,属于非主体的机器组装的(nonsubjectified machine assenblage)要素。象棋游戏运行于一个封闭的"国家"空间(State space)或"条纹"空间(striated space),而围棋运行于一个"平滑"空间(smooth space)或"游牧"空间(Nomos)。对于"游牧"空间与"条纹"空间的差异,德勒兹有段精彩的论述:

> 这个模式是涡流式的;它运行于一个开放空间,整个空间中分布的是物-流(things-flows),而非为线性或固态之物划定一个封闭空间。这就是一个平滑空间(向量的、投射的或拓扑的)与一个条纹(度量)空间的差异:前者是"空间被占据但未被计算",而后者是"空间被计算,以便被占据"。②

---

① Deleuze, Gilles and Guattari, Felix. *A Thousand Plateaus*, Vol 2 of *Capitalism and Schizophrenia*. B. Massumi, trans., Minneapolis: University of Minnesota Press, 1987, p. 352.

② Deleuze, Gilles and Guattari, Felix. *A Thousand Plateaus*, Vol 2 of *Capitalism and Schizophrenia*. B. Massumi, trans., Minneapolis: University of Minnesota Press, 1987, pp. 361—362.

第六章　阿契贝的《瓦解》与小民族文学的"游牧"政治　　107

德勒兹关于战争机器和国家机器、"游牧"空间与"条纹"空间的思想如何与文学衔接呢？作为一位颇具文学素养的哲学大师，德勒兹以18世纪的德国诗人和军官埃瓦尔德·克里斯琴·冯·克莱斯特（Ewald Christian von Kleist）为例，指出克莱斯特的作品歌颂了战争机器，反抗国家机器。与克莱斯特相对的是歌德、黑格尔等德勒兹所谓的"国家思想家"（State thinkers），他们视克莱斯特为"魔鬼"，将他打入冷宫。然而，德勒兹的问题是："何以说他身上存在着最异乎寻常的现代性呢？"①德勒兹的回答为从哲学问题切入文学论题，打开了一条"逃逸线"，为讨论非洲小民族文学的政治属性作了理论奠基。他认为构成克莱斯特作品的三个要素是"秘密"（secrecy）、"速度"（speed）和"情状"（affect），这些要素帮助作品从某种主体的内在性中挣脱出来，投入一个纯粹外在性的环境。这个外在性环境是德勒兹游牧思想的关键概念，它支配了一切。德勒兹指出，克莱斯特是第一个创造了这种外在性环境的作家，并以极具个人魅力的语言热烈歌颂这个外在环境，认为它"会赋予时间以一种新的节奏，一个由紧张或昏厥、闪电或雷雨构成的无终结的序列"②。最终，克莱斯特的作品中不再能够保留任何主体内在性，反而通过外来的链接系统引入了很多东方元素，如静如处子、动若脱兔又难以察觉的日本武士。德勒兹不禁感叹，现在艺术中的诸多元素始于克莱斯特，而歌德和黑格尔等"国家思想家"与其相比则垂垂老矣。同样，在有关小民族文学的专题著述中，德勒兹认为卡夫卡尽管崇拜歌德，却拒斥歌德式的所谓大师文学。操布拉格德语的卡夫卡，以及操极具非洲风情英文的阿契贝等小民族语言作家，都属于"外部思想家"，他们揭示了某种"弱势科学"（minor science）或"游牧科学"（nomad science）。我们不妨根据德勒兹提出的"游牧科学"的几个特征，讨论非洲小民族文学中的"游牧"政治。

阿契贝：从"条纹"空间到"平滑"空间

1975年，阿契贝在美国马萨诸塞州大学作了题为《非洲印象：康拉德〈黑暗的心〉中的种族主义》（An Image of Africa: Racism in Conrad's *Heart of Darkness*）的演讲，该讲稿后发表于《马萨诸塞评论》（*Massachu-*

---

① Deleuze, Gilles and Guattari, Felix. *A Thousand Plateaus*, Vol 2 of *Capitalism and Schizophrenia*. B. Massumi, trans., Minneapolis: University of Minnesota Press, 1987, p.356.

② Deleuze, Gilles and Guattari, Felix. *A Thousand Plateaus*, Vol 2 of *Capitalism and Schizophrenia*. B. Massumi, trans., Minneapolis: University of Minnesota Press, 1987, p.356.

setts Review）。其间,阿契贝首先回顾了两位读者——年轻的美国高中生和牛津大学的历史学家——对《瓦解》的反应,指出西方人心理上的一种"欲望"或"需求",即"将非洲看作欧洲的陪衬,看作一个被否定的场所,既遥远又似曾相识"。而在阿契贝所知的作品中,康拉德的《黑暗的心》最能表现西方人的这种欲望或需要。阿契贝谴责康拉德是"彻头彻尾的种族主义者",《黑暗的心》则是"一本令人厌恶发指的书"。[1]平心而论,《黑暗的心》的确表达了对白人殖民活动的憎恶,但也有学者指出,康拉德思想深处的白人优越论总在作祟,因此在他表达对殖民地人民的同情时,也难以掩饰其东方主义的思维底色,其作品具有殖民主义/反殖民主义二重性与矛盾性。[2]这便能够解释为何对于这样一部评论界先前一致认定的反殖民小说,阿契贝却一针见血地指出了其中的非洲形象是一个"他者的世界",一个欧洲所表征的文明的对立面。[3]既然阿契贝将批判的锋芒直指白人叙事中隐含的"定序词"（order-words）或克分子的符号系统,那么下面我们具体分析《黑暗的心》如何体现了"条纹"空间中话语的固定性、中心性和压制性特征或殖民者/被殖民者的二元对立。

在德勒兹看来,"语言唯一可能的定义就是一组定序词,含蓄的假设,或在特定时间内一种语言中现行的言语行为"[4]。除了指称语言本体的范畴、分类、规范、概念、逻辑等,更重要的是,定序词隐喻了实践、制度、商品、工具等语言外部的权力关系网络,一个"条纹"空间。德勒兹以更形象的"柱形"空间（the space of pillars）帮助读者理解何谓"条纹"空间。在柱形空间中,物质在平行的薄层中分布,这些遍布各处的平行薄层将整个空间在各方向上"条纹化",即同质化。从欧洲人有关非洲的叙述角度来看,他们正是在这样一个"条纹"空间中从事有关非洲的文本建构,虽历时数百年之久,但因限于极具规定性的"条纹"空间而保持了高度同质性。

与"条纹"空间对应的是"平滑"空间,阿契贝的小民族文学实践正是摆脱大民族文学的"条纹"空间中的"王权科学"（royal science）所采用的法

---

[1] Achebe, Chinua. "An Image of Africa: Racism in Conrad's *Heart of Darkness*", in Robert Kimbrough, ed., *Heart of Darkness: Norton Critical Edition* (third edition). New York: Norton, 1988, pp. 257—259.

[2] 王宁:《逆写的文学:后殖民文学的历史意义和当代价值》,《外国文学研究》2011 年第 5 期,第 24 页。

[3] Achebe, Chinua. "An Image of Africa: Racism in Conrad's *Heart of Darkness*", in Robert Kimbrough, ed., *Heart of Darkness: Norton Critical Edition* (third edition). New York: Norton, 1988, p. 252.

[4] Deleuze, Gilles and Guattari, Felix. *A Thousand Plateaus, Vol 2 of Capitalism and Schizophrenia*. B. Massumi, trans., Minneapolis: University of Minnesota Press, 1987, p. 79.

的模式,并干预西方文学叙事中"定序词"的文本实践。何谓"平滑"空间?"平滑"空间是一个"接触空间"(a space of contact),而非"欧几米德式条纹空间一样的视觉空间",是一个"没有渠道或河道"的空间。① 因此,与"条纹"空间恰恰相反,"平滑"空间是非中心的、块茎状的、多元性的。我们首先分析西方人如何在"条纹"空间中建构他们的非洲叙事,这有利于我们在其后讨论身为小民族文学作家的阿契贝对于这种"条纹"空间的文本"逃逸"行动。

《黑暗的心》与"条纹"空间中的话语复制

德勒兹在论述"条纹"空间中的"王权科学"时指出,其重要的特征便是复制、重复和再重复。"在所有时代、所有地方,复制、演绎或归纳的理想构成了王权科学的一部分,它将时代和地点的差异当作众多变量,而恒常的形式通过律法从中抽取出来。"②德勒兹以观察者置身岸上观察水流为喻,说明"王权科学"通过一个固定视点而收获了某种恒常性,因为这个视点外在于观察对象,对其变化视而不见。对于维多利亚时代的英国小说家而言,从非洲人的视角看待非洲是极困难的。牛津大学教授肯尼思·柯克伍德(Kenneth Kirkwood)注意到,有关种族等级的观念(即欧洲人处于顶端,亚洲人和阿拉伯人居中,而黑人或非洲人垫底)在西方思想家中非常普遍。③可见,他敏锐观察到了那个时代英国人"条纹"化的种族观。德勒兹对于盛行于西方社会的"进化论"思想持批判态度,因为它在很大程度上禁锢了人们的思维模式,实为一种"王权科学",柯克伍德恰恰揭示了弥漫于维多利亚时代的"王权科学"式的思维定势。其时,种族等级制的"条纹"空间已经建成,这个空间采用静态透视法,取代了其他一切的启发性和流动性。下文通过分析《黑暗的心》及相关欧洲小说中折射出的非洲叙述,说明处于"条纹"空间中的话语是如何自我复制和再复制的。

首先,"条纹"空间中非洲大陆的狂乱与死寂。《黑暗的心》开篇描述了

---

① Deleuze, Gilles and Guattari, Felix. *A Thousand Plateaus*, Vol 2 of *Capitalism and Schizophrenia*. B. Massumi, trans., Minneapolis: University of Minnesota Press, 1987, p. 371.
② Deleuze, Gilles and Guattari, Felix. *A Thousand Plateaus*, Vol 2 of *Capitalism and Schizophrenia*. B. Massumi, trans., Minneapolis: University of Minnesota Press, 1987, p. 372.
③ Kirkwood, Kenneth. *Britain and Africa*. Baltimore: The Johns Hopkins Press, 1965, p. 46.

泰晤士河及河畔的埃塞克斯沼泽（the Essex marsh）的宁静与祥和氛围。河流入海处，海天一色，"红帆"点点。呈现于读者眼前的，是一派田园牧歌式的自然风情，仿佛中国古代诗歌中"春和景明，波澜不惊"的景象。如此祥瑞的河流，自然"造福栖息在两岸的人们"①。相比之下，刚果河又呈现出如何一番景象呢？ 如果说泰晤士河熠熠生辉，那么非洲的河水则是"厚厚的泥浆"；泰晤士河生机勃勃，而非洲的河流则"恹恹欲死"；泰晤士河造福两岸，而非洲的海浪似乎在"驱赶"欧洲的探险者。②在阿契贝看来，康拉德预设了泰晤士河和刚果河处于不同的历史阶段。前者虽也曾是地球上的黑暗之地，但已来到阳光明媚、风平浪静的时代；而刚果河好比泰晤士河远古时代的亲戚，进入这条河"需要冒着风险，听到它被遗忘的、黑暗的诡异回声，成为随心所欲、虎视眈眈的原始狂乱的牺牲品"③。

第二，"条纹"空间中非洲人的人性沦丧。在阿契贝看来，《黑暗的心》中有关人的描述最能暴露作者的真实动机。康拉德笔下的非洲人形象如何呢？ 康拉德可谓"印象式"写作的大师，对非洲人采用了碎片式的描摹手法。他笔下的非洲人遭到了肢解，沦为"黑色的东西""黑色的肢体""黑影""光脚""胸膛""大腿""眼睛"和"胳膊"等零散部位。非洲人如"枝蔓交错的幽暗树林里"的动物一般"蠕动""跳跃"和"滑行"，甚至不能算是"这个世界上的生灵"。④在康拉德的非洲世界里，无论作者有意或无意为之，黑人不过是欧洲人"野蛮的对等物"。⑤这种对等物的描绘可能使得非洲人被看作欧洲人的对立面，而非作为独立、多元文化的主体，忽视了非洲文化的多样性和独特性。尽管评论界大多认为《黑暗的心》是一部批判殖民主义和欧洲殖民者的作品，但康拉德对白人的描述显然避开了批判的锋芒。例如，在马洛（Marlow）船长徒步走回贸易站的路上，一个"装扮格外高雅"的白人给他"梦幻"的感觉。⑥马洛认为，这个白人在"这片道德败坏的土地上能够保持得体的仪容"源自"品德的成就"。⑦欧洲人俨然是文明

---

① Conrad, Joseph. *Heart of Darkness*. London: Penguin Books, 1973, p. 6.
② Conrad, Joseph. *Heart of Darkness*. London: Penguin Books, 1973, pp. 20—21.
③ Achebe, Chinua. "An Image of Africa: Racism in Conrad's *Heart of Darkness*", in Robert Kimbrough, ed., *Heart of Darkness: Norton Critical Edition* (third edition). New York: Norton, 1988, p. 252.
④ Conrad, Joseph. *Heart of Darkness*. London: Penguin Books, 1973, p. 24.
⑤ Achebe, Chinua. "An Image of Africa: Racism in Conrad's *Heart of Darkness*", in Robert Kimbrough, ed., *Heart of Darkness: Norton Critical Edition* (third edition). New York: Norton, 1988, p. 255.
⑥ Conrad, Joseph. *Heart of Darkness*. London: Penguin Books, 1973, p. 25.
⑦ Conrad, Joseph. *Heart of Darkness*. London: Penguin Books, 1973, p. 26.

使者,欧洲人文明高贵的外表与非洲人野蛮愚昧的形态,构成了巨大反差。阿契贝在文章中专门谈到,康拉德对一位黑人女性的聚焦式大篇幅描写,与康拉德在描写非洲人时采取的整体式、碎片式或印象式手法颇为不同。这个女人正是小说中的重要配角——库尔茨(Kurtz)的非洲情人。也许因为她有欧洲人伴侣的身份,康拉德一反常态,慷慨地对这个非洲女性作了较正面的刻画,使用了"美丽绝伦""高贵""华丽""庄严"等令读者意外的词汇。①康拉德似乎以此暗示,这些在欧洲人心中无法与非洲人联系起来的特征,正是源自她与欧洲人的相处,正是欧洲所谓文明教化的使命(civilizing mission)在非洲的"远古同类"身上产生的神奇效果。然而吊诡的是,康拉德对这位非洲女性的欣赏或某种"特殊的认可"看似慷慨,却有所保留。正如阿契贝所言,这个非洲女人"填充了故事结构中的一个需要:作为这个举止优雅的欧洲女人的野蛮对立物……"②此言不虚,康拉德笔下的这个非洲女人虽"美丽绝伦"却"很野性",虽"高贵"却也"野蛮",虽"华丽"却也"狂放",虽"庄严"却也"不祥"。③如此矛盾的人物定位,恰恰为反衬库尔茨欧洲未婚妻的高贵留下了空间。例如,马洛在整理库尔茨的遗物时发现其未婚妻的画像,便觉得"她很美……有种美丽的表情……内心毫无保留,不带任何怀疑,丝毫不为自己着想"④。之后,马洛这样描述前来悼念库尔茨的未婚妻:"她有种成熟的魅力,那种成熟足以容纳忠诚、信仰和苦难……金色的头发、苍白的面容、纯净的眉毛,好像被一个灰色的光圈环绕着……她的目光无邪、深邃、自信,没有任何怀疑。"⑤显而易见,较之非洲女人,这个欧洲女性无论外在形象还是内在品质,都具有明显的优越感和崇高感。其实,在同时代的其他欧洲作家笔下,非洲女性也大多难以摆脱类似的刻板形象。苏格兰地理学家和探险家约瑟夫·汤姆森(Joseph Thomson)曾在小说《乌露:一个非洲爱情传奇》(*Ulu: An African Romance*)中讲了这样一个故事,主人公吉尔摩(Gilmour)试图让14岁的非洲未婚妻乌露学习白人的教养礼仪,似有意上演一个非洲版"卖花女"传奇。然而,当他恋上一位金发碧眼的白人牧师女儿时,便承认自己"无法改变乌露,她只是彻头彻尾的小野人……根本不能吸收文明生活中

---

① Conrad, Joseph. *Heart of Darkness*. London: Penguin Books, 1973, p. 87.
② Achebe, Chinua. "An Image of Africa: Racism in Conrad's *Heart of Darkness*", in Robert Kimbrough, ed., *Heart of Darkness: Norton Critical Edition* (third edition). New York: Norton, 1988, p. 255.
③ Conrad, Joseph. *Heart of Darkness*. London: Penguin Books, 1973, p. 87.
④ Conrad, Joseph. *Heart of Darkness*. London: Penguin Books, 1973, p. 104.
⑤ Conrad, Joseph. *Heart of Darkness*. London: Penguin Books, 1973, p. 106.

的任何高级思想和愿望"①。顺理成章,吉尔摩的白人新欢被救出马赛人(Masai)的魔窟后,对于黑人旧爱乌露而言,牺牲生命似乎就是她的宿命,因为只有如此,方能成全这对白人男女。在现实中,白人与黑人之间通婚并生育后代的事例,并不罕见,例如在南非,欧洲人与非洲科伊科伊人(Khoikhoi)通婚或同居,生下了混血儿——格里夸人(Griqua)。然而,在文学作品中,白人与黑人之间跨越种族的婚姻似乎是禁区。同样,在以冒险小说见长的英国作家亨利·赖德·哈格德(Henry Rider Haggard)的代表作《所罗门王的宝藏》(King Solomon's Mines)中,随着美丽的黑人女性弗拉塔(Sheba)的死去,她与白人男子约翰·固德(John Good)之间的爱情也宣告夭折。小说中,叙述者阿伦·夸特曼(Allan Quatermain)的点评可谓入木三分,他认为弗拉塔的"离去"是件"幸事",因为白人与黑人的结合犹如太阳与黑暗的结合那般"不合时宜"。②与此相合,随着《黑暗的心》中的白人殖民者库尔茨一命呜呼,他与非洲情人的关系也戛然而止。

此外,在谈到康拉德笔下两位女性人物的差别时,阿契贝认为,"最大的差别在于作者赋予其中一位人类的语言表达,而剥夺了另一位的。康拉德显然无意将语言赋予那些非洲'原始人'(rudimentary souls)"③。在小说结尾处,库尔茨的未婚妻与马洛有一段语言交谈,库尔茨的非洲情人却似乎成了哑巴,没有语言能力。在小说上下,马洛听到的不过是非洲人"爆发出的呼喊声"④,或者"一阵阵齐声喊着一连串很奇怪的话",他因此断定"那根本不像人类的语言"⑤。因此,康拉德对这位非洲女性用笔较多,且言辞宽和,阿契贝认为原因在于"她没有僭越"(She is in her place)⑥。换言之,她没有打破欧洲殖民主义意识形态对于非洲人或非洲女性的刻板印象,或没有挑战和威胁西方文明的优越感。

第三,"条纹"空间中非洲文明的黯淡无光。阿契贝提及意大利旅行家马可·波罗曾在中国元朝旅居为官长达20年,但对印刷术和长城等中国文明

---

① Thomson, Joseph and Harriet-Smith, E. *Ulu: An African Romance*. 2 vols. London: Sampson, Low, Marston, Searle and Rivington, 1888, p. 218.

② Haggard, H. Rider. *King Solomon's Mines*. Harmondsworth: Penguin, 1965, p. 241.

③ Achebe, Chinua. "An Image of Africa: Racism in Conrad's *Heart of Darkness*", in Robert Kimbrough, ed., *Heart of Darkness: Norton Critical Edition* (third edition). New York: Norton, 1988, p. 255.

④ Conrad, Joseph. *Heart of Darkness*. London: Penguin Books, 1973, p. 51.

⑤ Conrad, Joseph. *Heart of Darkness*. London: Penguin Books, 1973, p. 96.

⑥ Achebe, Chinua. "An Image of Africa: Racism in Conrad's *Heart of Darkness*", in Robert Kimbrough, ed., *Heart of Darkness: Norton Critical Edition* (third edition). New York: Norton, 1988, p. 255.

的重要标志只字未提,以此说明"思维封闭的旅行者对我们讲述的,除了他们自己,别无他物。即便康拉德这般心胸不算狭隘之人,由于怀有对异族的憎恶,也往往视而不见,令人震惊"①。其实,从更深的层面分析,西方对自身文明的不确定性深感忧虑,因此需要不时回望深陷原始与野蛮状态中的非洲,通过与之比较而不断获得信心和慰藉。阿契贝形象地将欧洲与非洲的关系比作奥斯卡·王尔德笔下的道林·格雷与其画像的关系。在《道林·格雷的画像》(*The Picture of Dorian Gray*)中,道林·格雷是年轻英俊的男子,他的画像承担着他的年龄和罪恶,他的身体则永远保持年轻和美貌。这使得道林·格雷可以放纵自己的欲望和罪恶,而不用担心外表受到影响。② 欧洲借此将物质和道德缺陷以及丑陋倾泻于非洲,这样欧洲就可以昂首阔步、干净利落地前进了。③其实,在《黑暗的心》有关库尔茨非洲情人的描写中,我们未见任何情感刻画,她只是若无其事地在"阳光明媚的河岸上……傲气十足地踱步",对库尔茨的病入膏肓似乎无动于衷,不具有人类的悲悯心。而库尔茨远在欧洲的未婚妻则不然,尽管未婚夫库尔茨去世已一年有余,但她仍然"身着丧服……她似乎要永远纪念和哀悼他"。④ 一个冷漠无情的黑人女性和忠于爱情的白人女性形象,便在不经意间被作者建构出来。此外,《黑暗的心》两次出现对"食人族"的描写。其中一次在小说的高潮部分,马洛船长与食人族交战。这一场景描绘了食人族的残忍和野蛮,强调了他们对外来者的敌意和攻击,以及他们的残忍行为。⑤如此"同类相残"直接击穿了欧洲人的道德伦理底线,也有效否定了非洲人的人类身份。难怪康拉德写道,行走在非洲的感觉如同"一个神志正常的人面对精神病院里一场狂暴骚乱时的感觉……"⑥那么,这个"神志正常的人"当然也只能是欧洲人,而"精神病院里"的病人无疑就是非洲人,他们既是生理上的病人,更是道德伦理上的病人。而马洛在途中的贸易站见到了库尔茨的白人伙伴,尽管"一贫如洗,孤独无助",而且"没有一天不是危在旦夕",但"什么也摧毁不了他"。⑦于是,马洛

---

① Achebe, Chinua. "An Image of Africa: Racism in Conrad's *Heart of Darkness*", in Robert Kimbrough, ed., *Heart of Darkness: Norton Critical Edition* (third edition). New York: Norton, 1988, p. 260.
② Wilde, Oscar. *The Picture of Dorian Gray*. New York: Harper Press, 2010.
③ Achebe, Chinua. "An Image of Africa: Racism in Conrad's *Heart of Darkness*", in Robert Kimbrough, ed., *Heart of Darkness: Norton Critical Edition* (third edition). New York: Norton, 1988, p. 261.
④ Conrad, Joseph. *Heart of Darkness*. London: Penguin Books, 1973, p. 106.
⑤ Conrad, Joseph. *Heart of Darkness*. London: Penguin Books, 1973, pp. 49—50, p. 60.
⑥ Conrad, Joseph. *Heart of Darkness*. London: Penguin Books, 1973, p. 51.
⑦ Conrad, Joseph. *Heart of Darkness*. London: Penguin Books, 1973, p. 78.

"几乎仰慕起他来"①。相反,小说中黑人的表现却令人失望。当马洛拉响船上的汽笛,岸上的黑人立刻"四处逃散,跳着,蜷缩着,转着圈儿,躲开在空气中飞舞的可怕声音。那三个红色的家伙直挺挺地倒下了,面朝下趴在岸上,像是被打死了"②。由此可见,小说中欧洲人在与非洲人精神品质的交锋中,再次无可争辩地占据了上风。

以上我们详尽分析了康拉德在其大民族文学的"条纹"空间中对非洲的话语建构,这种"王权科学"式的话语模式,集中体现为一个僵化的或中心化的二元结构。非洲人的愚昧野蛮,对应着欧洲人的文明教化;非洲大陆的狂乱死寂,对应着英伦乐土的静谧安详;非洲文明的黯淡无光,对应着欧洲文明的卓越崇高。虽然小民族文学的"平滑"空间中也不乏这样的二元对立,但小民族文学的二元性表现为一种柔顺的机制(supple regime),即拥有多个不会导致共振、不会指向中心"黑洞"的中心。而大民族文学愈发表现为一个僵化的树状系统,一个靠位于中心的树根维系的发散性集合,一个抑制块茎结构生长的封闭组织。因此,大民族文学表现为僵化的节段性、同心化的旋转轴,是一个单义的超编码系统。有关非洲的白人文学或殖民主义的话语结构正是这样一个僵化的而非柔顺的"条纹"空间,处于其间的欧洲作家尽管彼此区别,但都不得不共振于一个聚焦点,指向一个意义中心;或者说,这个意义中心穿越了所有"条纹"空间中的作家。这就解释了为何那些极具批判意识和反思精神的作家(如狄更斯)和思想家(如黑格尔、恩格斯),都难以跳脱种族主义的"条纹"空间。而这种空间正是阿契贝等小民族文学作家所要极力打破的,也是小民族文学的创造性和革命性所系。

《瓦解》与"平滑"空间的流动生成

一个词义的一次具体表达就是在一个特殊环境中的特殊行动,无数次特殊行动构成了连续的变化路线。实际上,西方文学文本中看似恒定不变的价值体系,在《瓦解》等作品中化成一条不断变化的路线,而其中的每一点都是对稳定的西方话语规则的一次破坏和毁形,都是对大民族文学的一次颠覆。大民族文学文本,如《黑暗的心》,其规训和律法给小民族文学划定了界限或边界,正如黑夜限定了闪电的疆界一般。然而,小民族文学的革命性

---

① Conrad, Joseph. *Heart of Darkness*. London: Penguin Books, 1973, pp. 78—79.
② Conrad, Joseph. *Heart of Darkness*. London: Penguin Books, 1973, p. 96.

本能必然要超越大民族文学的清规戒律,正如闪电必然划破并挣脱夜空的黑暗一般。跨越疆界的行动直接打造了不断生成他者的链条,一个自由组装的"平滑"空间。

在阿契贝的《瓦解》中,上述"平滑"空间中话语的生成,无时无刻不在进行着。阿契贝试图打破"条纹"空间的封闭结构,将外部性创造出的大量链接,带入文本的组装或生成过程,以分子的(molecular)和少数的(minoritarian)主体性,击穿和重组西方非洲叙述中有关文明、种族和进步的"整体",即一种封闭的、独裁的等级制符号系统。下面,我们便以阿契贝的代表作《瓦解》比照康拉德的《黑暗的心》,说明阿契贝的小民族文学实践。

首先,"平滑"空间中非洲大陆的和谐与生机。"去人性化"在康拉德有关非洲大陆的描写中表现得淋漓尽致。康拉德眼中的泰晤士河显然不是纯粹意义上的自然景观,因为两岸居住着欧洲人,即可见先进的欧洲文明。其实,英国作家托马斯·洛夫·皮科克(Thomas Love Peacock)曾在早期创作的《泰晤士河的天赋》(*The Genius of the Thames*)这首诗中,盛赞泰晤士河的优越地位,称其为"伦敦的母亲河","神圣"又"伟大"。他赞美了泰晤士河作为伦敦的重要地标和文化象征的地位,以及它在英国历史和文化中的重要性,认为它一直以来便是英国海军、商业和帝国荣耀通向海外的主要通道。[①]而康拉德笔下的刚果河两岸全然不见非洲人的踪影,唯一的动物是一条"远古的鱼龙"。对此,阿契贝如何回击和逆写《黑暗的心》中对非洲去人性化的种族主义叙事呢?让我们进入他的成名作《瓦解》,一探究竟。非洲的夜晚没有狂乱的威胁感,而是一派人与自然和谐相处的图景,充满"律动的火力"和"欢快的声音"。[②]寂静的夜晚中可以听到"昆虫鸣叫"、孩子的戏耍声、大人的娱乐声和老人们讲述过去的声音。此外,还能听到女人的劳作声,"臼和杵"的碰撞声成为"夜晚的一部分"。[③]如果说在《黑暗的心》中"非洲人的人性受到质疑"[④],那么《瓦解》中的描写有力地瓦解了这样的质疑,如同泰晤士河畔生活着欧洲人,非洲大陆的自然环境中也生活着非洲人。"天水的坚果"(即冰珠)落下来打在人身上,孩子们"寻找避雨处",年轻人为此"快乐地四处奔跑",土地"恢复了生机",森林中"鸟儿振翅飞翔,欢乐

---

① Peacock, Thomas Love. "The Genius of the Thames——Analysis of the First Part", in Arthur Binstead, ed., *Works* (Halliford Edition, 6th vol). London: Constable, 1927, p. 108.
② Achebe, Chinua. *Things Fall Apart*. London: Heinemann, 1958, p. 7.
③ Achebe, Chinua. *Things Fall Apart*. London: Heinemann, 1958, p. 67.
④ Achebe, Chinua. "An Image of Africa: Racism in Conrad's *Heart of Darkness*", in Robert Kimbrough, ed., *Heart of Darkness: Norton Critical Edition* (third edition). New York: Norton, 1988, p. 259.

地鸣叫着",生命的气息"在空气中散布"。① 同为雨天场景,《黑暗的心》中可见"细雨""斜风",甚至"阳光""彩虹",却难觅非洲人的身影。② 其实,"作为环境或背景且去除了非洲人人性的非洲"或者"作为意识形态战场且缺乏可辨认之人的非洲",正是令阿契贝耿耿于怀的地方。③ 在阿契贝看来,为了解析一个欧洲小人物灵魂的崩溃而使整个非洲沦为"道具"的角色,这是荒谬至极、令人发指的傲慢。因此,欧洲人长久以来对非洲持有的"去人性化"态度,正是问题的关键。

其次,"平滑"空间中非洲人的人性回归。阿契贝指出,康拉德的自由主义思想(liberalism)引起了西方学者的关注,而有关白人与黑人的平等问题却被忽略了。尽管德国神学家阿尔贝特·施韦泽蔑称非洲人为"小兄弟"(junior brother),但至少还与非洲人兄弟相称,而康拉德只承认二者之间的"亲缘关系"(kinship)。所谓的"亲缘关系"意味着欧洲与非洲分别处于文明进化的高级阶段和原始阶段,差距如此之大,以至于彼此已经"不能理解",因为欧洲人已经"离得太远,已经记不起来了",因为身在非洲的欧洲人"是在创世之初的时代,在那些早已逝去的时代的黑夜里航行……身后几乎没留下一丝痕迹,也没有留下任何记忆"。④ 更有甚者,这种若有若无、似是而非的"亲缘关系"令康拉德惴惴不安,"想到你与这些野蛮而狂热地喧嚣着的人有着远亲关系,这才是真正让你心惊肉跳的,真令人厌恶,对呀,是够让人厌恶的……"⑤ 鉴于此,阿契贝认定康拉德是"彻头彻尾的种族主义者"⑥。更有甚者,此类种族主义早已成为整个西方世界的固有思维,他们对此早已习以为常,因此对康拉德的种族主义思想,浑然不觉。这正是阿契贝深感忧虑的地方。

康拉德眼中的非洲人,不仅生活在原始和蛮荒的状态之中,而且往往外型丑陋、体格孱弱,如黑人苦力们有"干瘪的胸部,极大的鼻孔","行将就木的阴影"(moribund shapes)和"黑色的骨架"(black bones)。⑦ 康拉德可谓极

---

① Achebe, Chinua. *Things Fall Apart*. London: Heinemann, 1958, p. 50.
② Conrad, Joseph. *Heart of Darkness*. London: Penguin Books, 1973, p. 115—116.
③ Achebe, Chinua. "An Image of Africa: Racism in Conrad's *Heart of Darkness*", in Robert Kimbrough, ed., *Heart of Darkness: Norton Critical Edition* (third edition). New York: Norton, 1988, p. 257.
④ Conrad, Joseph. *Heart of Darkness*. London: Penguin Books, 1973, p. 51.
⑤ Conrad, Joseph. *Heart of Darkness*. London: Penguin Books, 1973, p. 51.
⑥ Achebe, Chinua. "An Image of Africa: Racism in Conrad's *Heart of Darkness*", in Robert Kimbrough, ed., *Heart of Darkness: Norton Critical Edition* (third edition). New York: Norton, 1988, p. 257.
⑦ Conrad, Joseph. *Heart of Darkness*. London: Penguin Books, 1973, pp. 23—24.

尽侮辱之能事，阿契贝必然在作品中有所回应。《瓦解》的主角奥孔库沃"身材高大，体格健硕，他浓密的眉毛、宽大的鼻子显出威严的神色"①。其实，读者仅需对比有关"鼻子"的描写，便对两位作家的立场一目了然了。此外，康拉德视非洲人如同"精神病院"里的病人。与此相反，《瓦解》中的非洲人却是聪明智慧的，如以养子身份来到奥孔库沃家的小男孩伊凯米福纳（Ikemefuna）"似乎无所不知。他能用竹竿甚至象草做出笛子来。他知道所有鸟类的名字，能给丛林中的小啮齿动物设下精巧的陷阱。而且，他知道哪种树能做出最结实的弓来"②。阿契贝似乎要告诉欧洲人，非洲孩子比起欧洲同龄人毫不逊色。男性如此，对于非洲女性，康拉德和阿契贝又是如何描写的呢？康拉德对于非洲女性所佩戴装饰的细节刻画看似华美，但细细品味，不难体会其中的深意。女人盘起的头发成了生硬的"头盔"，腿上的装饰也成了生硬的"黄铜绑腿"，脸颊上的油彩成了"色斑"。总之，非洲女人身上的各种饰品可谓稀奇古怪。尽管康拉德对库尔茨的非洲情人较为"慷慨"，但即便这些"慷慨"的叙述依旧含沙射影，夹带了偏见和曲解。《瓦解》中的非洲女性形象如何？摘录一段描写为例：

> 她把头发在头顶中央做成了冠状。她的皮肤之前用紫木轻轻擦过，浑身上下都是用乌利（uli）描绘的黑色图案。她戴着一串黑色项链，项链盘成三圈，恰好悬挂在她那丰满水嫩的乳房上。他手臂上戴着红色和黄色的手镯，腰上有四五串吉给达（jigida），即腰珠。③

这是《瓦解》中对奥孔库沃的朋友奥比瑞卡（Obierika）的女儿阿库艾科（Akueke）的一段描写。库尔茨的非洲情人的"野蛮""狂放"和"不祥"之感在此荡然无存，虽然作者并未大肆夸赞，但读者仍感受到这段描写中油然而出的脉脉温情，想象作者好似在欣赏一件精美的人体雕塑。

如果说阿契贝在文章中痛斥康拉德剥夺非洲人语言的卑劣行径。那么，作品中的人物又有怎样的语言能力呢？人物间的对话贯穿了小说始终，语言对话是推进小说情节的主要手段。如阿契贝所言，"对伊博人而言，交谈的艺术颇受重视，谚语好比食用文字时用的棕榈油"④。奥孔库沃

---

① Achebe, Chinua. *Things Fall Apart*. London: Heinemann, 1958, p. 3.
② Achebe, Chinua. *Things Fall Apart*. London: Heinemann, 1958, p. 20.
③ Achebe, Chinua. *Things Fall Apart*. London: Heinemann, 1958, p. 49.
④ Achebe, Chinua. *Things Fall Apart*. London: Heinemann, 1958, p. 5.

的邻居"奥科耶(Okoye)是谈话高手,他能说很久,旁敲侧击,最后才切中主题"①。这正面回应了《黑暗的心》中否认非洲人具有语言能力的说法,非洲人不仅拥有语言,而且是语言的大师,语言能力某种程度上决定了一个非洲人的社会地位。"奥格卜艾飞·埃佐戈(Ogbuefi Ezeugo)是强有力的演说家"②,他总在部落集会这样重要的场合被选作发言人。

第三,"平滑"空间中非洲文明的光芒再现。非洲文明较之欧洲文明毫不逊色,阿契贝曾在评论文章中以非洲"面具"对 20 世纪欧洲艺术革命的影响佐证了这一点。这件在欧洲受到诸多大师追捧的面具,恰恰出自康拉德笔下刚果河两岸的"野蛮人",正是所谓"野蛮人"的艺术品引发了 20 世纪欧洲美术界立体主义潮流,为暮气沉沉、步履蹒跚的欧洲艺术注入了新的活力和"欲望"。

在阿契贝笔下这个"交谈艺术颇受重视"的社会中,非洲人当然具有人类的一切喜怒哀乐、七情六欲,而绝非"无动于衷"、没有"悲悯之心"或者"难以揣度"的怪物。非洲女性对自己的孩子疼爱有加,尤其是当孩子身陷险境时,她们表现出了母性的伟大和无畏。《瓦解》中,一天晚上,阿格巴拉神(Agbala)的女祭司执意带走爱金玛(Ezinma)去见阿格巴拉神。此时,一种莫名的虚弱感突然降临在母亲爱克蔚菲(Ekwefi)身上,她如同自己唯一的小鸡被鹰叼走的母鸡。③尽管外面伸手不见五指,但是她决定尾随其后。一路上,她想到了黑夜的种种恐怖,想到曾经遭遇恶鬼(Ogbu-agali-odu)的恐怖场面,但黑暗中爱金玛的声音足以让她拒听祭司的严厉警告,奋不顾身。祭司背着爱金玛钻进了山洞,爱克蔚菲的"眼泪夺眶而出,她暗自发誓,只要听到爱金玛的哭叫声,就冲进山洞保护她,抵挡世界上任何神灵。她愿意和她一起去死"④。即便是西方读者,此处也一定会为非洲母亲的伟大而唏嘘不已,动容落泪。对于爱情,非洲女性绝不似库尔茨的非洲情人一般冷漠,而是执着勇敢。爱克蔚菲曾是村里的俏姑娘,当年为奥孔库沃在摔跤比赛中的雄姿动了芳心,但奥孔库沃因家贫而无力支付彩礼,爱克蔚菲无奈委身他人。两年以后,她再也无法忍受自己的婚姻生活,毅然逃离了丈夫,选择和奥孔库沃生活在一起。⑤有关非洲男女的坚贞爱情,《瓦解》还叙述了一个更催人泪下的故事。艾尔村(Ire)有个名叫奥日尔米娜(Ozoemena)的老妇

---

① Achebe, Chinua. *Things Fall Apart*. London: Heinemann, 1958, p. 5.
② Achebe, Chinua. *Things Fall Apart*. London: Heinemann, 1958, p. 8.
③ Achebe, Chinua. *Things Fall Apart*. London: Heinemann, 1958, p. 72.
④ Achebe, Chinua. *Things Fall Apart*. London: Heinemann, 1958, p. 76.
⑤ Achebe, Chinua. *Things Fall Apart*. London: Heinemann, 1958, p. 28.

人,她收到丈夫的死讯后,拄着拐杖来到他的屋舍,倒伏在地上,唤了三遍丈夫的名字,然后回到屋里。有人再去找她时,她已躺在席子上死了。无论是爱克蔚菲为了爱情毅然冲破婚姻牢笼,还是奥日尔米娜选择与丈夫生死相随,阿契贝都以此说明非洲女性丰富的情感世界和伟大的思想情操。

如果说康拉德笔下的非洲人同类相残,如同"精神病院里"的病人般缺乏伦理道德约束,那么阿契贝在作品中又是如何回应的呢?虽然《瓦解》中奥孔库沃是本族公认的勇士,骁勇善战,但他和族人绝非嗜血成性的战争狂。奥孔库沃所属的乌默邦"从不发动战争,除非明显出于正义目的"①。其实,《瓦解》所折射的伊博族人的处世哲学绝非恃强凌弱、同类相残。《瓦解》第3章中的一位富人恩瓦科比(Nwakibie)的话,恰好诠释了伊博族社会的生存哲学:"我们都要活着。我们都为生命、孩子、丰收和幸福而祈祷。你拥有对你有益的东西,而我拥有对我有益的东西。让鸢落下栖息,同时也让鹰落下栖息。如果一个人对别人说不,那就让他的翅膀折断。"②正是基于和平共生的原则,恩瓦科比能在奥孔库沃艰难之时施以援手,帮他渡过难关。其实,《黑暗的心》里白人的残暴被粉饰了,欧洲的"一艘军舰莫名其妙地向着一片大陆轰击。砰!一尊六英寸的大炮轰鸣着,一小团火焰腾起又消失,一缕白烟飘散,一颗弹丸发出轻微的呼啸声——什么事儿也没发生"③。经由康拉德高妙的手笔,原本欧洲人对非洲大陆赤裸裸的炮舰轰击和血腥杀戮,此时宛若一场精彩的烟火表演,那么漫不经心,那么悠然自得。在欧洲人眼中,非洲是没有人类居住的大陆,当然一顿狂轰滥炸之后"什么事儿也没发生"。阿契贝当然不会在小说中放过还原历史真相的机会,在《瓦解》描述的一次集市上,"三个白人带着众多随从包围了市场。他们一定用了某种特效药,让自己隐身,市场上满是人的时候,他们开始射击。所有人都被杀害……"④

从"条纹"空间的独裁逃向"平滑"空间的游牧

具有游牧性质的"逃逸"路线意味着逃离封闭的、等级制的思想独裁,逃离作为"条纹空间"或"网格空间"(grid space)的社会文化现实,从而进入一

---

① Achebe, Chinua. *Things Fall Apart*. London: Heinemann, 1958, p. 9.
② Achebe, Chinua. *Things Fall Apart*. London: Heinemann, 1958, p. 14.
③ Conrad, Joseph. *Heart of Darkness*. London: Penguin Books, 1973, p. 20.
④ Achebe, Chinua. *Things Fall Apart*. London: Heinemann, 1958, p. 98.

个由多元性主宰的"平滑空间"。德勒兹的游牧思想就是一项致力于"逃逸"的事业,阿契贝的小说创作不也是德勒兹游牧式的"逃逸"事业吗？阿契贝文学游牧的目的,就在于摆脱西方小说叙述中严格的符号限制。在德勒兹看来,游牧生活如同幕间曲(intermezzo),肯定"中间",高扬"生成",否定一切关于起源的思想,向一切抑制生成的系统开动战争机器。《瓦解》这部游牧式小说肯定了文明、种族、人性和身份等概念的流动性,否定西方有关文明起源的论调,向这种克分子式、"逻各斯"的种族中心论开动了战争机器。

实际上,阿契贝的游牧式写作所蕴含的打破成规、突破旧俗的革命性力量,对非洲文学的解域化和文学经典的重构具有重要启示。在《瓦解》问世前,阿契贝深受以康拉德为代表的欧洲作家笔下非洲形象的困扰。欧洲作家小说中的非洲叙事强化了这样一个认识,即非洲没有价值体系或自己的文明,而欧洲人的殖民活动给这些"原始"人类带来了启蒙的光辉。因此,他们眼中的非洲是一个"黑暗的心",居住着弱智、迷信、可怕的非洲人。康拉德正是一位"抹黑"非洲的作家,他眼中的非洲大陆狂乱而死寂,不见人类文明的踪迹,笔下的非洲人俨然成为衬托欧洲人文明的对立物。其实,从卡夫卡提出的、德勒兹/瓜塔里深化的小民族文学概念的角度,一切文化和文学活动都离不开解域或生成运动。虽然阿契贝从小接受英文教育,深受西方文学经典熏陶,但小民族语言作家的身份给予他对抗大民族"王权"政治的战争机器,他以小民族文学的"流体力学"模式取代了大民族文学的"固体"理论,以异质性和生成取代了同质性和僵化,以涡流式"平滑"空间取代了直线的或平行的"条纹"空间。难能可贵的是,阿契贝在《瓦解》中建构的非洲社会绝非理想化的、完美无缺的。例如,小说的主角奥孔库沃脾气暴躁,时常殴打女人,甚至亲手杀死了养子。对于非洲社会中的诸多弊端,阿契贝在小说中绝不回避,没有试图以新的"王权"政治取代大民族文学的独裁和封闭,这充分显示了小民族文学块茎式的生成模式,也是小民族文学的革命性所在。

通过以上《瓦解》和《黑暗的心》的对比分析可知,虽然小民族文学的政治属性往往遭到西方评论家的诟病,但这恰恰是小民族文学本能地打开大民族文学的"条纹"空间,进入"平滑"空间游牧式写作的根本条件。本质而言,小民族文学的政治性就是在宏观政治中打开一条"逃逸线",实现自身的微观政治的流动。

第七章　艺术与政治之辩:阿契贝的
非洲文学批评思想刍议

自非洲现代文学诞生以来,其鲜明的社会政治关怀一直是批评家们关注的热点,也是长期争论不休、莫衷一是的论题。西方评论界往往认为非洲文学政治性有余,而文学性不足,并据此质疑甚至否定非洲文学的价值。这从前文提过的索因卡早年在英国"不得不接受社会人类学专业的职位"[①]的遭遇中可见一斑。如果我们细察非洲现代文学的早期批评史,就不难发现最早关注非洲文学的西方学者大多来自社会学、民族学、人类学、历史学等学科领域,而非文学评论界。以此为背景,剑桥大学英文系拒绝索因卡的缘由,也就不言而喻了。阿契贝曾于1974年发表了长篇评论文章《殖民主义批评》,严词抨击了西方评论界对非洲文学的肆意贬低。此文堪称非洲后殖民文学批评的典范,内容大多涉及非洲文学和非洲作家的政治性问题。如何看待非洲文学的政治性,这是国际理论界和评论界长期争论不休、悬而未决的论题。对此,经典后殖民理论对于第三世界文学实践未能提供有力的理论资源和概念工具。本章试图走出经典后殖民理论的话语辖域和理论框架,运用更加适合的理论工具,爬梳和分析非洲文学批评思想中的政治议题,并借此厘清政治性与非洲文学的复杂关系及其独特价值。

内生于文学的政治预设

本章讨论的是非洲文学的政治性问题,我们首先要问:政治性是否是非洲文学独有的现象? 抑或,如果有些批评家对非洲文学的政治性颇有微词,甚至横加指责,这是否意味着西方的文学艺术传统与政治或意识形态刻意

---

① Gates, Henry Louis. *Loose Canon: Notes on the Culture Wars*. New York and Oxford: Oxford UP, 1992, p. 88.

保持了充分的距离？实际上,政治或政治性对于西方文学而言并非新议题,回溯西方文学艺术史,可见政治的"幽灵"始终如影随形,须臾不曾缺场。诚如法国作家司汤达在《帕尔玛修道院》(*La Chartreuse de Parme*)中所言,文学作品中的政治如同音乐会上的一声枪响,听众对其故作不知是不可能的。我们不妨稍事笔墨,重返西方文艺批评思想的源头,一探究竟。公元前6世纪,古希腊工商业奴隶主阶层日益壮大,开始向贵族地主阶级提出政治诉求和权力挑战,这就使得古希腊文艺开始从宇宙自然转向社会政治。作为其中的关键性人物,苏格拉底从"效用"出发提出了文艺的"相对性"。[①]由此,文学中的"美"并非某种超验的绝对属性,既不能孤悬于社会政治关系,也不能自外于主体的目的性。较之苏格拉底,柏拉图文艺思想中的政治色彩更为鲜明,他从贵族政教制度出发评判文艺,在《法律》(*Laws*)篇里创造了"剧场政体"(Theatrocracy)这一贬义词,以之为贵族政体(Aristocracy)的对立面。因此,根据柏拉图的思想,《理想国》(*The Republic*)中诗人的诗歌,因远离理式世界而只是"摹本的摹本""影子的影子"罢了。所谓理式世界,指政治中贵族统治的摹本。由是观之,《理想国》中对诗人下达逐客令,分明出于政治立场,而非纯粹的美学判断,即放逐诗人并非因为诗人文才低劣,而是因其动摇了贵族阶级的统治。作为古希腊美学的集大成者,亚里士多德在《诗学》(*Poetics*)第25章中区分了审美标准与政治标准,指出二者不可混为一谈,后世有学者认为这是一种唯审美标准论。事实果真如此吗？其实不尽然。在《政治学》(*Politics*)中,亚里士多德将人定义为"政治的动物",这恰恰暗示了审美虽有别于政治,但无法完全独立于政治。此外,他的文艺教育计划以及悲剧理论中的"过失"说和"净化"说,都带有道德政治教化的考量。

西方文艺奠基者们为后世定下了政治基调。往事千年,西方文学没有一刻摆脱政治的影响,始终在与政治或远或近、或迎或拒的纠缠中曲折逶迤。美国犹太裔文学批评家欧文·豪(Irving Howe)试图在西方小说的历史脉络中析出"政治小说"这一类别。如果说19世纪上半叶的英国社会政治稳定,奥斯汀能够"切开生活的一个剖面",从容地观察描绘,那么短短数十年后,司汤达面对的则是风起云涌的法国资产阶级革命,其作品宣告了个人英雄主义时代的终结,同时宣告了集体意识形态(mass ideology)时代的来临,政治小说也随之登场。欧文·豪所谓的政治小说,是指"社会意识"渗透到了人物的思想意识当中,故人物行为举止中有——甚至人物自身能意

---

① 朱光潜:《西方美学史》(上卷),北京:人民文学出版社,1999年,第87—88页。

识到——某种清晰可辨的"政治忠诚"或者"意识形态认同"。① 由此反观非洲现代文学,其鲜明的政治性源于殖民时代的政治、经济和文化宰制,以及后殖民时代社会政治的腐败与动荡。如果我们将作家和作品抽离历史的政治语境,抽象地讨论文学形式,固守所谓"为艺术而艺术"的标准,贬低非洲文学的艺术价值,那么我们也能以同样理由否定司汤达、陀思妥耶夫斯基和康拉德等文学巨匠的成就,这显然是不公平的。对此,卡夫卡曾在日记中感慨,那些对于大民族文学(如德国文学)而言只能"隐身暗处"的话题,在小民族文学中却存在于"光天化日"之下,且对所有人都是"生死攸关的事情"。② 因此,如果说20世纪后半叶以来,西方后工业社会普遍经济繁荣,政治稳定,社会矛盾缓和,文学中的政治议题因此"隐身暗处";那么与此相反,非洲大陆因殖民统治、经济困顿、政治动荡和战乱频仍,政治议题必然如同"音乐会的枪声"出现在"光天化日"之下。

欧文·豪借用司汤达的"音乐会枪声"一喻发出了一连串设问:一旦枪响,音乐将受何影响?突然的枪响能否融入演奏当中?这样的枪响何时是受欢迎的,何时又遭来怨恨?③ 从以上我们对三位西方思想圣哲的分析看,无论响亮或沉闷,这场文学"音乐会"上的政治"枪声"是非响不可的。欧文·豪的这几个隐喻性设问可谓精彩,可逐一诠释为:政治性对文学造成何种影响?政治与文学是水乳交融,还是格格不入?最关键处在于,政治性在何种情况下被问题化?换句话说,既然政治性从古希腊以来一路伴随西方文学,那么为何在非洲文学批评中就被问题化了呢?这些都是本章试图回应的问题。

德勒兹在《卡夫卡:走向小民族文学》中将政治性列为小民族文学的三大特征之一。实际上,德勒兹在《千高原》中论述语言学内部性与外部性问题的时候,细致入微地阐述了语言与政治(亦可推及文学与政治)的辩证关系。他认为语言不仅塑造了个体的思维方式,也对社会和政治结构产生重大影响。换言之,语言不仅是一种符号系统、一种传递信息的工具,而且可以塑造和影响权力结构,是一种有力的政治工具。此论对于理解语言如何与政治、文化和权力关联,以及语言如何塑造我们的认知和行为方式,都具

---

① Howe, Irving. *The Idea of the Political Novel*. New York: Horizon Press and Meridian Books, 1957, p.19.

② Howe, Irving. *The Idea of the Political Novel*. New York: Horizon Press and Meridian Books, 1957, p.149.

③ Howe, Irving. *The Idea of the Political Novel*. New York: Horizon Press and Meridian Books, 1957, p.15.

有深远的意义,对于我们独辟蹊径,切入非洲文学的政治性议题,也提供了可资采撷的思想资源。在"语言学的公设"(Postulates of Linguistics)一章开篇,德勒兹指出,义务教育的机器本质是将"符号的框架"强加给孩子,借此说明语言不是用来"被相信"的,而是用来"被服从和使服从"的,语法规则首先是"权力的标记"。[①]如上文所示,苏格拉底的"善"、柏拉图的"理式世界"、亚里士多德的"文艺教化论"等,都打上了这种权力标记。德勒兹强烈质疑和挑战了试图独立于语用学的语义学、句法学或语音学的合法性,指出:语言学试图固守音位的、句法的和形态的常量将语言封闭于自身,而将语言的外部环境排除在外,视语用学为"冗余"。这实则破坏了语言的配置(assemblage),因为语言环境内在于语言之中。德勒兹的论述对于文学研究颇有启发,文学写作同样不能独立于创作语境而孤悬客寄。真正有价值的语用学必然是政治的;同样,发生于具体历史语境中的文学写作,也必然带有某种政治印记。通过对以上三位哲人文艺理论的简略回顾,我们认为,作为一种语用学的政治变量内生于(internal to)作为一种陈述的文学形式,这是文学语言的"隐含预设"。文学的政治属性与文学写作共生于集体配置中,亦为文学的"隐含预设"。实际上,"外部性"是德勒兹哲学的核心概念之一,常常以不同的术语复现,所谓文学的政治属性与此概念多有暗合之处。只要稍加回溯梳理就能发现,西方文学从古希腊以降,从未脱离作为一种外部性的政治语境。因此,文学是否具有政治性是不证自明的议题,也是不攻自破的伪命题。如此一来,非洲文学的政治性问题的提出,就有些耐人寻味了。如果说非洲文学的政治性是伪命题,那么这个伪命题背后的思想动机,很可能是一个值得研究的真命题。

殖民主义文学批评的"王权"政治

阿契贝是一位成功的小说家,也是活跃的评论家。他的评论文章与文学作品相比毫不逊色,两者可谓互为表里,相得益彰。这恐怕也是小民族语言作家的普遍特征,即他们往往兼具多重身份,这个特征与小民族文学中的"游牧"政治不无关联。而"游牧"政治又事关非洲文学批评中的政治性议题。过于强调宰制理论(master theory)是时下文学批评实践的倾向。对

---

① Deleuze, Gilles and Guattari, Felix. *A Thousand Plateaus*, Vol 2 of *Capitalism and Schizophrenia*. B. Massumi, trans., Minneapolis: University of Minnesota Press, 1987, p. 76.

此,萨义德曾在一次访谈中道出了德勒兹的价值。在他看来,西奥多·阿多诺、马克斯·霍克海默、路易·阿尔都塞和弗雷德里克·詹姆逊等左翼学者都沉溺于宰制技术,但这些理论其实比较脆弱,因为任何宰制机器都具有可拆解性,无法宰制一切,具有诸多被介入和转变的可能。较之宰制理论,萨义德偏爱"相对松散的、不固定的、机动性的"模式,因此德勒兹的"游牧"观念对他而言是"远为有用、具有解放力的工具"。① 那么,何谓"游牧"政治呢? 胡塞尔发现了一种与界限分明的纯科学相对的、模糊的原几何学(protogeometry),一种模糊的、向极限流动的过程。受此启发,德勒兹区别出两种科学概念:"王权科学"不断利用"游牧科学"的内容,而"游牧科学"则不断摆脱"王权科学"的束缚。② 德勒兹发现胡塞尔是"国家"学者,从属于"王权科学",维护其主导地位。而"游牧科学"被贬低为前科学、准科学或亚科学,其视角与"王权科学"大相径庭。在此,德勒兹区分了自然科学界存在的两种不同的认识论,这对于我们思考非洲评论家与西方同行之间的相关争论颇有启发。鉴于本章讨论的是文学的政治性,不妨用"王权"政治和"游牧"政治取代"王权科学"和"游牧科学"。从德勒兹的论述考虑,欧洲评论家和非洲评论家的争论,归根结底是"王权"评论家和"游牧"评论家之间的一场话语交锋。实际上,对于第三世界文学中的政治性,西方评论家并非众口一词,其中也不乏慎思明辨、秉笔直书之人。吉斯·艾丽斯(Keith Ellis)通过对古巴诗人尼古拉斯·纪廉的研究,发现西方往往将第三世界诗作贬斥为"政治宣传",将其视为政治意识形态的宣传工具,而有意忽略了这些作品对文化、历史和社会的深刻反思。西方的诗歌观念源自亚里士多德的《诗学》和《修辞学》(*On Rhetoric*),认为诗歌语言的本质是隐喻。实质上,西方对于非洲文学的评判是将古希腊文明中某些地区性观念设定为普适性律令。艾丽斯作为西方学者,其过人之处在于点破了这背后的玄机和要害,即对于不能彰显西方文化宗主权的诗歌形式,一律将其打入"反诗歌"(anti-poetry)的另册。③

当然,非洲文学批评中的权力关系分析是非常复杂的领域,以上所谓话语交锋的表现形式也会因时而变。20 世纪 70 年代,阿契贝撰文揭露了殖

---

① 薇思·瓦纳珊编:《权力、政治与文化:萨义德访谈录》,单德兴译,北京:生活·读书·新知三联书店,2006 年,第 189—190 页。

② Deleuze, Gilles and Guattari, Felix. *A Thousand Plateaus*, Vol 2 of *Capitalism and Schizophrenia*. B. Massumi, trans., Minneapolis: University of Minnesota Press, 1987, p. 367.

③ Ellis, Keith. *Cuba's Nicolás Guillén: Poetry and Ideology*. Toronto: University of Toronto Press, 1983, p. 48.

民主义意识形态的新论调:第一,非洲已进入新的历史阶段,应为自身的问题承担责任,不该动辄归咎于殖民时代。第二,非洲与历史上的殖民帝国虽曾为主仆,但今天已转变为新的平等关系。① 阿契贝不以为然,认为殖民主义思想在70年代的非洲依旧大行其道。但我们要指出的是,随着殖民统治的瓦解,非洲文学批评也从某种殖民者单向的绝对"宰制状态",进入了福柯所谓的双向的"自由实践",即从殖民主义批评单方面的"自由实践",过渡到本土后殖民批评家参与其中的"自由实践"。阿契贝极力摆脱的是真理的宰制,尝试福柯所谓的以不同方式玩相同的游戏,或者玩另一种游戏。从下文阿契贝的分析,我们可以思考西方殖民主义批评的主体如何介入真理游戏和权力实践,把非洲及其文学建构成屠弱的甚至"有罪"的主体。在殖民统治的鼎盛时代,殖民主义思想由德国神学家和哲学家阿尔贝特·施韦泽一语道破,即非洲人确是我的兄弟,但只是小兄弟。从这位"傲慢的殖民主义评论家"口中,阿契贝解读出了这样的言外之意,即非洲人至多是"尚未进化完全的欧洲人",他们"必须谦虚,必须努力学习,必须充分肯定老师的功劳,以直接表扬的形式,或最好……表现出谦卑"。② 阿契贝以亲身经历为殖民主义文学批评作了注解。1958年,他的首部小说《瓦解》出版后,遭到了英国作家昂娜·特蕾西(Honor Tracy)的诘难,大意是:作者对非洲文学侃侃而谈,但他愿意回到穿椰树裙的时代吗?他愿意选择回到祖辈愚昧无知的年代,还是拥有拉格斯电台的这份现代社会的工作?阿契贝以思想家的睿智发觉了其中的真理游戏,即"椰树裙"隐喻非洲不光彩的过去,而"电台的工作"象征欧洲人的文明福音。在福柯看来,权力在日常生活中会对个体进行归类,"标示出个体性,添加身份,施加一套真理法则",最终使个体成为"主体"。③ 循此可见,特蕾西将阿契贝归入"椰树裙"时代,而电台的工作则归入西方作家的身份认同,不经意间同时建构了西方作家和非洲作家两个"主体"。福柯从他最得心应手的权力关系界定了"主体",即凭借控制和依赖而屈从于他人,通过良心和自我认知而束缚于他自身的认同。二者都关涉权力形式的征服性。

　　这种对"主体"建构的征服性效应的确不可小觑,颇能收伏一些非洲知识分子。阿契贝以非洲作家艾里斯·安德烈斯基(Iris Andreski)为例说

---

① Achebe, Chinua. *Morning Yet on Creation Day: Essays*. Garden City. N. Y.: Anchor Press, 1975, p. 3.

② Achebe, Chinua. *Morning Yet on Creation Day: Essays*. Garden City. N. Y.: Anchor Press, 1975, p. 4.

③ 汪民安编:《自我技术:福柯文选 III》,北京:北京大学出版社,2016年,第114页。

明。安德烈斯基认为,英国殖民当局保护了非洲妇女免受主人的暴行,免受恶邻的威胁,而这些妇女培养的子弟中,就包括尼日利亚小说家。在地方官员和传教士的治理下,村庄避免了流血和酗酒,而他们却因肠道疾病英年早逝。① 安德烈斯基甚至影射阿契贝的素材并非来自祖辈的记忆,而是来自受其鄙视的英国人类学家的纪录。他甚至为殖民者在阿契贝笔下的"漫画形象"打抱不平,鸣冤叫屈。② 对此,阿契贝拍案而起,斥责安德烈斯基忠实继承了六七十年前殖民地官员和人类学家的典型文风,笔下充斥着殖民主义修辞语汇,目的是"使欧洲从很多批评中解脱出来,并将这些批评直接置于非洲人的肩膀上"③。阿契贝进而指出,与特蕾西相比,安德烈斯基又在"重要而关键的方向上"向前发展了。所谓非洲小说家的素材来自英国人类学家的记录这个说法表明:与受过教育的非洲作家相比,欧洲人对非洲的了解更深入,对非洲的评价更可信。由此延伸,宣称自己了解被殖民者,对于殖民者来说是至关重要的,其中预设了两点信息:其一,非洲本地人头脑简单;其二,了解他们与控制他们是紧密相连的,了解是控制的前提条件,而控制足以证明了解之深。持类似观点的,还有与阿契贝同时代的恩古吉。恩古吉的矛头所指是《文学理论》(*Theory of Literature*)这本经典著述的作者勒内·韦勒克和奥斯汀·沃伦,以及类似的西方批评家和理论家。他们要求非洲作家的话题不再涉及殖民主义、种族、肤色、剥削,只讨论抽象意义上的人类。在恩古吉看来,那些热衷于所谓非洲"没有历史的人类"的欧洲作家,最后都会归于难以名状的"绝望、痛苦和死亡"等"终极真理",因为这正是他们追求的普遍人性。④ 这也就是詹姆逊在其代表作《政治无意识》(*The Political Unconscious*)中提出的"遏制策略",即阐释行为本身构成了研究的对象,由此产生了文本本身是完整自足的、脱离历史的超验存在这一幻觉。⑤

德勒兹以国家和行会之间的关系,形象地诠释了"王权"政治与"游牧"政治。行会是由修道士、木匠、铁匠等集群组成的流动"游牧"机器。而国

---

① 引自 Achebe, Chinua. *Morning Yet on Creation Day: Essays*. Garden City. N. Y.: Anchor Press, 1975, p. 5。

② 引自 Achebe, Chinua. *Morning Yet on Creation Day: Essays*. Garden City. N. Y.: Anchor Press, 1975, p. 6。

③ Achebe, Chinua. *Home and Exile*. Oxford and New York: Oxford University Press, 2000, p. 83.

④ Thiong'o, Ngugi wa. "Writers in Politics", in *Writers in Politics*. London: Heinemann, 1981, p. 76.

⑤ Jameson, Frederic. *The Political Unconscious*. Ithaca: Cornell University Press, 1982, p. 10.

家的功能在于征服这些流动的"游牧"团体,阻滞其流动、成长和蔓延。这番论述对于剖析殖民主义批评的这套真理游戏颇有启发。其实,福柯关于"权力施展"的论述可谓与德勒兹异曲同工,且更为细致。按照福柯的逻辑,殖民主义文学批评正是权力施展的一种形式,是一种针对非洲作家和批评家的"行为引导"和"可能性操控",是对其行为的"可能性领域进行的组织",根本即是"治理"问题。①在阿契贝看来,安德烈斯基之类的非洲作家恰恰是福柯所谓的引导、操控、组织和治理的成果。如果我们同时能够意识到权力只有在自由主体身上才得以施展,那么反观上文阿契贝提及的殖民主义"平等关系"之论调,便有了新的发现,即"平等关系"说虽源于对昔日殖民者与不光彩的殖民历史切割的考量,但更隐秘的动机也许是塑造"治理"对象的需要。因为奴役状态并非权力关系,只有当作为"治理"对象的主体具有多种可能性、多种反应方式、多种行为模式,才构成权力关系。实际上,非洲文学批评中的权力关系未必是剑拔弩张的对峙关系,未必是权力一旦显身、自由立刻消失的对立关系,而往往呈现为复杂的互相纠缠。必须看到,阿契贝无意抹除殖民时代遗留的文化遗产,也非逡巡于前殖民时代的本土文化,他反对的正是"知识、能力、资格相关的权力效应",正是一种"知识特权",正是强加于昔日殖民臣属的"秘密、变形和神秘化表述"。②权力施展意味着某类行为借助这种"知识特权"将另一类可能性行为"结构化",于是福柯认为,对权力关系——以及权力关系和自由之间的"战斗"——进行精心描述、分析和质疑,是一个不断增长的政治任务。③从以上阿契贝的批评实践可见,非洲文学批评的政治性就包含了对此以"王权"政治为特征的权力关系的揭露。

至此,我们大致揭示了非洲文学政治性被问题化背后的政治、权力和知识等错综复杂的动因。既然政治性是非洲文学批评无法摆脱的宿命,那么非洲文学呈现了怎样的"游牧"政治?这就成为需要面对的问题。

非洲小民族文学的"游牧"政治

由上文可见,阿契贝提及的"控制"是引人注目的关键词。欧洲批评家的"王权"政治总是试图控制小民族文学中的"游牧"政治,根本原因在于小

---

① 汪民安编:《自我技术:福柯文选 III》,北京:北京大学出版社,2016 年,第 129 页。
② 汪民安编:《自我技术:福柯文选 III》,北京:北京大学出版社,2016 年,第 113 页。
③ 汪民安编:《自我技术:福柯文选 III》,北京:北京大学出版社,2016 年,第 132 页。

民族文学是一套与西方文学传统相悖的自由实践。因此,"王权"政治的根本任务就是使其统治空间"条纹"化;对文学而言,这意味着"运动"不再是作为"运动着的物体"的小民族文学的绝对状态,而是"条纹"空间中作为"被运动物体"的小民族文学的相对特征。一些非洲人随着对西方教育的接受,开始以欧洲人的思想武器对欧洲人在非洲的存在和地位提出质疑。作为应对,欧洲人推出了"两个世界的人"的论调,即无论非洲人接受多少欧洲教育和影响,都无法完全汲取其中的精髓。这些非洲人由于接受了西方的教育,反而疏离于非洲同胞,切断了与他们的联系,对他们缺乏理解。阿契贝指出,现代欧洲人的非洲游记往往偏爱头脑简单的非洲人——"高贵的野蛮人",认为他们比受过教育的非洲人更值得信赖,更懂得感恩。欧洲人似乎掌握了某种度量的权力,以此"捕获""扣押"或"束缚"小民族文学中渐趋离心化的"游牧"政治。"王权"政治的势力异常强大,弥漫于整个西方社会的文化政治领域和意识形态空间,普通西方读者浸润其中,也深受影响。例如,1966年阿契贝的《人民公仆》出版后,一位英国外交官的夫人指责阿契贝在书中对尼日利亚的无端批评,于是二人发生口角,友谊戛然而止。日后,阿契贝有所反思:"她当然只是家庭主妇,而非评论家,但殖民主义评论家和殖民主义主妇终究操着一门共同的语言。"①阿契贝所谓的"共同的语言"无疑就是"王权"政治的思维模式或者西方对外部世界的"治理"模式。

如上文所述,在这场批评话语的真理游戏中,自由恰好是权力施展的前提条件,因为在福柯看来,自由的存在是权力施展的永恒支撑。没有潜在或实在的反抗,权力就成为某种赤裸裸的、静止的身体决断,即宰制。在非洲文学批评的权力关系中,本土批评家拒绝屈从的自由是必不可少的,因为抵抗的意志和不妥协的自由不断刺激着权力关系,构成了对权力关系的永恒挑衅。小民族文学评论家的"游牧"本性决定了他们绝不会"束手就擒",必然竭力为非洲文学开创一个"平滑"的批评空间。1962年,阿契贝发表了《天使怯于踏足之地》(Where Angels Fear to Tread)一文,指出研究非洲文学的欧洲评论家应该养成与其有限的非洲经验相称的谦卑心,剥除历史遗留的优越感,从而更客观、公正地理解和解释非洲文学作品。恩古吉曾在思想论著《归家》(Homecoming)中抨击了这类自诩"非洲专家"的欧洲人的"主人神态",告诫人们切勿被这些欧洲人"毒害和分裂我们的花言巧语蒙蔽"。②阿契贝认

---

① Achebe, Chinua. *Morning Yet on Creation Day*: *Essays*. Garden City. N. Y.: Anchor Press, 1975, p. 10.

② Thiong'o, Ngugi wa. *Homecoming*: *Essays on African and Caribbean Literature, Culture and Politics*. London: Heinemann, 1972, pp. xviii—xix.

为，大多数非洲作家书写非洲的经验，探究非洲的命运，而这个命运不包含未来非洲的欧洲身份。阿契贝从与澳大利亚诗人霍普(A. D. Hope)的对话中获得教益，认同"每个民族的文学必须寻找属于自身的那份平和，换句话说，必须谈及一个具体的地方，从其历史、过去和当下的必然性及其人民的愿望和命运中演变出来"①。实际上，类似观点也出现在与阿契贝颇有渊源的非裔黑人作家詹姆士·鲍德温身上。这位深具后殖民文化根性的美国作家指出，散居世界的黑人尽管经历迥异，时常意见相左，但共同之处是"与白人世界脆弱不定、难以名状的痛苦关系"，因此黑人共同的需要便是"以他们自己的概念重塑这个世界，将这个概念传达给这个世界，而不再被这个世界的视觉所控制，且自身也不再被别人控制"。② 因此，鲍德温所谓以"自己的概念重塑这个世界"，便是从非洲本土文化视角回应西方殖民主义批评的责难，这也是阿契贝文学批评实践的立足点和出发点。"在狮子产生他们自己的历史学家之前，捕猎的故事只能给猎人带来荣誉。"③阿契贝以此格言呼唤更多勇于捍卫非洲文学尊严的批评家的出现。

实际上，所谓"游牧"政治不仅体现在非洲文学的批评实践中，也更鲜明地表现在非洲作家对现实政治和历史进程的干预上。从一段针对尼日利亚诗人克里斯托弗·奥基博的评论中，阿契贝引出了有关非洲作家参与社会政治的话题：

> ……预言成真的快感有时混淆了预言家的角色与他们自己的角色，使得小说家视自己为导师。在当今非洲，无论造成这个情况的社会、心理、政治和经济基础是什么，作家与预言家之间的角色互换，似乎都是落后的特殊的现象，是一个短暂的过渡。④

阿契贝认为以上评论既针对奥基博，也隐示了他本人的一篇文章——《作为教师的小说家》。西方评论家认为艺术家不应热衷于社会政治，因此对阿契贝的这篇文章颇有微词，甚至大加挞伐。作家是否应该介入社会政治是非洲文学评论中的重大议题，值得深入思考。阿契贝反对西方所谓"为

---

① Achebe, Chinua. *Morning Yet on Creation Day: Essays*. Garden City. N. Y.: Anchor Press, 1975, p. 11.
② Baldwin, James. *Nobody Knows My Name*. New York: Dell, 1963, p. 35.
③ Achebe, Chinua. *Home and Exile*. Oxford and New York: Oxford University Press, 2000, p. 73.
④ Anozie, Sunday O. *Christopher Okigbo*. New York: Evans Brothers, 1972, p. 17.

艺术而艺术"的美学观点,而坚持认为艺术从来都是为人服务的。人类文明肇始以来,艺术便是实用的。即便文学中那些非现实的、魔幻的特征,也是着眼于人类的基本需求,服务于实际的目的。原始人在岩石上描绘的动物,正是他们希望捕获的猎物,说明艺术无法孤悬于人类实践。非洲的祖先创造出神话和传奇,为人们讲述故事;制作雕塑,服务于时代的需要;艺术家存在、居住和流动于社会中,为了社会的利益而创造作品。①阿契贝强调,回避当代非洲重要社会政治议题的作家,最终只能沦为"局外人",而那些自恃超脱的西方人其实也同样具有参与社会政治的热情。那些放弃欧洲舒适生活来到非洲丛林的传教士便极具热情,那些构筑了殖民帝国的西方官员更是如此。因此,要改变殖民主义热情所导致的被殖民者的角色和身份,非洲人大可效法殖民者的决心,即参与社会政治。法国哲学家萨特也有类似观点,他的反对者常常祭出"为艺术而艺术"这个"旧理论",但萨特斥之为"空洞的艺术",因为这些反对者也从未接受这个理论。②实际上,"为艺术而艺术"看似与世无争,实则隐藏着深刻的社会政治动机。萨特敏锐地指出:"这一美学上的纯粹主义论调是上世纪资产阶级耍的聪明花招。他们宁愿看到自己被谴责为庸俗的市侩,也不愿被看作剥削者。"③就非洲而论,西方殖民者"希望拥有逆来顺受、循规蹈矩的殖民地人民,而非狂热分子"④。因此,殖民主义批评家所热衷的对非洲作家的社会政治的批判,其本质是对反殖民主义思想的批判,是对自身知识特权和话语霸权的维护。对此,阿契贝回应道:"作家回应自己的内心,也遵照艺术家在社会中的传统观念——使用艺术来控制环境……某些人有着不同的历史,且坚持否定别人经验和命运的合法性,我们作家的行为似乎让他们感到不快。"⑤这里,"传统观念"指非洲文学的社会政治指向,而此处的"某些人"暗指囿于"王权"思维的西方评论家。这段文字清楚地指出,非洲作家对殖民主义的回应令西方殖民主义者"感到不快",可谓一语中的。

实际上,具有社会政治热情的作家并非个案,而是非洲文坛的群体现

---

① Achebe, Chinua. *Morning Yet on Creation Day: Essays*. Garden City. N. Y.: Anchor Press, 1975, p. 29.

② Sartre, Jean-Paul. *What is literature?*. Bernard Frechtman, trans., London: Methuen & Co., 1950, 1967, p. 17.

③ Sartre, Jean-Paul. *What is literature?*. Bernard Frechtman, trans., London: Methuen & Co., 1950, 1967, p. 17.

④ Achebe, Chinua. *Morning Yet on Creation Day: Essays*. Garden City. N. Y.: Anchor Press, 1975, p. 22.

⑤ Achebe, Chinua. *Morning Yet on Creation Day: Essays*. Garden City. N. Y.: Anchor Press, 1975, p. 23.

象。阿契贝列举了加纳作家科菲·阿武诺（Kofi Awoonor）、尼日利亚作家阿摩司·图图奥拉、几内亚作家卡马拉·莱伊，以及塞拉利昂作家戴阿比奥塞·尼科尔（Abioseh Nicol）。其中阿武诺的观点最为典型，即一个非洲作家必须对他身处的社会及其发展方向有某种概念。也就是说，非洲作家必须关注社会问题，以自己的文学活动关照和干预社会历史进程。如果说德勒兹的游牧民通过"绝对速度"创造了战争机器，那么阿契贝等非洲小民族作家的"绝对速度"正是文学的政治链接，政治链接复活了小民族作家的"战争机器"，催生了新的"游牧"潜能。对此，西方文学的"王权"政治必然试图对其"平滑"空间进行"条纹"化重构，即阿契贝所谓的使小民族文学的"狂热分子"学会"循规蹈矩"，甚至"逆来顺受"；必然将其"绝对速度"转变为"相对速度"，手段就是构筑"堡垒"，即通过对非洲文学政治性特征的批判，构筑起能够阻滞和截断非洲文学"逃逸线"的障碍。因此，非洲文学中的政治性论争看似一场文学或美学取向之辩，实为在非洲文学的"游牧"政治与西方文学的"王权"政治之间展开的一场"越界"与"反越界"、"逃逸"与"反逃逸"的思想交锋和话语博弈。在福柯看来，思想史分析的对象是某一未被问题化的经验领域，或曾经被认为是理所当然的实践类型，以及这些经验领域和实践类型如何成为亟需应对的问题，从而引发一系列探讨与争论，并且致使以前寂然无声的各种行为、习惯、实践及制度产生危机。[①]从这个意义上理解，本章正是循此思想史路径抽丝剥茧，力求弄清非洲文学政治性议题背后的思想脉络和意识形态。在对非洲文学政治议题作了思想史的梳理后，最后的问题自然落于政治性对非洲文学甚至文学研究的意义。

艺术的表达平面与政治的内容表面

令阿契贝耿耿于怀的，乃是非洲本土批评家未能占据非洲文学批评的舆论阵地，致使话语权旁落西方。虽然西方评论家中也不乏较为开明公正者，但非洲人作为非洲文学的主体应该掌握批评主导权。阿契贝提到了弗兰克·威利特（Frank Willett）的《非洲艺术》，书中有位西方人参观贝宁的皇家美术馆，感到藏品的雕刻技法拙劣，难以辨认所刻物品是人是兽。然而，陪同参观的非洲向导却能分辨出其中的商人、士兵、猎人等。

---

① 汪民安编：《自我技术：福柯文选 III》，北京：北京大学出版社，2016 年，第 367 页。

阿契贝呼吁非洲评论家效法这位非洲向导,把好奇的游客带入非洲艺术殿堂,倾听他们轻率的意见,但在非洲文化遗产的地位问题上则寸步不让。正是对本民族文化独特身份的坚守,为本民族乃至世界民族文化提供了别样视角。那么非洲作家究竟应该扮演何种角色呢?阿契贝认为非洲作家对此比较迷茫。有时,他们过于自信,声称要用黑人敏感的情绪(black sensitivity)浇灌欧洲的理性主义,诸如塞内加尔诗人利奥波德·塞达尔·桑戈尔(Léopold Sédar Senghor)提出的非洲作家拯救欧洲的想法,颇有些唐吉诃德式的骑士精神。但阿契贝认为,这至少反映出对自我的肯定意识(positive awareness)。阿契贝借势批判了非洲文学中对欧洲近乎病态的追捧,警告非洲文学若只有技巧进步而缺乏精神成长,最终或陷入绝望之地。这里,他提到了加纳小说家阿伊·桂·阿尔马(Ayi Kwei Armah)的第一部小说《美丽的人还未出生》(*The Beautiful Ones Are Not Yet Born*)。阿尔马笔下的加纳可谓面目全非,难以辨认,因为他套用了大量西方隐喻来描述加纳的病态,导致真实感丧失殆尽。阿契贝不无讥讽地称他是具有所有症候的现代作家,而加纳并非现代国家,因此他与加纳之间存在着"遥远的距离"。阿尔马这样的非洲作家往往强调普世性,而弱化非洲性,这能赢得西方的好评和掌声。非洲作家当然可以复制西方的文学技法和意象,但正如德国马克思主义批评家瓦尔特·本雅明所论,最完美的复制品也缺少了一物,即艺术作品的"此时此刻",也即独一无二的艺术品诞生之地。① 阿契贝所谓非洲文学叙述中"遥远的距离",恰恰抹杀或至少折损了"此时此刻"。而在本雅明看来,这种"此时此刻"恰恰决定了艺术作品的整个历史,形成了艺术作品的真实性。如果把阿尔马等异化作家的非洲小说视作西方的"复制品",那么其作品的权威性必受动摇,作品的"灵光"必定消失。

那么,批评家和作家究竟如何认识非洲文学的政治性呢?这种政治性就是本雅明所谓的"此时此刻",也就是作品的独一性,而这些又包容于"传统"的整个关系网络之中。② 阿契贝以尼日利亚伊博族的穆巴瑞(mbari)仪式为例,恰恰说明了艺术的"此时此刻"特征,也即置身于社会政治的关系网络。伊博族的万神之神穆巴瑞是土地女神,每隔数年通过神谕者指示族人举办一场纪念她的神像节。神谕者以穆巴瑞的名义通知族人在技艺精湛的

---

① 瓦尔特·本雅明:《迎向灵光消逝的年代:本雅明论艺术》,许绮玲、林志明译,桂林:广西师范大学出版社,2008年,第59页。
② 瓦尔特·本雅明:《迎向灵光消逝的年代:本雅明论艺术》,许绮玲、林志明译,桂林:广西师范大学出版社,2008年,第63页。

工匠指导下修造神庙。尽管历时一两年修成的神庙结构简单,造像材料也只是寻常泥土,但最终落成的神像堪称艺术杰作。神像色彩艳丽,安坐中央,旁边还辅以其他神灵,甚至男女老幼、飞禽走兽,俨然是族人生活的全景浮世绘。借助这一仪式,我们从中能解读出哪些政治美学呢?首先,艺术创造并非某个阶层或神秘社团的专利。女神选出的不是艺术家,而是普通社会成员。文化的创造者和消费者之间并无严格的分界,艺术属于所有人,是社会的一个"功能"。经历了这个群体性创造活动后,他们彼此不再是陌生人。根据逻辑和自然的推论,更大范围的社群实现了对艺术的揭示,后又让参与艺术创造者回归其寻常生活,因而社群成为该经验的受益者——真正意义上积极的参与者。①阿契贝描述的穆巴瑞仪式再次与本雅明的艺术观不谋而合,即最早的艺术作品是随着崇拜仪式应运而生的,也随着仪式功能的消失而"灵光"消散。仪式功能对于文学而言具有决定性意义,作品的独一性价值或"此时此地"特征,正是建筑于仪式之上,世俗化的仪式亦是如此。自文艺复兴以降的三百年间,在对美的最世俗化的崇拜中,仪式功能仍依稀可辨。但是,摄影这种机器复制技术的出现揭开了事物的"面纱",破坏了艺术的"灵光",产生了新时代的"感受性"特点,最终导致了艺术的危机或者艺术家的危机感。②在此,本雅明点出了"为艺术而艺术"这一时常用来攻讦非洲文学的口号之由来。本雅明所谓的"艺术神学"绝非亘古不变、四海皆准的普世法则,而是艺术家对于机械复制时代的回应。笔者认为,这种"艺术神学"虽是一套"纯"艺术的构想,拒绝扮演任何社会功能角色,但其本身也是对于艺术危机的能动反应,由此而生的艺术作品恰恰根植于"此时此刻"的文化关系网络之中,折射出的或是一种去政治化的文学政治诉求,未必是超凡脱俗的"天外来客"。

因此,"为艺术而艺术"一旦被绝对化和极端化,成为纯粹或绝对形式主义的护身符,成为攻击文学政治性的利器,就正好落入了德勒兹所谓的能指的"阴森世界"。能指的霸权如同"专制君主-神的偏执狂的面孔或肉体",居于"庙宇的表意核心",如同"解释的祭司",不断将"所指转化为能指"。③实际上,对于艺术唯美主义或唯形式论的缺陷,法国诗人波德莱尔也有所批

---

① Achebe, Chinua. *Morning Yet on Creation Day*: *Essays*. Garden City. N. Y.: Anchor Press, 1975, pp. 34—35.
② 瓦尔特·本雅明:《迎向灵光消逝的年代:本雅明论艺术》,许绮玲、林志明译,桂林:广西师范大学出版社,2008年,第63页。
③ Deleuze, Gilles and Guattari, Felix. *A Thousand Plateaus*, *Vol 2 of Capitalism and Schizophrenia*. B. Massumi, trans., Minneapolis: University of Minnesota Press, 1987, p. 116.

判。他认为这种"狂热激情"将毁灭其他一切,意味着"艺术自身的消失",这种"单一官能的专业化发展"导致人的完整性的溃散、萎缩和虚无。①换言之,"表达平面"脱离了"内容平面",能指脱离了所指而肆意增殖,文学成了纯粹的符号运动。对文学批评来说,一旦由偏执狂的神的面孔占据"庙宇"中心,那么批评家只能充当"祭司"角色,只能带来能指的冗余和增殖。这就是西方批评家的论调所折射的"王权"政治的本质所在。

平心而论,艺术唯美主义也有其合理的诉求和关切。英国诗人史文朋在《威廉·布莱克》(*William Blake*)一书中,主张艺术绝不能变成"宗教的婢女、责任的导师、事实的奴仆、道德的先驱",强调了艺术的独立性和自由性,认为艺术家应该追求自由创作,而不受宗教或道德的束缚。②英国唯美主义理论家沃特·佩特(Walter Pater)认为"为艺术而热爱艺术"乃是"智慧的极致",因为艺术除了带来最高品质的瞬间外"别无其他"。他主张人们应该以一种超越日常生活的方式对待艺术,将之视为对美、对生活、对智慧的追求,而不仅是娱乐或消遣。通过对艺术的热爱和追求,人们可以获得对生活和世界更加深刻的体验和理解,这样的体验可以帮助人们达到智慧的境界。③唯美主义强调艺术自身的独特规律和审美,这本无可厚非,但所谓纯粹艺术也受制于社会政治动因。唯美主义的代表人物奥斯卡·王尔德在伦敦就以"美学教授"自我标榜,出入上流社会的各种场合,正如波德莱尔笔下巴黎拱廊中的"漫步者",看似游手好闲、漫无目的,其实是落魄文人在资本主义市场中伺机寻找"买家"。文学的政治性根本事关艺术与政治的关系问题,本章对非洲文学政治性的讨论,最终落脚于文本内与外的关系问题。文本"再现"外部世界的镜像观念可谓根深蒂固,是文学批评实践的基本理论预设,其合法性极少受到质疑和反思。研究者或许能够发现,能指中心主义或再现主义思想对德勒兹论述的小民族文学往往缺乏说服力。如前所述,对于卡夫卡笔下的"音乐狗""地洞""唱歌的老鼠""乡村医生"等文本形象,批评家们想要对号入座,如同缘木求鱼。对卡夫卡的三种进程——家庭中父亲的进程、旅馆中订婚的进程、法庭进程进行"还原",也只是批评家们的自我满足罢了。如果我们在一定意义上否定"表达平面"与"内容平面"的"再现"关系,那么文学艺术与社会政治的关系该如何定位呢?是否如史文

---

① Wimsatt, William K. and Brooks, Cleanth. *Literary Criticism: A Short History*. New York: Alfred A. Knopf, 1959, pp. 480—481.

② Beckson, Karl. *The Oscar Wilde Encyclopedia*. New York: AMS Press, 1998, p. 2.

③ Pater, Walter. *The Renaissance: Studies in Art and Poetry*. in Donald L. Hill, ed., Los Angeles: University of California, Berkeley, 1980, p. 190.

朋所言,文学一旦卷入政治,必然沦为其"婢女""奴仆"或"政治宣传"呢？综上可知,非洲文学作为一种"表达形式"通过"政治机器"的配置不断介入"内容平面",解域了非洲文学和作家的生产方式,介入了非洲去殖民化浪潮,加速了非洲政治变革的进程。

第八章　阿契贝:从小民族文学走向世界文学

凭借《文化的定位》这部艰深晦涩的扛鼎之作,霍米·巴巴确立了自己在当代后殖民理论界的显赫地位。对其批评理论,后殖民文学研究者们自然奉作圭臬。然而,对于巴巴有关世界文学的讨论,学术界鲜有提及。在这一点上,美国学者约翰·皮泽(John Pizer)在讨论世界文学与民族文学的辩证关系时,敏锐地将目光投向了巴巴:

> 民族传统的转变一度成为世界文学的主要话题,而现在我们可以认为移民、被殖民者或政治难民的跨国史——这些边界和边境的情形——或许成为世界文学的领地。①

显然,早在上世纪 90 年代初,巴巴就认为后殖民文学可能成为新的世界文学。无独有偶,巴巴的观点也在法国文学批评家帕斯卡尔·卡萨诺瓦后来出版的《世界文学共和国》(*La République mondiale des lettres*)中获得了呼应。② 卡萨诺瓦受本尼迪克·安德森的代表作《想象的共同体》(*Imagined Communities*)的启发,描述了所谓"国际文学空间"(international literary space)在其形成和发展中的三个关键时期。其中,第三个时期正源于第二次世界大战后的去殖民运动这一历史事件。由此可见,后殖民文学的兴起为世界文学概念跳出欧洲中心主义的藩篱提供了历史契机,是世界文学理论和批评必须论述的对象。

巴巴所谓的后殖民作家,多以昔日殖民者的语言写作。毋庸置疑,就世界范围看,作家的创作语言大多为母语,如歌德与德文、但丁与意大利文、莎士比亚与英文。然而,随着资本主义社会机器对古代社会的"原始辖域机

---

① Bhabha, Homi. *The Location of Culture*. London and New York: Routledge, 2004, p. 17.

② 参见 Casanova, Pascale. *The World Republic of Letters*. M. B. DeBovoise, trans., Cambridge: Harvard University Press, 2004.

器"和封建社会的"专制机器"辖制的"摧毁"或颠覆,资本主义的生产与再生产促使包括人本身在内的诸要素在全球范围加速流动,社会生产方式日益呈现为不受限制的自由生产和交换的动态过程。有关经济领域的全球化对文学等人类文化活动的影响,马克思和恩格斯早有预见:"物质的生产是如此,精神的生产也是如此。各民族的精神产品成了公共的财产,民族的片面性和局限性日益成为不可能,于是由许多种民族的和地方的文学形成了一种世界的文学。"①马克思的观点形成于 19 世纪中叶,实际上德国大文豪歌德早在 1827 年便明确提出了"世界文学"的概念。在与德国诗人约翰·彼得·艾克曼的谈话中,歌德毫不掩饰对一部中国小说乃至整个中国文学的迷恋。尽管歌德在西方中心主义思想盛行的时代固守古希腊文学所谓亘古不易的美学,但他通过阅读与思考形成了对中国文艺美学较为正面的评价,以及对中西文学的共通性与独特性的真知灼见,在当时的确难能可贵。歌德告诫德国文学家们切莫坐井观天,故步自封,而应跳出他们的"小圈子","环顾其他民族",否则难免堕入"迂腐的自负"中。②在此,歌德提出了比较文学和世界文学史上的标志性概念——"世界文学":民族文学如今已是没有多少意义的术语;世界文学的时代即将到来,每个人必须努力加速它的到来。③ 就文学写作的语言而言,由于人口流动与迁徙日益显著地跨越民族和语言的疆界,运用非母语写作的作家群体也呈扩大趋势。从独特的成长环境考察,非洲小民族文学与世界文学有着某种天然的联系。由于西方语言在非洲教育体系中的广泛推行、非洲社会经济的动荡与滞后、本土出版机构的孱弱和非洲人口普遍较低的受教育程度等诸多因素,非洲作家大多选择西方语言,并力争西方知名出版机构推出自己的作品。然而,这反而促成了非洲作家的作品在世界范围内被更多读者阅读和评论,更容易进入世界文学的流通领域。阿契贝正是使用非母语小民族语言的作家,他的作品以惊人的销量(《瓦解》的印数已达一千多万册)行销世界,成为出版商、读者和评论家的"宠儿",还作为非洲文学经典被编入世界文学史和文学教材之中。根据大卫·达姆罗什的定义,"以译文或原文在发源地文化(culture of origin)之外流通的所有文学作品"都可进入世界文学之列。④西班牙作家和学

---

① 马克思、恩格斯:《共产党宣言》,中央编译局编译,北京:人民出版社,1966 年,第 26—30 页。
② Eckermann, J. P. *Conversations with Goethe*. New York: Frederick Ungar Publishing Co., 1964, p. 94.
③ Eckermann, J. P. *Conversations with Goethe*. New York: Frederick Ungar Publishing Co., 1964, p. 94.
④ Damrosch, David. *What is World literature?* Princeton, N. J.: Princeton University Press, 2003, p. 4.

者克劳迪娅·吉伦(Claudio Guillén)则要求特定作品在异域文化中具有一定的"活跃度",以说明其作为世界文学的"有效生命"。显然,吉伦对世界文学的界定更为严苛。无论如何,阿契贝的作品作为世界文学名著的地位是毋庸置疑的。值得一提的是,在与笔者的一次有关世界文学的谈话中,达姆罗什教授明确肯定了阿契贝作为世界文学经典作家的地位。鉴于小民族文学作家阿契贝能够风靡世界文坛,本章将通过阿契贝的文学实践讨论小民族文学与世界文学的关联,或者说小民族文学对于世界文学理论与实践的独特价值。

小民族文学与世界文学中的"王权"政治

马克思、恩格斯宣称"民族的片面性和局限性"将随着世界文学时代的到来而变得"日益不可能",但他们的预测似乎未能应验。美国文学批评家芭芭拉·赫恩斯坦·史密斯敏锐地指出,帝国强权的"自我保护体系"未必能被世界主义(cosmopolitanism)"纠正",相反,或变得更为强大,进而把与其他民族的差异视为新的边缘地带,或将其界定为自身常态的新病理(pathologies)。① 1835年,著名法国文学评论家菲拉列特·沙勒(Philarète Chasles)在巴黎开设了"外国文学比较"课程。然而,这门课程的开设似乎丝毫未能撼动法国中心主义的"王权"政治。谈及法国文学的魅力时,沙勒顿时陷入自我陶醉的臆想之中,抛出诸如法国是"中心","引导人类文明",以及"法国之于欧洲,正如欧洲之于世界"等论调,最后的结论自然是:"一切朝着法国回响,一切随它终结。"②沙勒的描述恰好符合德勒兹有关"王权科学"的论述,即一切围绕一个中心的"黑洞"震颤。

然而,小民族文学恰恰天然具有去中心化的"游牧"特征。对此,歌德深有体会。歌德认为,与当时的法国文学和英国文学相比,德国文学缺乏大师,也无伟大传统,较为弱势和边缘。可以说,歌德之于莫里哀和莎士比亚,犹如阿契贝代表的小民族文学之于英国文学。鉴于德国文学的积弱处境,

---

① Smith, Barbara Herrnstein. *Contingencies of Value*. Cambridge: Harvard University Press, 1988, p. 54.

② Chasles, Philarète Euphémon. "Foreign Literature Compared", in Hans-Joachim Schulz and Phillip H. Rhein, eds., *Comparative Literature: The Early Years*. Chapel Hill: University of North Carolina Press, 1973, p. 22.

歌德呼吁"学习莫里哀,学习莎士比亚"①。与此同时,歌德对于莎士比亚等文学大师也保留了一份警惕和焦虑,他将莎士比亚比作西欧最高峰——勃朗峰,虽高不可攀,但因置身阿尔卑斯山脉的千座高峰之中而不显突兀,只是其中之一罢了。假设勃朗峰被移至下萨克森州的千里平原之上,"你会被其巨大的体量惊得目瞪口呆"。②歌德对莎士比亚的态度是矛盾的、暧昧的,一方面认为有必要与这位伟大先行者保持交流,另一方面却认为很多伟大的德国人为其所误。歌德其实已经意识到世界文学中存在"王权"政治,而"王权"政治主宰的"条纹"空间往往会抑制弱势民族作家的创造力,此即歌德所谓众多德国人为莎士比亚所误一说的缘由。如此,我们便不难理解歌德为何对远在东方的中国文学有所偏好。歌德惊喜地发现自己阅读的一部中国小说格调高雅、含蓄内敛,这与著名法国诗人皮埃尔-让·得·贝朗瑞诗作中的色情放荡形成鲜明反差。歌德对中国文学的青睐,不能动摇西方文学经典在他心目中的地位,却反映了这位思想家对世界文学中的"王权"政治的敏锐察觉和自觉抵制。

根据以上歌德所言,阿契贝等处于世界文学版图中的小民族语言作家的独特价值,也就不言而喻了。与那些使用非大民族语言写作的作家相比,小民族语言作家如同从大民族文学的"摇篮"中"偷来的孩子",与大民族文学有着千丝万缕的联系。阿契贝的代表作《瓦解》开篇便引用了英国19世纪初的浪漫主义诗人威廉·巴特勒·叶芝的《再度降临》(The Second Coming)中的诗句:

>盘旋、盘旋在渐宽的螺旋里,
>猎鹰不闻训鹰人的呼声;
>万物崩散;中心难以维系;
>世界满是一派狼藉。③

对于那些通晓西方文学经典的读者和研究者而言,《瓦解》的题名和开头显然很容易吸引他们的目光,这无疑成为《瓦解》登入世界文学殿堂的有利条件。然而,另一方面来说,阿契贝挪用了叶芝诗作中的"灾难",但此处,

---

① Goethe, Johann Wolfgang von. *Conversations with Eckermann*. J. K. Morehead, ed., John Oxenford, trans., London: Everyman, 1930, p. 150.
② Goethe, Johann Wolfgang von. *Conversations with Eckermann*. J. K. Morehead, ed., John Oxenford, trans., London: Everyman, 1930, p. 26.
③ 叶芝:《叶芝抒情诗选》,傅浩选译,昆明:云南人民出版社,2011年,第175页。

"灾难"指的是西方在非洲的殖民入侵给非洲传统社会形态和价值观念带来的灾难,而非基督再次降临前的宇宙灾难。可见,小民族文学虽是从大民族文学的"摇篮"中"偷来的孩子",接受过大民族语言文化的熏陶和教育,但这个"孩子"毕竟成长于小民族的本土环境中,而本土环境中的诸多语言文化因素在小民族文学中必定表现为对大民族文学的"逃逸"和解域。小民族文学加入世界文学版图,这有利于打破大民族文学的"王权"政治,从大民族文学的"条纹"空间中打开一条条"逃逸线",帮助大民族文学进入一个不断生成的"游牧"空间。毋庸讳言,小民族文学的"游牧性"根本就是世界文学中的革命性力量。对于世界文学的构成,达姆罗什作了如下分类:文学经典、文学杰作和反映异域世界的作品。[1]所谓经典就是具有"超验"或"基本"价值的作品,往往是古希腊、古罗马文学的别称。诚然,古希腊、古罗马文学经典的价值是毋庸置疑的,但将其置于世界文学的中心来顶礼膜拜,无疑是在自觉或不自觉地构建一个"条纹"空间,张扬一种"王权"政治。而所谓杰作,可以是古代或现代的作品,未必具有经典所具有的根本性文化力量。不过,这个看似具有较强流动性的文学空间,依旧难以摆脱"王权"政治的魔杖,因为这些杰作诞生于19世纪,正值文学研究重新强调古希腊、古罗马文学经典重要性的时代。这些杰作因与文学经典近似,或者能够与之进行"伟大的对话"而跻身世界文学之列。最后,反映异域世界的作品指非西方的文学作品,本书讨论的小民族文学似乎只能委身于此。这些非西方的文学作品的价值未必见于其文学性,而在于满足西方人对异域世界的猎奇心理,不过是西方人偶尔一窥异域世界的"窗户"而已。我们只需翻阅各种世界文学的编著和选集便能发现,达姆罗什的这个分类的确反映了当今世界文学的基本格局。在《朗文世界文学选集》(*The Longman Anthology of World Literature*)中,阿契贝与索因卡虽被收录其中,但只能列在"20世纪本土文学"的条目之下,正应了达姆罗什的"窗户"说。[2]小民族文学以其别具魅力的"游牧"美学行走于世界文坛,绝不仅是世界文学中的点缀或"窗户",而以其强大的解域性不断挑战世界文学经典的构成,推动世界文学的发展从"条纹"空间中的直线运动转变为"平滑"空间中的斜线或涡流运动。实际上,阿契贝以及其他非洲小民族语言作家在世界文坛的声名鹊起或经典化,恰恰说明了小民族文学完全具有超越"窗户"的身份,跻身世界文学杰作甚至经典

---

[1] Damrosch, David. *What is World literature?* Princeton, N. J.: Princeton University Press, 2003, p. 15.

[2] Damrosch, David. *The Longman Anthology of World Literature*. Vol. 5. New York: Longman, 2004, p. xii.

之列的革命性力量。文学研究者们将小民族文学置于世界文学的框架中考察，这是世界文学研究的一个新方向。

阿契贝：世界文学版图的重新组装

阿契贝的小民族文学实践对于我们重新思考世界文学版图，提供了一些重要的思想资源。首先，小民族文学的实践有利于我们反思传统世界文学概念中以二元主义为特征的"王权"政治。对此，印度作家巴尔钱德拉·内马德（Bhalchandra Nemade）在《文学的本土主义》（The Homeland of Literature）一文中指出，文学的国际主义不过是改头换面后的欧洲殖民主义罢了。因此，对他而言，所谓世界文学经典不过是某些本土文学传统倚仗历史文化霸权成为世界文学的参照点而已。"某些历史环境造成了这样的情况，即某个特定文明创造的文学作品充当了解决世界文学界敏感问题的中心参照编码（central reference code）。"[①]换言之，被歌德、达姆罗什等奉为经典的古希腊、古罗马时代的文学作品，其世界文学经典之属性不是内生的（inherent），只不过"某些特殊的历史时刻造成了某种氛围，使得某个特定地区的人的情感能够代表整个人类的情感"[②]。由此可见，西方经典在世界文学版图中的核心地位，是由资本主义经济和军事力量在全球的扩张，以及资本主义文化价值观念的全球传播所赐。西方文学经典在世界文学版图中所谓普世、超验的地位，也只是"神话"而已。阿契贝的小民族文学实践，为我们反思文学和文化理论中的二元论提供了新视角，世界文学中的二元论实际上捍卫了西方经典的"王权"地位。现当代非洲文学曾经历了被拒斥于文学殿堂之外的尴尬处境，今天它已成为世界文学版图中不可或缺的组成部分，不少来自非洲大陆的作家活跃于世界文坛。但是，不可否认的是，即便少数非洲作家（如阿契贝、索因卡等）的作品已跻身世界文学经典，但这些作品在世界文学版图中的地位仍较为边缘，至少不那么"中心"，即便达姆罗什这样较开明的世界文学研究者，也对非西方文学持有"窗口"论偏见。阿契贝的文学活动恰为我们重构世界文学经典提供了思想利器。

首先，阿契贝的小民族文学实践表现出"去二元论"（de-dualism）特

---

① Paranjape, Makarand. *Nativism: Essays in Literary Criticism*. New Delhi: Sahitya Akademi, 1997, p. 245.

② Paranjape, Makarand. *Nativism: Essays in Literary Criticism*. New Delhi: Sahitya Akademi, 1997, p. 245.

征,这对于消解西方经典在世界文学中的"王权"地位富有深意。作为一位颇具文学素养的哲学大师,德勒兹以18世纪的德国诗人和军官埃瓦尔德·克里斯琴·冯·克莱斯特为例,指出克莱斯特的作品歌颂了战争机器,反抗国家机器。与克莱斯特相对的是歌德、黑格尔等德勒兹所谓的"国家思想家",他们视克莱斯特为"魔鬼",将他打入冷宫。然而,德勒兹的问题是:"何以说他身上存在最异乎寻常的现代性呢?"[①]德勒兹的回答为从哲学问题切入文学论题打开了一条"逃逸线",为讨论非洲小民族文学的政治属性提供了理论资源。他认为构成克莱斯特作品的三个要素是"秘密""速度"和"情状",这些要素帮助作品从某种主体的内在性中挣脱出来,投入一个纯粹外在性的环境。这个外在性环境是德勒兹"游牧"思想的关键概念。德勒兹指出,克莱斯特是第一个创造并热烈歌颂这种外在性环境的作家,这种外在性环境"将会赋予时间一种新的节奏,一个由紧张或昏厥、闪电或雷雨所构成的无终结的序列"[②]。最终,克莱斯特的作品不再保留任何主体内在性,反而通过外来的链接系统引入了很多东方元素,如静如处子、动若脱兔而让人难以察觉的日本武士。德勒兹不禁感叹,现代艺术中的诸多元素始于克莱斯特,歌德和黑格尔等"国家思想家"相比之下则垂垂老矣。同样,在有关小民族文学的专题著述中,德勒兹认为卡夫卡尽管崇拜歌德,却拒斥歌德所谓大师的文学。使用布拉格德语的卡夫卡以及使用非洲式英语的阿契贝等小民族语言作家,都属于"外部思想家",揭示了某种"弱势科学"或"游牧科学"。

阿契贝有关非洲文学的写作语言的块茎式论述,拆解了西方语言与非洲语言之间的二元对立,解决了英文等来自西方的语言的非洲身份问题,以及非洲作家以英文等书写的文学作品的非洲文学地位问题,反击了恩古吉等所持的英文不属非洲语言、英语文学不属非洲文学的二元"树状"思维。这就从思想或理论上阐释了跻身世界文学的非洲英语文学的非洲身份,避免了非洲英语文学被西方评论界以"英语文学"或"英联邦文学"等西方中心主义概念或理论话语"捕获"的命运。

阿契贝的"去二元论"思想也渗透于他的文学创作,他以小民族作家的独特身份逃脱了《黑暗的心》中有关白人与黑人、欧洲与非洲、文明与落后、人性与野蛮等二元对立的"条纹"空间,转而进入了《瓦解》中"去二元论"的

---

① Deleuze, Gilles and Guattari, Felix. *A Thousand Plateaus*, Vol 2 of *Capitalism and Schizophrenia*. B. Massumi, trans., Minneapolis: University of Minnesota Press, 1987, p. 356.

② Deleuze, Gilles and Guattari, Felix. *A Thousand Plateaus*, Vol 2 of *Capitalism and Schizophrenia*. B. Massumi, trans., Minneapolis: University of Minnesota Press, 1987, p. 356.

"平滑"空间。阿契贝在《瓦解》等作品中对《黑暗的心》的解域,以及对康拉德种族主义思想的批判,为《黑暗的心》开辟了新的批评方向,这对于文学评论家重新评价长久以来占据世界文学经典地位的西方作品提供了契机。阿契贝的小民族文学写作,对于解构象征"王权"政治的西方经典在世界文学版图中所谓普世、超验的经典地位,对于帮助独具"游牧"美学的非洲小民族文学作品进入世界文学的中心地带具有重要的价值。

从批评实践看,阿契贝曾指出乔伊斯·卡里的《约翰逊先生》在英国大受好评,而美国也"当仁不让",1952年10月20日的《时代》杂志就将卡里设为封面人物,盛赞《约翰逊先生》是"关于非洲的最杰出小说"。① 阿契贝回忆了大学时代的文学课堂,"全班的尼日利亚年轻学生"对英国教授推崇此书提出了截然不同的看法,阿契贝称此异议为"标志性反叛"(a landmark rebellion),他们所反叛的正是英国教授背后"宗主国的批评裁决"(metropolitan critical judgment)。② 而这种"宗主国的批评裁决"源自阿契贝所谓"绝对的叙事权"(absolute power over narrative),在此绝对权力的作用下,西方的非洲叙事形成了某种"传统",拥有由"骇人形象"构成的巨大"库房",而西方作家数个世纪以来反复进入其中,为自己的著述选"材"。③ 阿契贝对于西方二元论的等级叙事持续的反动或去殖民批判,有利于读者重新评估那些似已稳居世界文学经典之列的作家与作品,有利于实现阿契贝在21世纪所乐见的"世界各民族中故事的平衡"④。

第二,小民族文学最显著的标志就是小民族语言;换言之,小民族语言是界定小民族文学的首要标准。因此,小民族语言的独特功能对世界文学版图的重新组装有着特别的价值,值得研究者们格外关注。正如卡夫卡所言,小民族语言是从大民族语言的"摇篮"中偷来的"孩子",这个"孩子"比其大民族语言似乎先天不足,营养不良,难怪卡夫卡哀叹自己以德语写作之"不可能",即自己"偷来"的或作为非母语的德语无法与德意志民族的德语媲美。这样的一种"树状"认知决定了世界文学版图中大民族文学不可撼动的中心地位,以及小民族文学难以摆脱的从属或次要身份。然而,由德勒兹

---

① Achebe, Chinua. *Home and Exile*. Oxford and New York: Oxford University Press, 2000, p. 22.
② Achebe, Chinua. *Home and Exile*. Oxford and New York: Oxford University Press, 2000, p. 23.
③ Achebe, Chinua. *Home and Exile*. Oxford and New York: Oxford University Press, 2000, pp. 26—27.
④ Achebe, Chinua. *Home and Exile*. Oxford and New York: Oxford University Press, 2000, p. 79.

等提出、由阿契贝实践的小民族语言思想恰恰颠覆了这个"树状"结构,打破了这个"条纹"空间。如前文所述,小民族语言是对大民族语言的"小"化,是从大民族语言的封闭空间中不断流动生成的一条条"逃逸线",是搅扰大民族语言"条纹"空间的网格化结构的利器,是大民族语言中的革命性力量。阿契贝的英文小说,正表现了大民族英文作品无法企及的革命性特征,如语音的非意指"震颤"、词汇和语法的"张力"等。阿契贝作品中表现出的小民族语言的独特魅力恐怕是其作品风靡世界的部分原因所在。既然卡夫卡凭借对标准德语的解域或重新组装,从默默无闻到跻身世界文学经典作家之列,那么,阿契贝有朝一日完全有可能成为与西方文学大师比肩的世界文学的经典作家。

进而言之,阿契贝等一代非洲作家之所以能跻身世界文学,还在于新的"文学资本"(literary capital)的建立。卡萨诺瓦在《世界文学共和国》中论及亚非拉后殖民文学时,作出了一个跨时空的类比,即认为后殖民文学是其所谓"赫尔德革命"(Herderian Revolution)的延续和拓展。换言之,文学的去殖民化所产生的结果,与19世纪欧洲的民族和文学动荡如出一辙。那么,卡萨诺瓦所指的19世纪的欧洲到底发生了什么呢?"赫尔德革命"究竟是一场怎样的历史事件? 我们不妨稍事笔墨,重返时间的河流。德国哲学家、文学批评家约翰·哥特弗雷德·赫尔德在《关于人类教育的另一种历史哲学》(*Auch eine Philosophie der Geschichte zur Bildung der Menschheit*,1774)一书中对伏尔泰的哲学宣战,反对其所谓法国古典主义"启蒙"时代的优越性。为了从思想上摆脱法国的文化霸权和宰制,赫尔德主张所有过去的时代皆有同等价值,每个时期、每个民族皆有自身特质,必须依据自身的标准加以评判。[①] 1773年,赫尔德与歌德、弗里西(Paolo Frisi)、莫泽尔(Justus Möser)编辑出版了《论德意志艺术》(*Von deutscher Art und Kunst*)。其中,赫尔德提出了文学的三大无可比拟的典范:民间歌谣(popular song)、苏格兰吟游诗人奥西恩(Ossian)和莎士比亚。由此三个典范,可见赫尔德为弱势民族争取平等地位的良苦用心。卡萨诺瓦认为,赫尔德通过诉诸"民间传统"(popular traditions),创造了全新的、真正革命性的文学资本累积策略,德国借此克服了自身的"落后性",击碎了所有的等级秩序。赫尔德的伟大之处就是,敢于挑战彼时"法兰西普世主义"的世界权威,以及由此权威而生的"格林威治文学子午线"(Greenwich Meridian of liter-

---

[①] 参见 Schulze, Hagen. *État et nation dans l'histoire de l'Europe*. Denis-Armand Canal, trans., Paris: Seuil, 1996, pp. 198—199。

ature),改变了国际文学空间的游戏规则,即本雅明所谓的以"游牧时刻"打破"同质的历史进程"。① 由于赫尔德的思想贡献,在欧洲乃至世界范围内,对弱小民族文学的评价不再完全受制于外部世界的标准,而可能依据其自身的传统。回顾19世纪的思想史,我们不难发现赫尔德的思想呼应了安德森所谓的"语文学-词素学革命"(philological-lexigraphic revolution),以及随之而至的民族国家和民族主义意识的兴起。这正是卡萨诺瓦从"赫尔德革命"导入亚非拉后殖民文学的要点。卡萨诺瓦明言,这些刚刚摆脱殖民统治的国家也遵循同样的政治与文化机制,声张其自身的语言和文学诉求。② 回到"赫尔德革命"及其在欧洲的效应(effect),该机制所指为何? 首先,赫尔德提出的民族语言思想,解释了19世纪的欧洲民族主义思潮何以与民族语言诉求相伴而生。在欧洲的帝国政治时代,民族语言几近荒废,或者仅存于口头形式。但随着民族文化的再度兴起,民族语言成为民族解放的工具、定义民族性的手段,并在语言学家的努力下获得改进,重新取得书面语言地位,进入学校教育。非洲作家中,在此方面有重要论述的当属恩古吉,他在80年代即宣布放弃使用英文写作,而代之以基库尤语。与之相比,阿契贝的主张显得较为温和,在外来的欧洲语言与非洲固有语言之间采取较中立的态度和更实用主义的立场。不过,自认为缘定英文的阿契贝,将此外来语言改造为非洲本土民族语言的意图,也反复见于其各个时期的论述中。因此,尽管阿契贝与恩古吉等本土语言派分歧明显,但确立民族语言的独立地位,仍是双方实际共享的认知。第二,赫尔德亲自收集整理了民间诗歌和传统歌谣并结集出版,于是编撰口头文学的风气席卷整个欧洲。阿契贝很早就意识到自己是"居于谚语世界者",而谚语总能为他引动受众,点亮文字。阿契贝回顾了1954年围绕图图奥拉的第二部小说《我在鬼林中的生活》(*My life in the Bush of Ghosts*)而爆发的"小型战争"。一群负笈于英国的尼日利亚学生致信伦敦《西非》(*West Africa*)杂志的编辑,对"劣质英文写成的民间故事书"的文学性提出质疑。阿契贝以此为例提醒读者,彼时的非洲年轻知识分子对于民间传统以及非洲化的英文,均持相当负面的态度。他认为这折射出非洲人内心"遭重创的自我意识"。简言之,卡萨诺瓦所谓的政治文化机制就是弱势民族通过语言和文化的民族化运动,为民族文学在竞争性的世界文学空间中争取某种合法性,并跻身世界文学之列。这个

---

① Benjamin, Walter. "Theses on the Philosophy of History", in *Illuminations*. London: Jonathan Cape, 1970, p. 265.

② Casanova, Pascale. *The World Republic of Letters*. M. B. DeBovoise, trans., Cambridge: Harvard University Press, 2004, p. 79.

民族化运动也即阿契贝在20世纪的非洲及第三世界所始见之"重讲故事"运动。本书前文所述阿契贝对作为非洲文学语言的英语所实施的非洲化改造——如大量引入谚语等非洲口头传统中的表述方式以及在英语中体现非洲本土语言与文学的"纹理"——实为建构非洲文学资本的努力。

根据卡萨诺瓦的观察,二战后的后殖民文学与"赫尔德革命"如出一辙,只不过是在某种意义上以别样的方式延续了"赫尔德革命"。那么,卡萨诺瓦在何种意义上声称,二战后的后殖民文学与"赫尔德革命"是一脉相承的?所谓"别样的方式"所指为何?第二次世界大战后,非洲作家经历了三个关键的十年,或者三个时代,即反殖民斗争时代、独立时代和新殖民主义时代。第一阶段是50年代,是非洲人民为争取完全独立、反抗殖民主义的全盛十年。从非洲外部看,中国革命的胜利和印度的独立揭开了第三世界民族独立的序幕。之后,朝鲜爆发了革命,越南人取得了奠边府战役的胜利,古巴人民驱逐了巴蒂斯塔(Batista),亚洲、加勒比和拉丁美洲的很多殖民地出现了独立解放运动的萌芽。就非洲而言,纳赛尔(Nasser)领导了埃及的民族主义运动,苏伊士运河被收归国有;肯尼亚的土地自由军掀起了茅茅运动(Mau Mau Movement)这场反对英国殖民压迫的武装斗争;阿尔及利亚民族解放阵线也针对法国殖民主义展开了军事、政治与外交的多重斗争。在非洲,这十年中的标志性事件是1957年加纳的独立和1960年阿契贝的祖国尼日利亚的独立,也预示着更多的非洲国家将摆脱殖民统治。我们所谈论的阿契贝这一代非洲作家,就诞生于这场反殖民主义剧变之际和世界革命风起云涌之时。群众反帝国主义的巨大力量和乐观情绪,反映在了这一时期的文学创作中。无论诗歌、戏剧还是小说——甚至还有解释性的作品——的创作,都体现出自信的语气。这是一个诠释自己、为自己说话、捍卫自己过去的非洲。这是一个拒绝帝国主义艺术家为其过去所绘形象的非洲。

可以说,这一时期最好和最具代表性的作品——阿契贝的《瓦解》——表现出了一种自信。这里,非洲作家和他们的作品都是非洲革命的一部分,文学成为革命启蒙和动员大众的力量之一。学界一般认为,阿契贝等非洲作家的创作之所以能够跻身世界文学之列,主要因为他们以英文写作,在西方出版自己的小说并受到国际(实际上大致等同于西方)阅读大众的关注和欢迎。对此,我们当然不能否认,但人们往往会忽略问题的另一面,或许还是更重要的方面。也即,能否得到西方读者和知识界的认可,并非产生世界文学的唯一机制,或者说,世界文学的概念并不完全由西方世界所决定。阿契贝批判了奈保尔在曼哈顿学院祭出的所谓"普世文明"(universal cilization)论,此论大意为始于欧洲、传至美国的文明有权成为所有人接受的文明。此论调尤其见于《河湾》(A Bend in the River)开篇:"这个世界就是如此;一无所有者、放任自己一无所有者是没有地位的。"①阿契贝认为,奈保尔所继承的乃是康拉德以《黑暗的心》创造的传统,由"河湾"这一题名即可见二者的互文关系。奈保尔的世界声誉来自对非西方世界的否定与诋毁,但阿契贝认为这不是世界文学的唯一机制与选择。阿契贝看到了世界文学场域中的两种对抗性力量——我们姑且称之为殖民的力量与去殖民的力量,长期流亡/旅居美国的他没有像奈保尔那样倒向或臣服于殖民者的世界文学,他在兹念兹的仍是万里之外的祖国尼日利亚与非洲,仍是以去殖民叙事"平衡"殖民叙事。至少,我们从非洲或第三世界革命的时代,看到了另一种世界和另一种世界文学。这个世界就是亚非拉(半)殖民地构成的第三世界,以及由第三世界革命所催生的第三世界文学。就非洲而言,这个时期的非洲作家除了有西方文学这个始终存在的参照物之外,还有一个泛非文学的意识,甚至第三世界革命的观念。不过,阿契贝的世界主义观念与此稍有不同,作为思想偏于自由主义的作家,他游移于两种世界主义之间,即詹姆士·奥古德(James Ogude)所谓"理想化的、外在于当地历史的"普世世界主义与"在历史之内的"、当地殖民臣属的世界主义。② 这是一种本土世界主义(local cosmopolitanism)或曰非洲世界主义(African cosmopolitanism)。不过,我们与其将这种特殊的世界主义视为本土与世界二者的折中,不如借"赫尔德革命"的眼光将其看作非洲文学资本的积累。这个资本积累过程绝非和风细雨,而充满紧张与斗争。从阿契贝的个人经历与论说看,非洲文学资本的积累过程是以对西方中心的普世主义思想的批判为基本前提的,反之,后者也是以前者为前提的。因此,从阿契贝的经验看,非洲文学的世界属性是以非洲文学资本的积累为基本依据的,这是另一种意义上的世界文学,更是一种世界文学的革命。

詹姆士·奥古德在论及阿契贝身后"遗产"时,特别凸显了《瓦解》的地位,强调其"转变性力量"(tranaformative power),也就是这部作品很大程度上塑造了彼时时代风潮中的非洲思想主体。③这个思想主体有何特征?

---

① Naipaul, V. S. *A Bend in the River*. New York: Vintage, 1989, p. 3.

② Ogude, J. "Reading 'No Longer at Ease' as a Text That Performs Local Cosmopolitanism", Uncorrected proofs from the author, *PMLA* 129. 2 (2014), p. 251.

③ Ogude, James. "Introdution: Why Celebrate Chinua Achebe's Legacy?", in James Ogude, ed., *Chinua Achebe's Legacy: Illuminations from Africa*. Pretoria, South Africa: Africa Institute of South Africa, 2015, p. ix.

奥古德认为是对20世纪60—70年代界定非洲人身份的"泛非主义的时刻"(Pan-Africanist moments)的"大声疾呼",即对共享同一政治命运的共识。若以本尼迪克·安德森的语汇表述,《瓦解》开创了一个泛非主义的空间,非洲人将自身想象为一个共同体。恩古吉承认,非洲作家的革命使命并非易事,他们一方面要承认帝国主义的全球性,另一方面要反抗帝国主义以建立新世界的、斗争的全球性。前者所对应的是帝国主义的世界文学,后者所对应的是属于第三世界文学的非洲文学,或曰泛非文学,即另一种意义上的世界文学。恩古吉认为,非洲作家必须拒绝、否认和反对与资产阶级及其代言人的根源,发掘与全球泛非群众的真正创造性联系,要与世界上所有社会主义势力结盟,必须写下他身后所有非洲、美洲、亚洲和欧洲劳动人民斗争的曲折之路。非洲作家必须支持,并在写作中反映非洲工人阶层及其盟友为全面劳动解放而进行的斗争,他的作品表现的不是和平与正义的抽象概念,而是非洲人民为夺取政权继而控制生产力而进行的实实在在的斗争——为真正的公平正义奠定唯一正确的基础。[①] 尽管阿契贝很少明确指认泛非主义运动与第三世界运动的进步性,但他的作品客观上推动了相关思想与政治运动的发展,影响了其后的几代非洲作家、思想家甚至是更广泛的人群。这种非洲意识和第三世界意识,见于很多非洲作家的创作观念中。埃及作家纳吉布·马哈福兹在发表诺贝尔文学奖获奖词时,除了强调自己的埃及文化背景,同时也指出自己来自第三世界。他所谓的第三世界是一个债务重压下勤劳的世界,第三世界的人们为了偿还债务而忍饥挨饿,或徘徊于饥饿的边缘。第三世界的人们有些在亚洲死于洪水,还有一些在非洲殁于饥荒。在南非,数以百万计的人在这个民权时代被剥夺了一切人权。在约旦河西岸和加沙地带,第三世界的人们尽管生活在自己的土地上,却失去了家园。他们已经奋起,争取连原始人类都享有的首要权利,也就是,他们应该拥有受到外界承认的立身之地。[②] 从这篇获奖词看,马哈福兹在其观念中有着清晰的第三世界图景,甚至可以说,他的第三世界身份是其埃及国族身份的延伸,或者其埃及身份应置于第三世界之中理解。因此,当马哈福兹在瑞典首都斯德哥尔摩面对欧洲人时,他总是以"一个来自第三世界的人"的面

---

① Thiong'o, Ngugi wa. "The Power of Words and the Words of Power", in Tejumola Olaniyan and Ato Quayson, Malden, eds., *African literature: An Anthology of Criticism and Theory*. Oxford: Blackwell Pub., 2007, pp. 481—482.

② Mahfouz, Naguib. "Novel Lecture", in Tejumola Olaniyan and Ato Quayson, eds., *African literature: An Anthology of Criticism and Theory*. Oxford: Blackwell Pub., 2007, p. 123.

目示人,总是以"第三世界之名"发出呼吁。

1981年,德国比较文学的领军人物霍斯特·吕迪格(Horst Rüdiger)竟然妄言那些跻身联合国的前殖民地,既无"智性资源",又缺"经济财富",但"世界文学可不是联合国大会"。① 非洲文学作为一个整体,何为其区别性特征? 或者,西方学界对非洲文学的研究视角,问题何在? 这对于我们界定非洲文学与世界的关系,至关重要。实际上,这也是同一个问题,回答了其中一个,另一个也就迎刃而解了。对于批评家和作家究竟如何认识非洲文学,如前文所述,阿契贝通过描述穆巴瑞仪式启发读者。阿契贝或许以此点中了非洲文学的根本特征,即作为20世纪非洲政治和革命进程的有机组成部分所具有的参与性和介入性。如果脱离20世纪非洲作为第三世界所经历的去殖民化浪潮,就难以正确或深入理解非洲文学中的诸多议题。一旦偏离这个根本特征,非洲文学研究就难以作出令人信服的论述。

早在上世纪20年代,秘鲁作家何塞·卡洛斯·马里亚特吉(José Carlos Mariátegui)坚持对秘鲁文学作出有别于西方文学传统(如古典主义、浪漫主义、现代主义等)的历史分期——殖民时期(colonial)、世界主义时期(cosmopolitan)和民族主义时期(national)。② 其中,世界主义时期的秘鲁文学师法域外文学,从中兼收并蓄,直至能够重塑本民族的个性和情感,从而进入民族主义时期。恩古吉深受茅茅运动的影响,在《学校中的文学》(Literature in Schools)一文中提出了两种针锋相对的美学:一种是"压迫和剥削的美学",即"顺从帝国主义的美学";另一种则是为了"完全的解放"而斗争的美学。③ 两种美学分别对应于参与霸权主义历史进程的文学和抵抗压迫的文学。法国对北非的殖民统治历时130年之久。在阿尔及利亚,法国殖民当局以法语教育系统取代了阿拉伯语学校,借此有效压制了本土的阿拉伯语文学创作。"法语成为发号施令的语言、行政管理的语言和理论知识的语言。而且,法语使阿拉伯语沦为被统治者的语言、社会底层人的语言……对此压制行径,法律也推波助澜,于1923年

---

① Rüdiger, Horst. "Europäische Literatur-Weltliteratur: Goethes Konzeptioin und die Forderungen unserer Epoche", in von Fridrun Rinner und Klaus Zerinschek, hrsg., *Komparatistik: Theoretische Überlegungen und südosteuropäische Wechselseitigkeit*. Heidelberg: Carl Winter, 1981.

② Mariátegui, José Carlos. "Literature on Trial", in Marjory Urquidi, trans., *Seven Interpretive Essays on Peruvian Reality*. Austin, TX: University of Texas Press, 1971, pp. 190—191.

③ Thiong'o, Ngugi wa. "Literature in Schools", in *Writers in Politics*. London: Heinemann, 1981, p. 38.

宣布阿拉伯语在阿尔及利亚是外语;教育专家们也是如此,宣称拉丁字母比阿拉伯语更适合现代人的需要。"①1962年阿尔及利亚独立后,所有公共领域的所谓"阿拉伯语化"(Arabization)成为民族化运动的重要内容。尽管如此,北非很多最杰出的作家和知识分子因受了系统的法语教育,或者阿拉伯语作品遭到查禁,故仍以法语写作。但是,在摩洛哥作家和批评家阿·卡蒂比(Abdelkebir Khatibi)看来,北非作家的法语作品中蕴含着某种处心积虑的讥讽,通过"创造、毁型、赋予新结构"等手段与法语"保持某种距离",最终使法国读者"在自己的语言中产生陌生的感觉"。② 针对西方文学的支配地位以及法国对于前北非殖民地的政治和文化霸权,阿尔及利亚作家梅狄·夏夫(Mehdi Charef)的代表作《阿基米德后宫的茶》(*Le thé au harem d'Archi Ahmed*)正是一种文学的抵抗实践,一种对阿拉伯文学中以诗文交锋应答的经典形式(mu'āradah)的延续。故事讲述了一个法国年轻人帕特(Pat)和阿尔及利亚"新生代"青年马吉德(Madjid)之间的友谊。最后,马吉德因种种劣迹被捕,而原本已逃之夭夭的帕特毅然回到好友身边,一同登上警车。现实中,法国人与阿尔及利亚移民之间关系紧张,这种关系是阿尔及利亚战争的延续。《阿基米德后宫的茶》应被置于法国在北非的殖民时代文学史之中考察,为现实中宗主国与殖民地之间的种族矛盾提供另一种解读。值得玩味的是,《阿基米德后宫的茶》与法国作家阿尔贝·加缪同一历史时空下的代表作《局外人》(*L'Étranger*)形成了鲜明反差,构成了某种抵抗关系。《局外人》中的法国人雷蒙强暴了一名阿拉伯妇女,而他的弟弟默尔索又谋杀了这个阿拉伯女人的兄弟。现实中,加缪对阿尔及利亚人的态度与小说中的叙述是一致的。上世纪50年代,加缪重回阿尔及利亚访问,公开宣称反对阿尔及利亚人为民族独立展开的斗争,主张其与法国构成联邦。对《局外人》发生的历史语境,法国批评界视而不见,采用的是去历史化(dehistoricizing)的解读策略,萨特誉之为存在主义荒诞文学的典范,小说与现实社会政治的关联被替换为不可理喻的沉默和荒诞。在莫桑比克解放阵线(FRELIMO)于1971年编撰的《战斗诗篇》(*Poems of Combat*)的介绍部分,加缪和萨特等代表的西方资产阶级文学艺术,被界定为"富人的消遣"(amusements of the rich);反之,莫桑比克人民反抗殖民统治的诗歌,则是"来自

---

① Souriau, Christine. "Arabisation and French Culture in the Maghreb", in W. H. Morris-Jones and George Fisher, eds., *Decolonisation and After: the French and British Experience*. London: Frank Cass, 1980, p. 321.

② Khatibi, Abdelkebir. *Le Roman maghrebin*. Rabat: SMER, 1979, p. 70.

必需、来自现实的呐喊"。①

著名非洲文学学者西蒙·吉坎迪认为,非洲文学史中,殖民主义和文学生态之所以如此关系密切,还因为文化观念本身位于殖民征服和统治的核心地位。殖民主义作家不仅认识到,文化和知识是可用以实施控制的工具,还认识到殖民过程产生了新的文化结构,也就是历史学家尼古拉斯·德克斯(Nicholas Dirks)描述的"相关的过程网络"(the allied network of processes),这个网络产生新的臣民和国家。德克斯指出,文化观念作为知识的对象和类型,形成于殖民历史,并产生了具体的文化形态;这些文化形态"成为抵抗殖民主义过程中的根本因素,这在民族主义运动中表现得尤其明显,这些运动运用西方的民族独立和自决观念,以证明自己独立诉求的正当性"②。这一点上,西方有关民族、文化和自我的观念,转而用来反对殖民主义统治,由此产生了非洲作家的大部分作品。肯尼亚历史学家马伊纳·瓦·金亚提(Maina wa Kinyatti)与茅茅运动的前成员合作,收集运动中涌现的爱国歌曲,编译了《山中雷电》(*Thunder from the Mountains*)。金亚提坦陈,自己翻译这些歌曲内含鲜明的抵抗动机,即"回应那些肯尼亚知识分子及其帝国主义主子,他们至今都否定这场运动的民族属性"③。因此,这些歌曲就是"我们的民众决心把国家从外国统治中解放的回声和记录"④。肯尼亚作家米希尔·吉塞·穆戈(Micere Githae Mugo)是流亡海外的作家,但他认为,流亡不是正常状态下的选择,而是在国家恐怖成为常态的情况下,受害人因拒绝成为殉道烈士或投机分子而作的选择,是进步作家利用身居海外的机会,在远离祖国的地方建构新的抵抗网络,与其他国际主义斗争运动携手,反对不公、压迫和灭绝人性的行径。⑤ 由以上论述可见,从阿契贝的论述看,非洲文学的世界属性有赖于非洲文学资本的积累,而这个积累过程又伴随着非洲去殖民独立解放运动所展开的对抗行动。无论阿契贝的个人经验,还是其他非

---

① 引自 Searle, Chris. "The Mobilization of Words: Poetry and Resistance in Mozambique", *Race and Class*, 23.4 (1982), p. 309。

② Dirks, Nicholas B. "Introduction: Colonialism and Culture", in *Colonialism and Culture*. Ann Arbor: University of Michigan Press, 1992, p. 4.

③ Kinyatti, Maina wa. ed., *Thunder from the Mountains: Mau Mau Patriotic Songs*. London: Zed Press, 1980, p. x.

④ Kinyatti, Maina wa. ed., *Thunder from the Mountains: Mau Mau Patriotic Songs*. London: Zed Press, 1980, p. 3.

⑤ Mugo, Micere Githae. "Exile and Creativity: A Prolonged Writer's Block", in Tejumola Olaniyan and Ato Quayson, eds., *African literature: An Anthology of Criticism and Theory*. Oxford: Blackwell Pub., 2007, p. 149.

洲作家的言说,都指向了这个对抗的传统。我们以往论及阿契贝的世界文学身份时,对西方的影响强调过多,而未充分展现其与西方"普世主义"论调斗争和对抗的一面,或者未能充分认识到,这种对抗与紧张同样构成了阿契贝世界主义文学身份的重要资源。

第九章　非洲文学研究中的问题殖民

仰仗学界师友襄助，由笔者领衔翻译的《非洲文学批评史稿》(*African Literature: An Anthology of Criticism and Theory*)于2020庚子鼠年春节后在沪问世，该书收录了近百篇专论非洲文学的文章，几乎囊括了域外非洲文学研究的所有面向，是国内引进的首部全景式非洲文学批评与理论文集。笔者治非洲文学至今十年，心中萦绕的问题是：中国学人为什么要研究包括非洲文学在内的第三世界文学？从时下学界的选题思路观察，这个问题其实不难回答：非洲文学向来少人问津，所以在此领域的开拓有填补空白之功。学界填白补缺的集体无意识在近现代有其深刻的历史渊源（此处不作展开），但这样的回答无疑是缺乏问题意识的，也消解了研究者的主体性。我们的外国文学研究向来独尊英美日等第一世界的文学，研究者身处其中，似乎于潜意识中通过某种"身份投射"而生"鹤立"之感。笔者曾惊讶地发现，印度位列四大文明古国，拥有灿烂的文学传统，但在我们的外国文学界也只落得"门可罗雀"的凄冷相，相关研究文章极少见诸重要专业期刊。与此相关，笔者近年还有一问，即第三世界文学研究相较欧美文学研究，是否只能委身次等学问之列？（当然，凡是肯定的回答，皆有"政治不正确"之嫌，故鲜见于公开的表述。）反向论之，对第三世界文学的探究能否赋予研究者观察世界文学关系的独特视角，并从中生发出重要的研究议题？而"问题殖民"正是笔者从具体的研究实践中所产生的问题意识，这一论题因其元批评性质而具有相当的普遍性和辐射力，以当下的历史变局和学术使命而论，在学界提出这一问题，窃以为恰逢其时。实际上，本书作为阿契贝专题研究，其基本的写作动机就是对西方阿契贝或非洲文学研究的不满，力图走出一条中国学者的道路，建立我们自己的问题意识。因此，本章是对本书阿契贝专题研究的升华和反思，既对现有研究所取得的成绩有所肯定，也毫不掩饰其中存在的不足。

何谓"问题殖民"？2009年11月，秦晖在复旦大学经济学院以《警惕"问题殖民"：西学东渐中的问题误置》为题发表演讲。他以"大小政府""交易成本""中产阶级"等概念为例,说明某些西来的、异质的概念若不经转化就直接引入中国语境,其有效性是否继续保持,就很值得商榷。我们应该看到,较之经济、政治和军事领域的殖民和征服,这种发生于非西方知识界的"问题殖民"隐而不彰,却影响深远。或许因为在中国,外国文学界的学术训练和理论研习基本因袭了欧美学术的历史传统和当下潮流,因此思考和讨论的问题几乎悉数来自西方学界。如此一来,中国学界当然在某种意义上做到了"与国际接轨",因为只要欧美学界讨论什么话题,流行何种理论,中国学界往往应声而动、随之起舞。这种"刺激-反应"格局,或许有利于我们与国外同行展开对话,但这种交流对中国人文学术利弊几何,就很值得推敲和反思。

就非洲文学研究而言,自上世纪 90 年代以来,后殖民批评就来势汹汹,成一时之潢潦。它甚至被学界奉作主导的理论和话语,在学界造成了某种"问题殖民"的风气,导致我们的研究只是以非洲为假想物的西学翻版,使得这一领域总体上既对西方学术界无关紧要,又在本国思想界凌空蹈虚。因此,我们的非洲文学研究某种程度上是"没有非洲的非洲研究"。就阿契贝研究而言,国内的研究基本采取了西方后殖民批评或者后现代主义的路向,独立开拓议题的意识相当淡薄。这很容易使人联想到日本著名思想史家沟口雄三先生的类似表述,他曾批评日本的中国研究是"没有中国的中国研究"[①]。当然,沟口此论所指乃是日本学界只关心中国古典时代的形而上观念史,而漠视同时代的社会史。当然,我们的研究未必如沟口所论那样以中国内部的问题"消解"非洲,而往往表现为沟口所谓的"以世界为方法",也就是以欧美学界的非洲研究为标准,所关注的对象与其说是非洲的非洲文学,毋宁说是欧美学界"过滤"和"消化"过的非洲文学。还需强调的是,这种"去非洲化"现象实质上同时伴随着"去历史化",而"去历史化"与"问题殖民"(或曰"自我问题殖民")彼此又构成了某种逻辑关联。这些具有"问题殖民"性质的特征,悉数表现在阿契贝乃至非洲文学研究领域。

本章试回答以下问题:冷战后,学术界的"理论终结"意识如何造成了非洲文学研究的去历史化趋向?第二,西方后殖民批评的问题路径如何决定了其对非洲文学的选择偏好?如何对第三世界研究主体构成了"问题殖民"?最后,如何重建第三世界文学的主体性?需要说明的是,作为高度政治化的 20 世纪的一个重要政治概念,第三世界涵盖甚广,受笔者的知识面所限,本章涉及的材料大多来自非洲文学领域。此外,本章所论的第三世界

[①] 汪晖:《旧影与新知》,沈阳:辽宁教育出版社,1996 年,第 233 页。

文学具有两重涵义,既指作为研究客体的第三世界文学,如作家、作品和文学史,也指作为研究主体的第三世界研究者。

理论的"终结"与非洲文学研究的去历史化

我们首先要讨论西方理论与非洲文学的关系问题。这实在是过于重要的问题,不能说学界对此全无思考,尤其我们的文学理论界近年有关"强制阐释"的讨论,就体现了一些具有反思意识的学人对此的自觉。[①] 但是,此类有关西方(主要是美国)理论之弊的讨论所展开的方式和思路却值得商榷。从目前公开发表的文献看,学界对于"强制阐释"或者西方理论霸权的讨论不乏真知灼见。但不足在于,论辩的思路依然未能跳脱西方理论与文学研究之间的思维辖制,其实际效果究竟是对西来理论霸权的抵抗,还是某种意义上的迎合和强化,本身就暧昧不明。相关讨论在学界实际产生的效应,恐怕多少有悖于立说者的初衷。原因在于,如果文学元批评的焦点总是指向西方理论,无论迎拒或褒贬,恐怕都难以摆脱以西方理论为非洲文学批评实践唯一参照的痼疾。换言之,任何批判西方理论霸权的讨论,如果不能提出超越性的思路和策略,其结果很可能是负面的,立论者最后也可能成为理论霸权的分享者和受益者。一个学界不得不承认的现实是,非洲(无论作为研究的客体、还是主体)的文学批评现状是在自觉或不自觉的历史进程中,以西方学术范式和问题意识为参照而形成的。不妨以本章开头提到的《非洲文学批评史稿》为例。从该书第一部分"背景介绍"对不同语言的非洲文学的处理中,就能看出编者和作者的轻重与厚薄,欧洲语言文学[②](下文简称"欧语文学")所占篇幅相较本土语言是压倒性的。当然批评界(包括西方学者)并不否认非洲本土语言文学(下文简称"土语文学")的存在,也有相关的研究问世,但就重要性和文学性以及相关文献的多寡而言,二者不可等量齐观。不过这也无可厚非,因为从欧美学界的学术理路和问题意识来看,无论非洲文学隶属于作为殖民文化共同体的英联邦文学(Commonwealth Literature),还是作为语言共同体的英语文学(anglophone literature)或法语文学(francophone literature),抑或较为晚近的后殖民文学,最能代表非

[①] 关于时任中国社科院副院长的张江在学界发起并得到国内外学界名家回应的"强制阐释",重点参见张江、张隆溪、王宁、王侃等学者发表的相关文章、对谈和公开信。

[②] 评论界中也有人认为,欧洲语言应被视作非洲语言,以欧洲语言写成的非洲文学也应属于非洲文学的范畴,此处作一说明。

洲文学的只能是欧语文学，土语文学很难"担此重任"。即使在欧洲与本土二者交叠的界面研究中，主次之分也一以贯之，难以撼动。《非洲文学批评史稿》第二部分"口头性，读写性及其交界面"的导论中，编者虽承认非洲欧语文学出现的时间较晚，但同时指出，"口头文类——故事、谚语、史诗、咒语、颂词、特定场合（葬礼、婚礼、授职仪式、成年礼等）的诗歌和戏剧表演——已经以多种方式成为作家名副其实的资源库；在他们的书面作品中，口头文类被借用和转化"[1]。这就是该选本第二部分的问题意识和当下非洲文学"口头性"研究的主导思路，非洲内外的批评家皆视之为当然，鲜有质疑之声。这里的问题意识和研究思路就是非洲的口头传统（oral lore）对欧语文学的滋养和影响，但是，若以非洲文学的主体性反观，欧语文学对非洲土语文学的形式、题材和叙事等方面究竟造成了何种影响，必然构成更为重要的研究议题——当然，在现实中，这个反向的思路对于西方批评界即使不是无关紧要，至少也不足以构成重要的议题。在笔者看来，西方理论之积弊固然有"强制阐释"的一面，但根本而论，"强制阐释"的背后是第三世界学人主体性的孱弱，由此而来的最大弊端非"强制阐释"一说所能概括。最致命者，毋宁是文题中的"问题殖民"四字。

就第三世界的文学研究而论，"问题殖民"表现为第三世界学人不加批判地把西方学界的研究论题作为自己的问题，具体表现为接受、迎合西方理论甚至潜意识中渴望以其统摄第三世界的批评实践，从而遮蔽了对他们而言更为重要和迫切的问题——独立开掘重要研究议题。如上文所论，非洲文学中欧语文学对非洲书面土语文学的影响，这一论题在非洲文学批评中几乎难觅踪影。这就解释了为何阿契贝这类受非洲传统影响的非洲英语作家容易被人关注，而那些受英语文学影响的非洲本土语言作家几近无人问津。"问题殖民"导致我们的批评实践游离于本土的文学经验，批评家固执于以所谓普遍有效的欧美理论统摄具体地方的文学经验。[2] 我们的文学研究能否与西方理论或者学术热点建立某种关联（实为具有思想殖民色彩的依附关系），成为建构学术合法性的关键一环。也即，西方理论视野之外的文学经验，往往很难进入我们的考察视域；或者说，我们的研究是否源于西方学界的理论议题，并为其观照，总体上成了批评界具有超验色彩的集体无意识或问题意识的主要来源。当然，这并不是说凡是涉及西方理论资源的

---

[1] 泰居莫拉·奥拉尼央、阿托·奎森：《非洲文学批评史稿》，姚峰等译，上海：华东师范大学出版社，2019年，第81页。

[2] 批评界的这一思维路径有其历史渊源，近代以来，中国士人为了对抗西方，经历了从回向传统到诉诸西学的转变过程。

研究皆可打入"问题殖民"的另册,本书借助德勒兹的理论就体现了作者解构"问题殖民"的意识与努力,无论实际效果如何。

在学术共同体的此种无意识"共识"中,西方理论与文学研究之间的关系是自明的,是毋庸置疑和不可挑战的。按照印度政治学家阿迪蒂亚·尼加姆(Aditya Nigam)的说法,问题恐怕也与第三世界知识分子的西方想象不无关系,他们认为所有的问题以及问题的所有面向,都已在西方(更准确地说在启蒙运动中)被穷尽了,留待非西方世界思想家完成的工作,只是"去应用西方传承下来的既有理论范畴"①。这也就是所谓理论的"终结"在本书的具体意蕴,当然这里的"终结"并非特里·伊格尔顿所谓"理论的黄金时代早已过去"②这一涵义,而取冷战后美国日裔学者弗朗西斯·福山"历史终结论"中的"终结"之意。

第三世界文学研究中的理论终结意识从何而来呢？这个问题的答案,在文学研究史内部很难得到满意的回答,因为作为观念的文学思想从来就不是自足的,只有将其置于具体而复杂的社会历史的动态脉络中,其真实而多元的样貌才有可能获得恰当的呈现。换言之,如果文学研究不能与经济史、政治史、社会史产生积极有效的互动,我们的研究工作就容易在一个狭窄的思想空间中循环论证,难以拨云见日,所得结论的说服力恐怕也要折损。产生于基督教文明的现代性概念,何以能够用于对非西方社会和文化的描述？当然,随着资本主义全球化的历史过程,现代性最终演变为全球现象,可是,作为全球现象的现代性与西方理性主义的关系何以是自明的？③ 这是学界有识之士在追索现代性脉络和矛盾的过程中提出的问题。在论说者看来,二者间的自明关系与其说是真实历史过程的反映,毋宁说是一种韦伯所谓"总体历史"的知识体系。④ 韦伯通过赋予理性以普适性价值和意义,使得现代性摆脱了与具体欧洲历史和地域的约定关系,将西方与东方之间原本的空间并置关系,重新建构成线性的时间先后关系。我们可以说,观念、知识和意识形态的"殖民",伴随着资本主义经济、政治和军事在全球殖民和扩张的整个历史过程,也就是将世界重新组织并使其进入一个传统与现代、落后与先进、非理性与理性、野蛮

---

① 阿迪蒂亚·尼加姆:《亚非团结与资本"症结":在前沿处展望未来》,高士明、贺照田编:《万隆:第三世界六十年》,台北:人间出版社,2017年,第40页。

② Eagleton, Terry. *After Theory*. New York: Basic Books, 2003, p. 1.

③ 汪晖:《去政治化的政治:短20世纪的终结与90年代》,北京:生活·读书·新知三联书店,2008年,第377—379页。

④ 汪晖:《去政治化的政治:短20世纪的终结与90年代》,北京:生活·读书·新知三联书店,2008年,第382页。

与文明的二元新秩序的历史过程。因此,东西方文学关系中的"问题殖民"应该置于这一总体性历史进程加以考量。如果说,资本主义现代性在全球范围内的重新等级化,具体到第三世界文学研究领域时表现为"问题殖民",那么"问题殖民"在方法论意义上的主要恶果就是第三世界文学研究中的"去历史化"现象。

例如,《前现代−现代转型的文学再现》是 2009 年发表的一篇文章,此文通过比较四位不同文化背景的作家(除两位欧美作家外,另两位是非洲的阿契贝和中国的鲁迅),力图说明"前现代−现代转型的文学再现"。① 遗憾的是,这篇涉及两位第三世界作家的文章将不同文明间复杂丰富的空间性对话关系,简化为从前现代向现代演进的线性关系,导致真正重要的问题被偷换和忽视。针对此文的具体论述,我们不禁要问:阿契贝通过《瓦解》所揭示的果真只停留于"西方现代文明"对"平静的前现代非洲生活"带来的"震荡"吗?西方带给非洲的果真是作者所谓的"文明"吗?而"前现代非洲生活"就一定那么"平静"吗?此外,"前现代"能否成为概括彼时"非洲生活"的恰当概念?读者只要通观本书的阿契贝专题研究,就能看出此文作者的认知与阿契贝本人的初衷相去甚远,也即:当研究者被西方的线性进化论思维所框定后,往往会罔顾研究对象本身的意图,将其看作可以任意装扮的"芭比娃娃",下意识地否定或掏空研究对象的主体性。(此文对《阿 Q 正传》的解读,恐怕也有误读之嫌。)这一连串反问无意抹杀此文在当时学术语境中的积极作用,所针对的是在"问题殖民"风气笼罩之下视本土文学和历史经验为无物的流弊。当然,此文绝非孤例,而是群体现象的折射。此文在"问题殖民"的流风之下将第三世界原本复杂的文学经验加以简化甚至误读(当然,误读未必是作者本意,很可能是由研究方法所致盲区而来),并收入西方概念的模型之中,使得阿契贝和鲁迅作品中原本蕴含的思想契机和主体能动性,一概被西方的线性历史观所规定的结论扼杀。我们并非反对使用西来的理论和概念,实际上西学早已内化和弥漫于我们的思维方法和知识结构之中,早已成为我们习以为常的重要理论和思想资源,甚至已汇入我们的传统而化作无形(以至如今要作中、西学之分,恐非易事)。但是,我们反对缺乏批判意识的"自我殖民",因为一旦落入其中,第三世界的文学研究就会在抵抗霸权的旗号下沦为霸权的"帮凶",更有甚者,西方理论本身也失去了与第三世界文学经验对话、从中获得滋养而实现自我纠正和更新的机会。至此,我们大致可以体察西方的"问题殖民"与

---

① 丁尔苏:《前现代−现代转型的文学再现》,《外国文学评论》2009 第 4 期,第 121 页。

第三世界文学研究的"去历史化"这二者间的逻辑关联,也即,把问题置于具体的历史流变之中,是第三世界学人在强势的西方理论面前避免"问题殖民"的有效策略;反之,一旦陷入"问题殖民"的窠臼,相关研究就恐难避免"去历史化"弊病。下面,笔者以自己从事非洲文学和理论研究的实践,首先阐释第三世界文学与思想在西方后殖民理论中的角色,以及从事第三世界文学研究应如何定位与西方理论的关系,如何在获得其理论资源的同时,又彰显自己清晰的问题意识,在自身的思想脉络、学术传统和历史进程中提出重要的研究议题。

后殖民理论的问题路径与西方对非洲文学的选择偏好

有学者指出,非洲历史上并非只有口头文学传统,本土语言的书面文学传统亦源远流长,绵延至今;然而,对于非洲土语文学,国内外理论界和批评界似乎少有问津。[①] 如果我们对非洲文学批评史以及相关研究文献稍作回顾,便可知这一说法大体不虚。此处,仅举一例说明。由美国黑人学者编撰的《牛津非洲思想百科全书》(*The Oxford Encyclopedia of African Thought*)中,"文学与批评"词条下包含了"非裔美国文学与批评""英语文学与批评""加勒比海文学与批评"和"北非文学与批评"。[②] 可见,这部鸿篇巨制指涉的"非洲"是一个宽泛的概念,从非洲大陆延伸至加勒比地区与美国。吊诡的是,两位通晓非洲文化的黑人编者居然未将非洲土语文学列入其中。其实,土语文学并未彻底遁迹,可在"读写性与口头性"词条中寻到蛛丝马迹。在此,土语文学被归入了"非洲口头传统"(African oral tradition)。在"从传说、史诗,到通俗文学,及至重要文学作品"这一具有等级色彩的线性过程中,土语文学无法获得文学之名,只能委身于"口头经验",其价值在于滋养非洲的欧语文学。因此,南非小说家阿奇博尔德·坎贝尔·乔丹(A. C. Jordan)的科萨语作品,最多只是"通俗文学"(popular literature),难以比肩"更为严肃的文学形式"。[③] 熟悉非洲文学批评史的学者会

[①] 2018年12月23日,北京外国语大学亚非学院举办了"雪隐鹭鸶:第三世界文学中的语言"工作坊,参会的非洲豪萨语文学专家孙晓萌就此作了相关发言。

[②] Irele, F. Abiola and Jeyifo, Biodun. *The Oxford Encyclopedia of African Thought* (v. 2). Oxford: Oxford University Press, 2010, pp. 52—72.

[③] Irele, F. Abiola and Jeyifo, Biodun. *The Oxford Encyclopedia of African Thought* (v. 2). Oxford: Oxford University Press, 2010, pp. 50—52.

意识到，类似观念在学界具有一定的代表性。非洲是否存在土语书面文学的历史？答案无疑是肯定的，已有相关汇编与研究问世。① 对于非洲文学的语言问题，中外学界往往止步于围绕"欧洲中心论""挪用""颠覆""逆写"等术语作意识形态批判，这是一种典型的后殖民立场。对于当代批评理论（后殖民理论也在其中）的弊端或症结，埃里希·奥尔巴赫在上世纪 50 年代的评点可谓洞若观火。若循其逻辑加以解读，这类后殖民理论显得"过于抽象和含混"，试图以一系列"抽象概念"统摄大量材料，容易沦为赤裸裸的"术语游戏"。② 因此，后殖民理论在破除西人浸淫其中而不自知的自我中心思维的同时，也桎梏了学界的批评视野，遮蔽了其他有价值的议题，妨碍了学界对非洲文学作进一步的学术和思想开拓。后殖民批评何以重非洲欧语文学，而轻土语文学？除了语言的隔阂，是否也是后殖民理论本身的问题导向和理论构架使然？下文主要以萨义德的《文化与帝国主义》（*Culture and Imperialism*）为对象（也会旁及其他著述），并以之比照非洲作家的文本与思想，对以上问题作一番审查和探问，此举不仅着力对以上语言问题作进一步答复，也为引起学界同人思考西方后殖民理论与（前）殖民地文学之间的复杂关系。如果西方理论不经转化就任意嫁接，"问题殖民"的魅影必接踵而至。

《东方主义》这部后殖民理论的奠基之作问世后，学界（主要是非西方学界）在盛赞之余亦常有微词，指责作者专论欧陆的东方学传统，而对广大殖民地的文学与思想传统用墨太少。③ 因此，作为《东方主义》的续编，《文化与帝国主义》被寄予厚望，被认为会对上述弊端有所补正。的确，此作论及众多（前）殖民地作家和思想家，仅就非洲而论，批评界耳熟能详的阿契贝、恩古吉和索因卡（实际上远不止三位）等著名作家均于书中多次出现。然而，萨义德在书中延续了《东方主义》的研究路径，始终以西方世界的文化和思潮为思考和批判的对象。尽管《文化与帝国主义》的论述范围不再限于欧洲，而广涉欧洲以外的人物与文献，甚至辟出专章（第三章"抵抗与敌对"）作具体分疏；但通观全书脉络，作者的思想路径依然是引"东"入"西"。换言之，作者所强调的乃是 19—20 世纪小说文本与帝国主义、殖民主义实践的

---

① 参见 Gérard, Albert S. *African Language Literatures: An Introduction to the Literary History of Sub-Saharan Africa*. Washington, D. C.: Three Continents Press, 1981.
② 埃里希·奥尔巴赫：《世界文学的语文学》，大卫·达姆罗什、刘洪涛、尹星编：《世界文学理论读本》，北京：北京大学出版社，2013 年，第 85 页。
③ 关于萨义德"Orientalism"一词的中译，参见张京媛：《彼与此：评介爱德华·萨义德的〈东方主义〉》，《文学评论》1990 年第 1 期，第 129—134 页。

共谋关系,至少是某种难以撇清的牵连,提醒知识界在解读彼时的西方文学作品时,应引入"帝国"这一长期隐身的维度,采取所谓的"对位阅读"法;或者说,萨义德即使对非西方世界的殖民遭遇抱有某种同情,对其去殖民事业表达了某种支持,也主要是通过对西方文学与思想的反思和批判来间接达成的。这就是非洲文学批评史上所谓语言问题的基本学术和思想渊薮,也是本章切入问题的要津。

若能洞察萨义德引"东"入"西"的思想进路,便可进一步探究后殖民理论对殖民地文学文本的筛选偏好。在《文化与帝国主义》的序言中,萨义德强调小说(当然,也非独此一种体裁)作为一种"文化形式"对于"帝国主义态度、参照和经验"形成的极端重要性。① 他称小说不只是可怡情、可获益之物,更是构成"帝国主义过程"的一部分。② 而正因小说的帝国建构性,或曰叙述(narrative)在帝国开拓过程中的重要角色,英、法两个殖民大国才拥有一以贯之的小说传统,非别国可与比肩。③ 正是从小说对帝国历史的建构功能出发,萨义德以《曼斯菲尔德庄园》(*Mansfield Park*)为例,说明这部小说徐徐展开了英国"国内帝国主义文化的广阔画卷,而缺了这样的文化,英国随后的开疆拓土就无从谈起了";他强调,只有在奥斯汀及其笔下人物的"全球视角"(global perspective)中,将英国的"海外力量"与"国内乱局"相关联,才能理解小说通篇的"态度和参照结构",而此处的"态度和参照结构"又在潜移默化中,通过作品中的"道德褒扬、平衡之美和文体修饰",构建了小说读者有关"附属种族和土地"的观念。④ 萨义德对奥斯汀这位英国文学史上似早有定论的经典作家如此长篇大论,正是强调此类作家看似与殖民帝国的开拓无甚瓜葛,实际上却无法跳脱帝国的权力网络而置身事外,即通过诸多隐微的"毛细管"受其影响着。这类作家反身作为"文化"一维,通过笔下的作品参与建构了普通阅读大众的帝国观念。这种在平淡处捕捉"飞鸟之影"并能观影察变的能事,实在是萨义德的高明之处。他因此扩大了研究19—20世纪"宗主国文化"的视野,将其置于"帝国争夺"的"地理语境"之中,进而呈现了一幅与众不同的"文化地形图"(cultural topography)。⑤

然而,这幅"地形图"至此尚未描绘宗主国-殖民地界线另一端的殖民

---

① Said, Edward W. *Culture and Imperialism*. New York: Vintage Books, 1994, p. xii.
② Said, Edward W. *Culture and Imperialism*. New York: Vintage Books, 1994, p. xiv.
③ Said, Edward W. *Culture and Imperialism*. New York: Vintage Books, 1994, p. xxii.
④ Said, Edward W. *Culture and Imperialism*. New York: Vintage Books, 1994, p. 95.
⑤ Said, Edward W. *Culture and Imperialism*. New York: Vintage Books, 1994, p. 52.

地作家们(如非洲作家阿契贝等),他们必须通过宗主国作家们的桥接,方能登场。如果说奥斯汀与殖民帝国并不直接相关,因而萨义德必须凭借某种福柯式"考古"手段,方能见微知著,那么康拉德的非洲小说——尤以《黑暗的心》最为典型——则巨细无遗地表达了萨义德在《东方主义》中提出的数百年来弥漫于欧洲社会整体中的东方主义意识。我们必须清楚,《黑暗的心》自问世后,被批评界一致奉为反殖民主义文学的典范。此书自然就成了剖析作为东方主义思想继承者的帝国主义和殖民主义的理想对象。萨义德直言,《黑暗的心》无论就其政治和美学而言,都是"帝国主义的"且"不可避免",作者康拉德和叙述者马洛对于"征服世界心态"之外的他者经验语焉不详,康拉德当然也绝不会通过马洛展现"帝国主义世界观"之外的别样选择,这是因为笼罩一切的帝国主义意识似乎消灭了一切"非帝国主义"经验,使其在西方主体的思想意识之中销声匿迹。① 萨义德在《文化与帝国主义》中设计了一张帝国主义(亦可谓后殖民理论)的文化版图,包括非洲文学在内的殖民地本土文学与宗主国文学必须构成某种对话关系。换言之,在萨义德的文化版图中,殖民地本土文学正是西方帝国主义全球活动的产物,是"文化"与"帝国主义"二者中的"帝国主义"一维,即帝国的殖民活动一维,也必然对宗主国的"感觉与参照体系"带来反向的影响和挑战。因此,为了符合萨义德反思宗主国文学中的帝国主义属性的理论目标,进入其考察视野的殖民地本土文学最好能够与"宗主国世界发生关联",以证明欧洲之外世界的"多样性和差异",证明其自身的"议程、当务之急和历史"。② 由此可见,在西方的后殖民理论话语和批评实践中,(前)殖民地作家的重要性是根据西方自身的问题导向决定的,也即,哪些作家能够进入理论和批评的视野,基本取决于他们与西方问题意识或学术谱系的关联度。这里需要说明的是,尽管萨义德、巴巴和斯皮瓦克等西方最重要的后殖民理论家出身自第三世界,但他们全都在西方完成了关键阶段的学术训练并跻身西方的精英学者之列,因此其研究工作当隶属于西方的学术谱系,学术成果最重要的目标受众也是西方学界。尽管他们的著述中涉及第三世界母国及其他地区的文学和思想素材,但这些素材总体上都导向西方学界的研究议题,从上文的分析即可见一斑,因此不能一厢情愿地认为其立说是以第三世界为本位的。认识到这一点,对于检讨后殖民理论是至关重要的。

---

① Said, Edward W. *Culture and Imperialism*. New York: Vintage Books, 1994, p. 24.
② Said, Edward W. *Culture and Imperialism*. New York: Vintage Books, 1994, p. 30.

第三世界文学批评的再历史化与主体性重建

　　如何结合第三世界去殖民的历史进程和使命来评价后殖民理论的功过得失？这成为重建第三世界文学研究主体性的重要契机和基本前提。在一经问世即引发学界热议的《理论之后》(After Theory)中,伊格尔顿将第一章的标题设定为"遗忘的政治"(The Politics of Amnesia)。被"遗忘"的,究竟所指为何？作为西方左翼学者,他对后殖民理论的历史定位是准确的,即后殖民理论标志着"第三世界革命时代的终结和我们现在所谓全球化的第一缕曙光"①。以上世纪八九十年代之交的苏东剧变、冷战终结为标志,高度政治化的、以革命和战争为主题的"短20世纪"就此落下了帷幕,历史进程的这一断裂性变局促成了思想与理论的转辙,即第三世界主义(Third Worldism)过渡为后殖民主义②,革命时代的阶级政治让位于全球化时代的身份政治,高度政治化蜕变为以资本的全球扩张为基本特征的"新自由主义"的去政治化。内部充满歧异的后殖民主义话语此时大显身手,骤然跻身显学,其进步意义在于揭示和批判了"全球化""新自由主义""新古典主义经济学"等中性的或去政治化的概念所遮蔽的不平等或垄断性国际关系。对于"新自由主义"思潮,有一种判断较为激进,称之为"进攻性的、积极的、有着明确否定目标的去政治化的政治意识形态"。③ 而后殖民理论是在西方左翼社会运动陷入低潮后转而采取的斗争策略,即从现实的政治运动转入话语和文本意义上的文化批评,这就是90年代"文化研究"异军突起并引起全球范围学术范式转轨的基本历史语境。作为后冷战时代的批判性左翼话语,后殖民理论是在西方知识界和思想界内部展开的、针对西方现代性危机的自我反思,是一种反现代性的现代性理论话语。因此,作为一种批判性思想资源,后殖民理论问世后立刻成为第三世界知识界、理论界和批评界对帝国主义、殖民主义、新殖民主义等西方中心论和霸权主义思潮、话语和实践展开批判的天然利器。但是,其另一面向同样重要,即后殖民理论作为左翼话语,既有与新自由主义针锋相对的一面,但客观上也扮演了与新自由主义合力冲决第三世界民族国家体制的历史角色。冷战结束后,西方国家为何一反其殖民时代否定殖民地民族自决权的立场,转而向前殖民地兜售"民

---

① Eagleton, Terry. *After Theory*. New York: Basic Books, 2003, p. 9.
② Eagleton, Terry. *After Theory*. New York: Basic Books, 2003, p. 10.
③ 汪晖:《短20世纪:中国革命与政治的逻辑》,香港:牛津大学出版社,2015年,第217页。

主、自由和人权"等"普世价值"？为何强调和支持这些赢得政治独立后的第三世界民族国家内部的民族自决权？其中一个重要的历史动因就是，通过"新自由主义"意识形态甚至"颜色革命"，达到削弱和瓦解第三世界民族国家政治体制的目的，迫使其放弃万隆会议以来在美苏争霸的国际格局中形成的、以不结盟运动为标志的独立自主的对外政策，进而向西方资本开放市场并在各领域形成新的依附关系。因此，上世纪90年代以来的这波全球化过程，主要是美国主导的"新自由主义"思潮下的全球化，实际上在经济、政治、意识形态乃至思想学术领域，形成了新的中心－边缘（依附）格局，也即，由传统殖民体系在二战结束后改头换面而来的"新殖民主义"的国际新秩序，这也是造成第三世界学术界"问题殖民"这一消极思想局面的基本背景。那么，后殖民理论与新自由主义的"共谋"关系是如何表现的呢？对此，伊格尔顿虽未直接点明，但对于后殖民理论的去政治化倾向，他是有所觉悟和反思的。伊格尔顿承认，西方的知识左翼从政治问题转入文化研究自有其历史合理性，因为这一转向的确"反映了世界所发生的真实变化"，但他同时指出，如此改弦易辙"夸大了文化的作用"，对于"后殖民问题的去政治化"起了推波助澜的作用。[①] 笔者认为，为了构筑不平等的、以西方为中心的国际新秩序，"新自由主义"在第三世界推动以"去民族国家化"为实质的全球化进程；而后殖民理论的去政治化倾向，恰恰与其构成了某种呼应或"共谋"关系。至此，我们可以回答伊格尔顿所谓"遗忘的政治"所指为何的问题：西方左翼知识分子在全球化时代的去政治化、去历史化思想潮流中，遗忘了刚刚过去的"短20世纪"中以革命和解放为基调的、全球左翼政治运动的思想遗产。当然，所谓"共谋"未必是后殖民理论的初衷，而很可能因为西方知识左翼与右翼看似剑拔弩张、势如水火，但毕竟同根同源，皆是西方现代性的产物，因而二者的理论基因很大程度上共享和继承了现代性理论和实践的基本预设。由此观察，西方左翼与右翼之间的批判性和"共谋"性共存于同一矛盾体，因此后殖民理论必然是集批判性与保守性于一身。故而，关于该理论对西方霸权的批判潜力，第三世界学人恐怕不能寄望过高。这一点是第三世界批评家重新评估西方后殖民理论、积极应对"问题殖民"的认识论前提。

鉴于上述西方后殖民理论固有的局限性，不经过批判、对话和改造等创造性思辨过程，而直接挪用、套用甚至误用这些理论，很可能会割裂第三世界文学与其自身历史母体和谱系的有机联系。笔者不妨以自己既往

---

① Eagleton, Terry. *After Theory*. New York: Basic Books, 2003, p. 12.

的批评实践为案例,以资学界镜鉴。在一篇论文中,笔者讨论了非洲作家阿契贝的文学语言,将其归入德勒兹所谓小民族语言的概念之中。① 作如此归类,并非毫无问题意识;此文诉诸法国后结构主义哲学家的小民族文学理论,基本动机乃是研究中逐渐累积的对于隐匿于后殖民理论中的西方中心主义(或曰"理论殖民")的察觉和不满。但殊不知,后殖民理论所承接的思想资源之一恰恰就是法国后结构主义,因此,将德勒兹理论转化为非洲文学批评的理论工具时,这一理论就蜕变为新的后殖民话语,解构西方中心论的预期目标便大打折扣。笔者所赋予阿契贝文学语言的解域性和不断生成的潜力,都以非洲风格的英语对宗主国英语的从属性为基本预设,因此难以破除在此理论视域下非洲英语的寄生性与解域性之间的主次关系,即:寄生性是主要性质,是第一位的,而解域性是次要性质,是从属的。造成这一研究弊病的主要原因在于,非洲文学的具体历史经验当时无法进入笔者的学术视界,当然这一缺憾与西方理论的"问题殖民"所造成的屏障之间,也构成了某种互为因果的循环关系。笔者彼时的研究思路具有一定的历史和当下代表性与普遍性,其方法论弊端在于折损甚至抹煞了第三世界学人最为宝贵的主体性,造成我们的选题、思路和结论很大程度上都从西方"搬运"而来,导向一个以对抗西方为旨归(实际效果恐怕是事与愿违)的第三世界后殖民批评,而丧失了"打造我们体验状况"的能力,以及"重新思考包括西方理论传统在内的世界思想资源"的契机,而这种能力和契机都建立在"具体可感的历史经验"之上。② 对于后殖民理论被引入中国问题研究后的表现,学界也有类似评价,大意是,这些讨论大多限于西方相关理论著作的介绍和机械运用,而未能深入具体历史机理,在殖民主义的不同脉络中将"民族主义"作为"多样的历史现象"和"各不相同的历史动力"作出具体的分析。③

如何使我们的第三世界文学研究避免由看似抵抗、实为依附的西向态度而导致的"问题殖民"?为此,对研究方法和问题意识的反思就显得很有必要。罗志田曾提醒学界,对于西来的霸权理论,学界过于注重"居于强势一方的强权控制",陷入了马尔库塞所谓的"单向度"(one-dimensional)思维模式,也就是,我们在强势方的霸权这一面向用力太多,而忽略了自己作为弱势方对霸权"主动赞同"的一面。④ 孙歌也有类似看法,即

---

① 参见姚峰:《阿契贝与小民族语言的解域实践》,《国外文学》2015年第2期,第143—160页。
② 孙歌:《主体弥散的空间》,南昌:江西教育出版社,2002年,第7—8页。
③ 汪晖:《短20世纪:中国革命与政治的逻辑》,香港:牛津大学出版社,2015年,第276—277页。
④ 罗志田、葛小佳:《东风与西风》,北京:生活·读书·新知三联书店,2017年,第11页。

在东方的现代话语中,有些看似"东-西方对立"的问题,很大程度上是东方的"内部问题"。① 陈光兴同样认为,学界"偏执地对所谓的西方进行批判",结果就"被批判的对象所制约,持续延伸原有的妒恨关系,而无法积极地展开更为开阔的主体性"。② 因此,陈光兴区分了"去帝国"与"去殖民"这两个不同概念——如果说去殖民化是一个全球范围的历史进程,那么"去帝国"是作为昔日殖民帝国的西方世界的问题意识,而"去殖民"则是(前)殖民地或半殖民地的第三世界的问题意识。以陈光兴的区分来看,我们作为第三世界批评家的很多工作实际上更接近西方左翼批评家,当然,我们不能说第三世界学人就不应在"去帝国"方面有所作为,况且身处有别于西方的历史、思想和知识传统之中,观察问题的视角不同,问题意识也有所差异,因此由第三世界"去帝国"的知识产生自有其"不在此山中"的优势。但是,就学术主体性和第三世界学人自身的历史使命而言,我们的主要目标还是"去殖民"。陈光兴将此过程定义为"在精神、文化、政治以及经济的总体层次上,反思、处理自身与殖民者之间(新)的历史关系"③。在后殖民批评领域作此二分,是厘清和破解"问题殖民"的重要举措,由此提醒我们,尤其上世纪90年代以来,国内第三世界文学领域的后殖民批评,恐怕大抵因循了西方左翼的"去帝国"路径。从前文分析可知,以西方知识左翼为学术主体的后现代理论(后殖民理论也在其中)是以文本化、抽象化和去历史化为基本理论特征的,当第三世界学人对此方法趋之若鹜,在此思想风潮中争作"趋时少年"时,"去帝国"路径就预设了中西学术的等级关系。原因何在? 一方面,对于何谓"去帝国",身处西方历史与学术语境之外的第三世界学人缺乏亲历者的切身经验,或者说这样的学问对其而言大抵是"身外之物",只是去语境化的"纸面文章",既脱离西方真实历史中的思想运动,难以循着西方学术体系的内在理路去解读其具体研究,同时又隔绝于本土思想脉络中的问题意识,难以为其所触发。可想而知,由此而来的学术生产多缺乏"关乎己"的问题意识。另一方面,如此学术训练和生产更造成第三世界学人丧失了处理具体文学经验或者将文学研究从抽象理论中解放出来并重新语境化的意识和能力。有必要提醒学界的是,这些表现为抽象话语的后殖民理论是在生机勃勃的历史事件和思想运动中应运而生的,在此意义上,所谓抽象理论在西方学术语境中未必抽象,而是学术思想与历史演进互动博弈的产物,也是西方学界对于历史危机作出积极回应和表现出鲜明问题意识的结果。进而论

---

① 孙歌:《主体弥散的空间》,南昌:江西教育出版社,2002年,第11页。
② 陈光兴:《去帝国:亚洲作为方法》,台北:行人出版社,2006年,第3页。
③ 陈光兴:《去帝国:亚洲作为方法》,台北:行人出版社,2006年,第6页。

之,抽象性未必是后殖民理论本身所预设的内生属性,而往往是第三世界学人受特定的历史政治潮流裹挟而赋予甚至强加给这些西来理论的。需要说明的是,这不是一般意义上所谓理论在"旅行"中发生的"变形",而是由作为接收方的第三世界知识主体的"误读"或理论惰性而来。也就是说,后殖民理论在西方语境中是历史的、流动的,而一旦被第三世界学人作为现成方法用于学术生产,理论的生命力和创造性往往遭到损害乃至扼杀。因此,恰恰与"去帝国"相反,"去殖民"的矛头所向总体而言并非西方的霸权,而是第三世界学人自身主体性的孱弱。于是,在克服"问题殖民"的思路下,批判的主体和客体必须合而为一。(当然,对于西方霸权的批判依旧是第三世界长期的使命与志业,但如何展开批判是需要重新思考的问题。)因此,展开"去殖民"或走出"问题殖民",必然意味着第三世界学人发动一场的自我批判和否定的运动,这其中没有后殖民批评中"举刀仗剑、直捣黄龙"的快意恩仇,反倒是"刮骨疗毒、断臂求存"的痛苦煎熬,但唯其如此,才能重建一种有尊严、求平等的主体性,才能做到朱子所谓之"虚其心",以容纳万方而非独尊一家,达成鲁迅所云之"平意求索,与之批评",方能在真正(而非向壁虚想)的西学中返其本心、论世知人。

余 论

最后,有必要抛出另外两个问题并略加发抒,以更好地烘托"问题殖民"这一话题的普遍价值及相关讨论的延展性。第一个问题是:第三世界文学批评如何展开"再历史化"的路径? 当我们提出"再历史化"时,并不意味着之前所有的批评实践都陷于去历史化的"覆辙",实际上在《非洲文学批评史稿》中,置于历史情境中的批评文章就给人留下了耳目一新的印象,这类为数不多的文章在立意、思路和结论等方面都有别求新声之感。因此,我们首先需要识别相关的批评范例并评判其得失,更重要者,我们作为批评主体还要循此思路,展开"再历史化"的批评实践。以如何评价非洲欧语文学为例,如果学界不能摆脱"挪用""颠覆""逆写""混杂"等西方左翼的"去帝国"话语,那么我们就无法克服"问题殖民"导致的思想惰性和去学术化的学术生产,就无法以应有的后见之明厘清非洲文学史中堪称"公案"的语言大辩论所遗留的思想迷局。今天我们讨论非洲文学语言的取舍去留,就绝不能停留于抽象空疏的议论,因为论辩各方如果不受约束地任意征调非洲内外的思想资源为我所用,以证成一家之言,那么这样的讨论和研究就没有多少价值可言。例如,关于英语文学在非洲是否必须或者能否被本土语言取代,无论环顾还是回顾全球学界,相关的讨论都止步于殖民者的教育政策、非洲文学的西向属性、全球化时代英语的霸权或者反殖民的对抗姿态。这些讨论在非洲的去殖民史上有过进步意义,但从学术本位看,这些思路要么避重就轻,要么陷入去学术化的意识形态论战。由本章的立论宗旨视之,非洲英语文学是在与非洲社会历史的接触、对话和碰撞中逐渐形成其地位的,在其融入非洲社会的过程中,英语文学、本土知识分子和思想运动相互激荡和影响,对这一多彩多姿的历史长卷的呈现和评判就成为破击"问题殖民"的要害和根本。非洲英语文学已然"嵌入"了非洲社会思潮的诸多领域,早期非洲英语文学与非洲民族主义思潮的萌芽这二者之间的历史互动过程,就很值得去研究。只有经过这类专题研究的累积,才有可能对非洲欧语文学的历史功过和未来走向作出较为恰当的评判。

如何不再以西方为唯一法度,即将西学相对化? 本章最后提出以第三世界(或者第三世界内部的相互"观看")为方法。葛兆光近年提出了"从周边看中国"的方法论:渐起于晚明、骤变于晚清的西潮改变了国人回向传统的思维旧轨,开启了变出于法度之外的"未有之变局",即列文森所谓由天下入万国、葛氏所谓以西方为镜像的时代。葛氏指出,从日本、朝鲜、越南、印度、蒙古等周边诸国的"异文化眼光"来审视自己,能真正看到中国文化"细部的差异",而在西方视野下"只能在大尺度上粗略地看到自我特征"。[①] 如果葛氏认为中国学术史经过了清中叶"超越汉族中国传统"的西北地理和蒙元史研究、清末民初进入"世界学术之新潮流"的"预流"之学,到当下"从周边看中国"的三波浪潮,那么本书所谓"以第三世界为方法"也在其所谓第三波浪潮之中。这种方法论的转向绝非在东西方之间构筑新的知识和学术对抗意识,而是变东西学术间的单向流动为旨在打破东西二元分野的多元参照。我们的非洲乃至第三世界文学研究能否不再以葛氏所说的西方这面"哈哈镜"为唯一映照,而竖起"西方之外的镜子"? 也即,当我们研究非洲(后)殖民时代的文学经验时,能否参照中国、印度、朝鲜、古巴、巴西和加勒比地区等同属第三世界国家和地区的文学经验? 也就是,通过"取鉴十面、八方安排"(《宋高僧传》语),达成第三世界内部的交影互光、重重映照,在较为近似的历史经验的比照中发现隐微之处,提出重要的新问题。此外,对于第三世界不同国家和地区所展开的第三世界文学研究,我们几乎一无所知,而这个研究主体与作为客体的第三世界文学是同等重要的,因此第三世界

[①] 葛兆光:《宅兹中国》,北京:中华书局,2011 年,第 279—280 页。

内部直接的学术交流(而未必借用西方的学术机构为平台)是学界今后努力的方向。最后,以第三世界为方法还能确保第三世界文学研究"再历史化"的正确方向,因为西方理论统摄下的"再历史化"依然难以突破"问题殖民"的辖制。

结　　语

　　1975年，阿契贝在美国马萨诸塞州大学作了题为《非洲印象：康拉德〈黑暗的心〉中的种族主义》的主题讲座。讲座伊始，他便以博学的英国史学家、牛津大学注册教授休·特雷弗-罗伯（Hugh Trevor-Roper）有关"非洲没有历史"的论断为靶子，认为没有比这更"年轻气盛、缺乏事实根据"的了，而特雷弗-罗伯出此一言的原因在于迎合西方人的一种愿望，甚至可以说是一种需要——将非洲作为欧洲的陪衬，作为一个"他者的世界，一个欧洲或者文明的对立面，一个人类自诩的智慧和高贵最终遭到得势的野蛮嘲弄的场域"。① 而在欧洲的小说名著中，没有任何一部作品比康拉德的《黑暗的心》更能展现上述西方人的欲望和需求。阿契贝指出，应当承认，康拉德无疑是现代小说家中最伟大的文体家之一，也是讲故事的好手，《黑暗的心》也被列为"最伟大的英语短篇小说之一"②。但是，康拉德将非洲描述为现代、文明、进步的欧洲的陪衬，他借马洛之口蓄意贬低、歪曲甚至污蔑非洲人，将其描述为野蛮、食人、丑陋、没有语言能力、非人的怪物。为此，阿契贝直陈，康拉德"是一个彻头彻尾的种族主义者"。他继而尖锐地指出："一部宣扬这种非人化，把人类的一个种族非人格化的小说，能称作伟大的艺术作品吗？我的回答是：'不能'。"③ 此番激烈言辞为阿契贝招致的微词暂且按下不表，但这一段诚恳之言将笔者从观众席带入后台的化妆间，令笔者开始转移目光，将注意力从那些引人入胜的故事情节和所谓的"深层寓意"转向文本本身内在的发生机制和运作模式，以及文本表层现象背后的逻辑话语方式，从中考察阿契贝的创作哲学。

---

　　① Achebe, Chinua. "An Image of Africa: Racism in Conrad's *Heart of Darkness*", *The Massachusetts Review*, 57.1 (2016), pp. 14—15.
　　② Achebe, Chinua. "An Image of Africa: Racism in Conrad's *Heart of Darkness*", *The Massachusetts Review*, 57.1 (2016), p. 15.
　　③ Achebe, Chinua. "An Image of Africa: Racism in Conrad's *Heart of Darkness*", *The Massachusetts Review*, 57.1 (2016), p. 21.

阿契贝的文学创作质疑了主流的后殖民理论和批评话语对于非洲本土英语文学的适切性。具体而言，西方后殖民理论家的学说建构于西方的文本经验之上，因此，文学评论界在运用他们的概念、观点、理论等分析殖民地本土的文学文本时，往往并不适合或不太贴切。阿契贝作为一位在非洲本土出生成长并接受完整教育的黑人英语作家，其主要的小说和评论都从一个本土知识分子的视角反映了非洲当代社会、历史和文化变迁，因此他的文学写作、批评以及其他活动都具有典型的后殖民地特征。根据卡夫卡提出、德勒兹系统论述的小民族文学的概念和理论，阿契贝等非洲英语作家的研究应该纳入小民族文学的理论框架。可以说，小民族文学理论的提出是对广义的、西方中心的后殖民理论的一次解域或"逃逸"。而小民族语言的解域性、小民族文学的集体组装和小民族文学的政治性促成了阿契贝作为非洲小民族语言作家的身份特征和独特优势。

20世纪60年代以降，非洲文学界就文学的书写语言问题展开了激烈论战，且此间聚讼纷纭，争议不断。阿契贝认为，非洲作家应坚持使用欧洲语言进行文学创作，认为非洲文化的复兴有赖于欧洲的语言。但值得注意的是，欧洲语言的本土化是与欧洲文明开展对话的重要手段，也是去殖民化的必要过程。因此，非洲作家在使用欧洲语言进行文学创作的过程中要完成"英语的非洲化"，创造足以表现非洲特性的"小写的"非洲英语文学。小民族语言的解域性说明，小民族语言所具有的对大民族语言的块茎式的解域特征，可以帮助非洲作家确立自身在非洲文学中的合法身份和独特地位。德勒兹与瓜塔里合著的《卡夫卡：走向小民族文学》一书将学术界的聚光灯对准小民族文学思想的先驱——卡夫卡，此举标志着小民族文学理论及其概念的发端。德勒兹阐释了小民族文学领域内语言所经历的深刻变革，指出这一过程深受"语言受到解域化的一个高级协同因素"[①]的影响。他将小民族文学视为语言实践的一种独特范式，强调其作为语言解域策略的关键角色，并进一步将其定位于"所有文学的革命力量"。在此理论框架下，小民族语言实质上就是对所谓大民族语言的解域或颠覆。就此而言，非洲后殖民文学史上的文学语言问题也应得到重新审视。由于非洲当下社会文化语境的复杂性，由欧洲引入的语言有其历史必然性和不可或缺性，阿契贝的小民族文学语言实践也为考察非洲文学的身份合法性与世界属性提供了个案参照。

---

① Deleuze, Gilles and Guattari, Félix. *Kafka: Toward a Minor Literature*. D. Polan, trans., Minneapolis: University of Minnesota Press, c1986, p. 16.

阿契贝小说文本的微观语言凸显了其小民族语言特征的具体表现，也显示了阿契贝对于卡夫卡的超越。受卡夫卡有关文学出版的论述的启发，本书结合阿契贝的文学出版活动从小民族文学的连接性和异质性以及繁殖性和组装性两个方面，论述了小民族作家通过异质性传播实现非洲文学的集体组装。有关小民族文学的政治性，阿契贝的《瓦解》与康拉德的《黑暗的心》两个文本之间的对位说明，小民族文学实质上是从大民族文学的"条纹"空间向"平滑"空间的游牧运动。另外，阿契贝的文学批评表明，非洲评论家与西方评论家之间的论争实为小民族文学的"游牧"政治对大民族文学的"王权"政治的不断"逃逸"和解域。阿契贝的小民族文学实践实则凸显了跻身世界文学之中的小民族文学对解域世界文学版图中的"王权"政治所具有的重要价值。

参考文献

外文文献：

Achebe, Chinua. "There Was a Young Man in Our Hall", *The University Herald*, 4.3 (1951—52).

Achebe, Chinua. *Things Fall Apart*. London: Heinemann, 1958.

Achebe, Chinua. *No Longer at Ease*. London, Ibadan: Heinemann Educational Books, 1960.

Achebe, Chinua. "English and the African Writer", *Transition*, 18 (1965).

Achebe, Chinua. *A Man of the People*. London: Heinemann, 1966.

Achebe, Chinua. *Things Fall Apart*. New York: Fawcett Crest, 1969.

Achebe, Chinua and Iroaganachi, John. *How the Leopard Got His Claws*. Enugu: Nwamife, 1972.

Achebe, Chinua. "Africa Is People", *The Massachusetts Review*, 40.3 (1999).

Achebe, Chinua. "Editorial", *Nsukkascope*, 1 (1971).

Achebe, Chinua. "Editorial", *Nsukkascope*, 2 (1971/2).

Achebe, Chinua. "New Publications", *Research in African Literatures*, 2.1 (1971).

Achebe, Chinua. "Editor's Note to Anon's 'The Plight of a Junior Lecturer'", *Nsukkascope*, 1 (1971).

Achebe, Chinua. "Colonialist Criticism", in Chinua Achebe, ed., *Morning Yet on Creation Day*. London: Heinemann, 1975.

Achebe, Chinua. "The African Writer and the English Language", in Chinua Achebe, ed., *Morning Yet on Creation Day*. London: Heinemann, 1975.

Achebe, Chinua. "Thoughts on the African Novel", in Chinua Achebe, ed., *Morning Yet on Creation Day*. London: Heinemann, 1975.

Achebe, Chinua. *Morning Yet on Creation Day: Essays*. Garden City. N. Y.: Anchor Press, 1975.

Achebe, Chinua. "Modern Nigerian Literature", in Saburi O. Biobaku, ed., *The Living Culture of Nigeria*. London: Nelson, 1976.

Achebe, Chinua. "An Image of Africa", *Research in African Literatures*, Special Issue on Literary Criticism 9. 1 (1978).

Achebe, Chinua. "Editorial", *Okike*, 12 (1978).

Achebe, Chinua. "Agostinho Neto", *Okike*, 18 (1981).

Achebe, Chinua. "The *Okike* Story", *Okike*, 21 (1982).

Achebe, Chinua. *Arrow of God*. Oxford: Heinemann, 1986.

Achebe, Chinua. "An Image of Africa: Racism in Conrad's *Heart of Darkness*", in Robert Kimbrough, ed., *Heart of Darkness: Norton Critical Edition* (third edition). New York: Norton, 1988.

Achebe, Chinua. *Home and Exile*. Oxford and New York: Oxford University Press, 2000.

Achebe, Chinua. *The Education of a British-Protected Child*. New York: Alfred A. Knopf, 2009.

Achebe, Chinua. "An Image of Africa: Racism in Conrad's *Heart of Darkness*", *The Massachusetts Review*, 57. 1 (2016).

Anozie, Sunday O. *Christopher Okigbo*. New York: Evans Brothers, 1972.

Ashcroft, Bill., Griffiths, Gareth and Tiffin, Helen. *The Empire Writes Back: Theory and Practice in Post-colonial Literatures*. London and New York: Routledge, 1989.

Ashcroft, Bill., Griffiths, Gareth and Tiffin, Helen. *The Post-Colonial Studies Reader*. London: Routledge, 1995.

Aschroft, Bill., Griffiths, Gareth and Tiffin, Helen. *The Post-Colonial Studies Reader*. London and New York: Routledge, 2001.

Baldwin, James. *Nobody Knows My Name*. New York: Dell, 1963.

Banham, Martin and Ramsaran, John. "West African Writing", *Books Abroad*, 36. 4 (1962).

Baraka, Imamu Amiri. *Raise, Race, Rays, Raze*. New York: William Morrow, 1972.

Barrett, Lindsay. "Giving Writers a Voice: An Interview with Chinua Achebe", *West Africa*, 22 (1981).

Beckson, Karl. *The Oscar Wilde Encyclopedia*. New York: AMS Press, 1998.

Benjamin, Walter. *Illuminations*. London: Jonathan Cape, 1970.

Bhabha, Homi. "Between Identities", in Rina Benmayor and Andor Skotnes, eds., *Migration and Identity*. New York: Oxford University Press, 1994.

Bhabha, Homi. *The Location of Culture*. London and New York: Routledge, 1994.

Bhabha, Homi. *The Location of Culture*. London and New York: Routledge, 2004.

Bogue, Ronald. *Deleuze on Literature*. London and New York: Routledge, 2003.

Brathwaite, Edward. *History of the Voice: the Development of Nation Language in Anglophone Caribbean Poetry*. London: New Beacon Books, 1984.

Brown, Lloyd W. "Cultural Norms and Modes of Perception in Achebe's Fiction", in C. L. Innes and Bernth Lindfors, eds., *Critical Perspectives on Chinua Achebe*. Washington, D. C.: Three Continents Press, 1978.

Carroll, David. *Chinua Achebe*. New York: St. Martin's Press, c1980.

Carroll, David. *Chinua Achebe: Novelist, Poet, Critic*. Basingstoke: Macmillan, 1990.

Casanova, Pascale. *The World Republic of Letters*. M. B. DeBovoise, trans., Cambridge: Harvard University Press, 2004.

Chasles, Philarète Euphémon. "Foreign Literature Compared", in Hans-Joachim Schulz and Phillip H. Rhein, eds., *Comparative Literature: The Early Years*. Chapel Hill: University of North Carolina Press, 1973.

Conrad, Joseph. *Heart of Darkness*. London: Penguin Books, 1973.

Cott, Jonathan. "Chinua Achebe: At the Crossroads", in Jonathan Cott, ed., *Pipers at the Gates of Dawn: the Wisdom of Children's Literature*. New York: Random House, 1983.

Currey, James. *Africa Writes Back: The African Writers Series & the Launch of African Literature*. Oxford: James Currey, 2008.

Damrosch, David. *The Longman Anthology of World Literature*. Vol. 5. New York: Longman, 2004.

Damrosch, David. *What is World literature?* Princeton, N. J.: Princeton University Press, 2003.

Deleuze, Gilles and Guattari, Felix. *A Thousand Plateaus, Vol 2 of Capitalism and Schizophrenia*. B. Massumi, trans., Minneapolis: University of Minnesota Press, 1987.

Deleuze, Gilles and Guattari, Félix. *Kafka: Toward a Minor Literature*. D. Polan, trans., Minneapolis: University of Minnesota Press, c1986.

Deleuze, Gilles. *Negotiations: 1972—1990*. M. Joughin, trans., New York: Columbia, 1995.

Deleuze, Gilles. *Pourparlers*. Paris: Minuit, 1990.

Deleuze, Gilles. *Two Regimes of Madness: Texts and Interviews 1975—1995*. Ames Hodges and Mike Taormina, trans., New York: Semiotext(e), 2007.

Dirks, Nicholas B. "Introduction: Colonialism and Culture", in *Colonialism and Culture*. Ann Arbor: University of Michigan Press, 1992.

Dosse, François. *Gilles Deleuze et Félix Guattari: Biographie Croisée*. Paris: Éditions de la Découverte, 2007.

Eagleton, Terry. *After Theory*. New York: Basic Books, 2003.

Eckermann, J. P. *Conversations with Goethe*. New York: Frederick Ungar Publishing Co., 1964.

Ehling, Holger. "No Condition Is Permanent: An Interview with Chinua Achebe", *Publishing Research Quarterly*, 19. 1 (2003).

Ellis, Keith. *Cuba's Nicolás Guillén: Poetry and Ideology*. Toronto: University of Toronto Press, 1983.

Emenyonu, Ernest N. *The Rise of the Igbo Novel*. Ibadan: Oxford University Press, 1978.

Schulze, Hagen. *État et nation dans l'histoire de l'Europe*. Denis-Armand Canal, trans., Paris: Seuil, 1996.

Fawcett, Graham. "The Unheard Voices of Africa", *Logos*, 5. 4 (1994).

Foucault, Michel. *Language, Counter-memory, Practice: Selected Essays and Interviews*. Ithaca: Cornell University Press, 1977.

Gallagher, S. V. "Linguistic Power: Encounter with Chinua Achebe", *The Christian Century*, 12 Mar. (1997).

Gates, Henry Louis. *Loose Canon: Notes on the Culture Wars*. New York and Oxford: Oxford UP, 1992.

George, Rosemary. *The Politics of Home*. Cambridge and New York: Cambridge University Press, 1996.

Gérard, Albert S. *African Language Literatures: An Introduction to the Literary History of Sub-Saharan Africa*. Washington, D. C.: Three Continents Press, 1981.

Gikandi, Simon. *Reading Chinua Achebe: Language & Ideology in Fiction*. London: James Currey, 1991.

Goethe, Johann Wolfgang von. *Conversations with Eckermann*. J. K. Morehead, ed., John Oxenford, trans., London: Everyman, 1930.

Haggard, H. Rider. *King Solomon's Mines*. Harmondsworth: Penguin, 1965.

Hallward, Peter. *Out of this World: Deleuze and the Philosophy of Creation*. London: Verso, 2006.

Hassan, Yusuf. "Interview", *Africa Events*, November 1987.

Hayden, Patrick. *Multiplicity and Becoming: The Pluralist Empiricism of Gilles Deleuze*. New York: Peter Lang Publishing, Inc., 1998.

Herrnstein-Smith, Barbara. "Contingencies of Value", in David H. Richter, ed., *The Critical Tradition*. New York: St. Martin's, 1989.

Hill, Alan. *In Pursuit of Publishing*. London: John Murray, 1988.

Howe, Irving. *The Idea of the Political Novel*. New York: Horizon Press and Meridian Books, 1957.

Ibekwe, Chinweizu. "Towards the Decolonization of African Literature", *Okike*, 6

(1974).

Ikoku, Chimere. "Where are the laboratories", *Nsukkascope*, 1 (1971).

Innes, C. L. *Chinua Achebe*. Cambridge: Cambridge University Press, 1990.

Irele, F. Abiola and Jeyifo, Biodun. *The Oxford Encyclopedia of African Thought* (v. 2). Oxford: Oxford University Press, 2010.

Jameson, Frederic. *The Political Unconscious*. Ithaca: Cornell University Press, 1982.

JanMohamed, Abdul. "Sophisticated Primitivism: The Syncretism of Oral and Literate Modes in Achebe's *Things Fall Apart*", *Ariel*, 15. 4 (1984).

Petersen, Kirsten Holst and Rutherford, Anna. eds., *Chinua Achebe: A Celebration*. Oxford: Heinemann Educational Books, 1991.

Wastberg, Per. ed., *The Writer in Modern Africa*. New York: Africana Publishing Corp., 1969.

Kafka, Franz. *The Diaries of Franz Kafka: 1910—1923*. Max Brod, ed., Harmondsworth: Penguin Books, 1964.

Kaplan, Caren. *Questions of Travel: Postmodern Discourses of Displacement*. Durham: Duke University Press, 1996.

Khatibi, Abdelkebir. *Le Roman maghrebin*. Rabat: SMER, 1979.

Killam, G. D. *The Novels of Chinua Achebe*. London: Heinemann Educational, 1969.

Kinyatti, Maina wa. ed., *Thunder from the Mountains: Mau Mau Patriotic Songs*. London: Zed Press, 1980.

Kirkwood, Kenneth. *Britain and Africa*. Baltimore: The Johns Hopkins Press, 1965.

Larson, Charles R. *The Ordeal of the African Writer*. London and New York: Zed Books, 2001.

Larson, Charles. *The Emergence of the African Novel*. Bloomington: Indiana University Press, 1971.

Laurence, Margaret. *Long Drums and Cannons: Nigerian Dramatists and Novelists 1952—1966*. London: Macmillan, 1968.

Lindfors, Bernth. "Africa and the Novel Prize", *World Literature Today*, 62. 2 (1988).

Lindfors, Bernth. "Popular Literature for an African Elite", *The Journal of Modern African Studies*, 12. 3 (1974).

Lindfors, Bernth. "The Palm-Oil with Which Achebe's Words Are Eaten", 1968, reprinted in C. L. Innes and Bernth Linfors, eds., *Critical Perspectives on Chinua Achebe*. Washington, D. C.: Three Continents Press, 1978.

Lindfors, Bernth. *Dem-Say: Interviews with Eight Nigerian Writers*. Austin,

Texas: African and Afro-American Studies and Research Center, 1974.

Mackay, Mercedes. "Things Fall Apart by Chinua Achebe", *African Affairs*, 57. 228 (1958).

Mahfouz, Naguib. "Novel Lecture", in Tejumola Olaniyan and Ato Quayson, eds., *African literature: An Anthology of Criticism and Theory*. Oxford: Blackwell Pub., 2007.

Mariátegui, José Carlos. "Literature on Trial", in Marjory Urquidi, trans., *Seven Interpretive Essays on Peruvian Reality*. Austin, TX: University of Texas Press, 1971.

Mitchell, W. J. T. "Postcolonial Culture, Postimperial Criticism", in Bill Ashcroft, Gareth Griffiths and Helen Tiffen, eds., *The Postcolonial Studies Reader*. London and New York: Routledge, 1995.

Moore, Gerald. *Seven African Writers*. Ibadan: Oxford University Press, 1962.

Mugo, Micere Githae. "Exile and Creativity: A Prolonged Writer's Block", in Tejumola Olaniyan and Ato Quayson, eds., *African literature: An Anthology of Criticism and Theory*. Oxford: Blackwell Pub., 2007.

Naipaul, V. S. *A Bend in the River*. New York: Vintage, 1989.

Ngara, Emmanuel. *Art and Ideology in the African Novel: A Study of the Influence of Marxism on African Writing*. London: Heinemann, 1985.

Nwapa, Flora. "Writers, Printers and Publishers", *Guardian* (Lagos), 17 (1988).

Nwoga, Donatus. ed., *Rhythms of Creation: A Decade of Okike Poetry*. Enugu: Fourth Dimension Publishers, 1982.

Nzimiro, Ikenna. "Universities, how international are they?", *Nsukkascope*, 1 (1971).

Obiechina, E. N. "Preface", *African Creations: A Decade of Okike Short Stories*. Enugu: Fourth Dimension Publishers, 1982.

Obiechina, Emmanuel. "Editorial", *Okike*, 13 (1979).

Obumselu, Ben. *African Literature, African Critics: The Forming of Critical Standards 1947—1966*. reprinted in Rand Bishop, Westport, CN: Greenwood Press, 1988.

Ogude, J. "Reading 'No Longer at Ease' as a Text That Performs Local Cosmopolitanism", Uncorrected proofs from the author, *PMLA* 129. 2 (2014).

Ogude, James. "Introduction: Why Celebrate Chinua Achebe's Legacy?", in James Ogude, ed., *Chinua Achebe's Legacy: Illuminations from Africa*. Pretoria, South Africa: Africa Institute of South Africa, 2015.

Paranjape, Makarand. *Nativism: Essays in Literary Criticism*. New Delhi: Sahitya Akademi, 1997.

Pater, Walter. *The Renaissance: Studies in Art and Poetry*. in Donald L. Hill, ed.,

Los Angeles: University of California, Berkeley, 1980.

Binstead, Arthur. ed., *Works* (Halliford Edition, 6th vol). London: Constable, 1927.

Petersen, Kirsten Holst. ed. *Chinua Achebe: A Celebration*. Dangaroo Press 1990 and Heinemann 1991.

Povey, John. "How Do You Make a Course in African Literature?", *Transition*, 18 (1965).

Povey, John. "The Novels of Chinua Achebe", in Bruce King, ed., *Introduction to Nigerian Literature*. Lagos: University of Lagos, 1971.

Publihers' back cover blurb, *Beware, Soul Brother and Other Poems*. Enugu: Nwankwo-Ifejika, 1971.

Rüdiger, Horst. "Europäische Literatur-Weltliteratur: Goethes Konzeptioin und die Forderungen unserer Epoche", in von Fridrun Rinner und Klaus Zerinschek, hrsg., Komparatistik: Theoretische Überlegungen und südosteuropäische Wechselseitigkeit. Heidelberg: Carl Winter, 1981.

Said, Edward W. *Culture and Imperialism*. New York: Vintage Books, 1994.

Said, Edward W. *Orientalism*. New York: Vintage Books, 1979.

Samway, Patrick H. "An Interview with Chinua Achebe", *America*, 22 Jun. (1991).

Sartre, Jean-Paul. *What is literature?*. Bernard Frechtman, trans, London: Methuen & Co., 1950, 1967.

Okpaku, Joseph. ed., *New African Literature and the Arts*. Vol. 2. New York: Thomas Y. Crowell Co., 1968.

Searle, Chris. "The Mobilization of Words: Poetry and Resistance in Mozambique", *Race and Class*, 23.4 (1982).

Shelton, Austin J. "The Offended Chi in Achebe's Novels", *Transition*, 13 (1964).

Shelton, Austin J. ed., *The African Assertion: A Critical Anthology of African Literature*. New York: The Odyssey Press, 1968.

Smith, Barbara Herrnstein. *Contingencies of Value*. Cambridge: Harvard University Press, 1988.

Smock, David R. ed., *The Search for National Integration in Africa*. New York: The Free Pr., 1975.

Souriau, Christine. "Arabisation and French Culture in the Maghreb", in W. H. Morris-Jones and George Fisher, eds., *Decolonisation and After: the French and British Experience*. London: Frank Cass, 1980.

Thiong'o, Ngugi wa. "Literature in Schools", in *Writers in Politics*. London: Heinemann, 1981.

Thiong'o, Ngugi wa. "On Writing in Gikuyu", *Research in African Literatures*, 16.

2 (1985).

Thiong'o, Ngugi wa. "The Power of Words and the Words of Power", in Tejumola Olaniyan and Ato Quayson, Malden, eds., *African literature: An Anthology of Criticism and Theory*. Oxford: Blackwell Pub., 2007.

Thiong'o, Ngugi wa. "Writers in Politics", in *Writers in Politics*. London: Heinemann, 1981.

Thiong'o, Ngugi wa. *Decolonising the Mind: The Politics of Language in African Literature*. Oxford: James Curry, 1986.

Thiong'o, Ngugi wa. *Homecoming: Essays on African and Caribbean Literature, Culture and Politics*. London: Heinemann, 1972.

Thomson, Joseph and Harriet-Smith, E. *Ulu: An African Romance*. 2 vols. London: Sampson, Low, Marston, Searle and Rivington, 1888.

Unseld, Siegfried. *The Author and His Publisher*. Chicago and London: The University of Chicago Press, 1978.

Viswanathan, Gauri. "The Beginnings of English Literary Study in British India", *Oxford Literary Review*, 9 (1987).

Wagenbach, Klaus. *Franz Kafka*. Ewald Osers, trans., Cambridge, Mass.: Harvard University Press, 2003.

Wali, Obiajunwa. "The Dead End of African Literature", *Transition*, 10 (1963).

Wilde, Oscar. *The Picture of Dorian Gray*. New York: Harper Press, 2010.

Wilson, Henry S. *The Origins of West African Nationalism*. London: Macmillan, 1969.

Wimsatt, William K. and Brooks, Cleanth. *Literary Criticism: A Short History*. New York: Alfred A. Knopf, 1959.

Wolff, Kurt. *Briefwechsel eines Verlegers 1911—1963*. in Bernhard Zeller and Ellen Otten, eds., Frankfurt a. M., Scheffler, 1966.

Wren, Robert M. *Achebe's World: The Historical and Cultural Context of the Novels of Chinua Achebe*. Washington, D. C.: Three Continents Press, c1980.

Zhao, Henry Y. H. "Post-Isms and Chinese New Conservatism", *New Literary History*, 28.1 (1997).

中文文献：

阿迪蒂亚·尼加姆：《亚非团结与资本"症结"：在前沿处展望未来》，高士明、贺照田编：《万隆：第三世界六十年》，台北：人间出版社，2017年。

埃里希·奥尔巴赫：《世界文学的语文学》，大卫·达姆罗什、刘洪涛、尹星编：《世界文学理论读本》，北京：北京大学出版社，2013年。

陈光兴：《去帝国：亚洲作为方法》，台北：行人出版社，2006年。

陈榕:《欧洲中心主义社会文化进步观的反话语——评阿切比〈崩溃〉中的文化相对主义》,《外国文学研究》2008年第3期。

丁尔苏:《前现代-现代转型的文学再现》,《外国文学评论》2009第4期。

杜志卿:《荒诞与反抗:阿契贝小说〈天下太平〉的另一种解读》,《外国文学》2010年第3期。

杜志卿:《重审尼日利亚内战:阿契贝的绝笔〈曾经有一个国家〉》,《外国文学》2014年第1期。

段静:《从智慧哲学到中性哲学——阿契贝反殖民书写背后的文艺思想》,《外国文学动态研究》2015年第2期。

弗兰茨·卡夫卡:《卡夫卡全集》,叶廷芳主编,洪天富、叶廷芳译,石家庄:河北教育出版社,1996年。

弗兰茨·卡夫卡:《误入世界:卡夫卡悖谬论集》,叶廷芳等译,西安:陕西师范大学出版社,2002年。

弗兰茨·卡夫卡:《卡夫卡文集》第1卷,高年生译,北京:作家出版社,2011年。

高文惠:《论黑非洲英语文学中的传统主义创作》,《山东社会科学》2016年第4期。

葛兆光:《宅兹中国》,北京:中华书局,2011年。

胡志明:《卡夫卡现象学》,北京:文化艺术出版社,2007年。

黄晖:《非洲文学研究在中国》,《外国文学研究》2016年第5期。

黄永林、桑俊:《文化的冲突与传统民俗文化的挽歌——从民俗学视角解读齐诺瓦·阿切比的小说〈崩溃〉》,《外国文学研究》2006年第5期。

蒋晖:《阿契贝的短篇小说理想》,《读书》2014年第10期。

蒋晖:《现代非洲知识分子"回心与抵抗"的心灵史》,《清华大学学报(哲学社会科学版)》2015年第6期。

蒋晖:《从"民族问题"到"后民族问题"——对西方非洲文学研究两个"时代"的分析与批评》,《文艺理论与批评》2019年第6期。

罗志田、葛小佳:《东风与西风》,北京:生活·读书·新知三联书店,2017年。

马克思、恩格斯:《共产党宣言》,中央编译局编译,北京:人民出版社,1966年。

庞好农:《从〈神箭〉探析阿契贝笔下的伊博式幽默叙事》,《外语研究》2020年第4期。

庞好农:《阿契贝〈神箭〉中的伊博危机书写与文化反思》,《外国文学》2022年第6期。

钦努阿·阿契贝:《人民公仆》,尧雨译,重庆:重庆出版社,2008年。

钦努阿·阿契贝:《瓦解》,高宗禹译,重庆:重庆出版社,2009年。

秦鹏举:《阿契贝与鲁迅诗学比较》,《西南民族大学学报(人文社会科学版)》2018年第8期。

任一鸣、瞿世镜:《英语后殖民文学研究》,上海:上海译文出版社,2003年。

宋志明:《沃勒·索因卡:后殖民主义文化与写作》,北京:中国社会科学出版社,2019年。

孙歌：《主体弥散的空间》，南昌：江西教育出版社，2002年。

泰居莫拉·奥拉尼央、阿托·奎森：《非洲文学批评史稿》，姚峰等译，上海：华东师范大学出版社，2019年。

瓦尔特·本雅明：《迎向灵光消逝的年代：本雅明论艺术》，许绮玲、林志明译，桂林：广西师范大学出版社，2008年。

汪晖：《旧影与新知》，沈阳：辽宁教育出版社，1996年。

汪晖：《去政治化的政治：短20世纪的终结与90年代》，北京：生活·读书·新知三联书店，2008年。

汪晖：《短20世纪：中国革命与政治的逻辑》，香港：牛津大学出版社，2015年。

汪民安编：《自我技术：福柯文选III》，北京：北京大学出版社，2016年。

王宁：《逆写的文学：后殖民文学的历史意义和当代价值》，《外国文学研究》2011年第5期。

薇思·瓦纳珊编：《权力、政治与文化：萨义德访谈录》，单德兴译，北京：生活·读书·新知三联书店，2006年。

颜志强：《帝国反写的典范——阿契贝笔下的白人》，《外语研究》2007年第5期。

姚峰：《阿契贝与小民族语言的解域实践》，《国外文学》2015年第2期。

叶芝：《叶芝抒情诗选》，傅浩选译，昆明：云南人民出版社，2011年。

叶芝：《叶芝诗选》，袁可嘉译，北京：外语教学与研究出版社，2012年。

张京媛：《彼与此：评介爱德华·萨义德的〈东方主义〉》，《文学评论》1990年第1期。

赵稀方：《后殖民理论》，北京：北京大学出版社，2009年。

朱光潜：《西方美学史》（上卷），北京：人民文学出版社，1999年。

朱振武：《非洲英语文学的源与流》，上海：学林出版社，2019年。

图书在版编目(CIP)数据

齐努阿·阿契贝:非洲小民族作家的解域实践 / 姚峰著. -- 上海:华东师范大学出版社,2024. --ISBN 978-7-5760-5383-8

Ⅰ.I437.074

中国国家版本馆 CIP 数据核字第 2024GJ7757 号

华东师范大学出版社六点分社
企划人 倪为国

本书著作权、版式和装帧设计受世界版权公约和中华人民共和国著作权法保护

齐努阿·阿契贝:非洲小民族作家的解域实践

著　者　姚　峰
责任编辑　彭文曼　卢　荻
责任校对　古　冈
封面设计　卢晓红

出版发行　华东师范大学出版社
社　　址　上海市中山北路3663号　邮编　200062
网　　址　www.ecnupress.com.cn
电　　话　021-60821666　行政传真　021-62572105
客服电话　021-62865537　门市(邮购)电话　021-62869887
地　　址　上海市中山北路3663号华东师范大学校内先锋路口
网　　店　http://hdsdcbs.tmall.com

印 刷 者　上海景条印刷有限公司
开　　本　787×1092　1/16
插　　页　2
印　　张　12
字　　数　200千字
版　　次　2025年1月第1版
印　　次　2025年1月第1次
书　　号　ISBN 978-7-5760-5383-8
定　　价　89.00元

出 版 人　王　焰

(如发现本版图书有印订质量问题,请寄回本社客服中心调换或电话 021-62865537 联系)